争鸣与探索中的演进

——新时期 40 年文学现象研究

张瑷 著

社会科学文献出版社

SOCIAL SCIENCES ACADEMIC PRESS (CHINA)

集美大学学科建设经费资助出版

目　录

导　言

一

以新中国成立为起点的中国当代文学，已经走过 70 余年的历程，以改革开放为转折点的新时期文学也经过 40 余年的探索和发展，正在"历史化"。从历时性与共时性的二维视野看，当代文学研究在纵深推进、拓展的学科领域里，取得了前所未有的成就。文学史的著述编纂，文学思潮、现象、作家作品的专题研究，不仅在成果数量上增长迅猛、日新月异，也在理论方法上多元交汇、气象万千。

长期以来，因为文学史观不可避免地受到特定历史语境的影响和意识形态的制约，习惯用"主流"或"非主流"的标准对文学现象以及作家作品进行鉴别、定位、定性，所以，那些与历史社会中重大事件、政治形势、宣传意图密切相关的文学思潮、现象、作家作品构成文学史的主要叙述线索和主体内容，而另一些追求自由化和个性化的创作，往往因为其世界观、价值观、审美观与"主流"文化方向不趋同、有差异而被文学史排斥在外，或者被边缘化。新时期中后期，文学史观开始发生重大的变革，打破陈陈相因的文学史结构，使文学史摆脱社会发展史的牵制，还原出真实、客观、全面的文学自身发展风貌。当代文学史学正以整体性和开放性的视野，对文学发展演变过程中受主导意识形态制约的文学现象，代表了知识精英的文化心理和审美趣味的文学现象，来自民间理想的文学现象，以及那些曾经遭受排斥的被认为"片面性""情绪化"地反映生活而引起争议的文学现象……进行了多视角、多层次、立体而全面的审视和阐释，从而使当代文学的探讨与总结获得了不同以往的开阔空间，拥有了更丰富的包容性。

然而，由于受某些主客观因素所限，对于当代文坛出现过的大量争鸣作品以及文学争鸣现象的考察和评价都未能在文学史叙述中充分地展开和深入。事实上，文学争鸣与文学探索、文学发展的关系是当代文学研究特别需要深入探察的领域。在中国当代文学的发展历程中，几乎每个阶段都曾产生过引起争鸣的文学作品与文学问题，它们已构成中国当代文学一个重要而特殊的现象。这一现象成为文学存在与发展状态的聚焦点，与特定时期的意识形态、社会心理、文化语境有着敏感的联系，与文学观念、文学思潮、文学批评形态和方法的变革也常常发生积极的互动作用。正如冯骥才所言，"文学的争鸣史是最深刻的文学史"，因为"文学的争鸣史，实际上是社会思想史和艺术史最夺目或最刺目的折射"①。

回视新时期40年的文学脉络，从复苏时期的"伤痕文学"到当下多元并进的写作态势，始终伴随着争鸣，它们曾经强烈地冲击过文坛，或许一场未止，新的文学潮流、争鸣已经涌起。文学争鸣成为文学变革中不可休止的运动机制，而不能引发争鸣的文学探索或实验，必然缺乏推动其深入拓进的活力。此外，引发争鸣的文学作品往往本身存在种种不明确或不成熟的创作意图、思情倾向、审美可能，其粗粝而又鲜活的生命总是最直接地触动批评者的思辨意识和批评欲望，有力地刺激着文学观念的嬗变与文学理论批评话语的调整或更新。因此，从新时期40年的文学争鸣现象透视当代文学创作、批评、研究之间的关系，是为进一步考察当代文学的探索路径、发展规律和未来趋向提供一个新视野，为促进文学创作和批评的繁荣提供可鉴可戒的经验与启示。同时，把当代文学争鸣作为文学探索与文学发展的内在动因进行重新评估，也是侧

① 冯骥才：《卷首语》，载张学正、丁茂远、陈公正、陆广训主编《文学争鸣档案——中国当代文学作品争鸣实录（1949~1999）》，南开大学出版社，2002，卷首页。

面对文学史进行的补充性叙述和研究。毫无疑问这是当代文学研究领域中值得深入探究的课题，具有重要的理论意义。

就文学争鸣本身而言，一方面，因为争鸣的时效性特点，我们常常不能形成持续的深入探讨；另一方面，由于争鸣中不可避免的感性色彩和一些非学术因素的影响，也难以进行系统的学理性研究。因此，对文学争鸣现象的本质判断与认识需要时间的沉淀和历史的验证，也需要一个严谨辨析和充分探讨的过程。从新时期迈入新世纪之后，又已过去20余年，在这一时间维度，文学处在最活跃也最缭乱的多元文化环境中，同时也处在反思过往、面向新时代转变的机遇面前，那么，就应该让规范化的学术意识进一步渗透于文学争鸣，使其从本质上对当代文学的经验或教训作历史性的且又具备前瞻性的"发言"，不断激发文学创新的活力，推动当代文学向新的历史高度探进。

二

审视新时期每一阶段引发争鸣的创作现象和作品文本，不难发现当代文学探索中普遍表现出先锋性和不成熟性。就先锋性而言，"先锋"的标志首先在于反叛和超前，即反叛传统、打破陈规和禁锢，这使其既有革命性质、创新精神，又有偏激色彩和非理性倾向，势必引来争议和批评。其次，文学的先锋性应当体现于不断探索和实验的过程中，而不是以"成熟"为结果、以"稳定永久"为最终目的。当代文学凡是引发过激烈而广泛争议的作品，或者其题材内容闯入了某一禁区，或者其主体精神背离了意识形态规约，或者其艺术形式标新立异使受众难以适应，比如朦胧诗最早张扬怀疑精神、自我意识，并以此形成对当代诗歌的反叛与超越；"伤痕文学"、人道主义创作思潮对"暴露"禁锢和"人性"枷锁的突破；"女性主义"文学对男权文化语境的颠覆；纪实（非虚构）写作对正统虚构文体的挑战；"先锋主义"文学从观念到形式的全面革命与创新实验等。它们虽然招致种种批评或非议，但也获得了有力的理论支持，正是在热烈而活跃的争鸣中凸显出了它们的先锋意义与价值，同时也促动了文学思潮的演进，积累了有益的探索经验。

通过健康、正常的争鸣批评，我们也更加清晰地看到当代文学探索的不成熟和其中存在的诸多问题。这种不成熟主要归咎于当代文学缺乏自己的思想资源——哲学的、美学的、心理学的，等等，所以长期以来，我们的文学思想与观念、创作原则与方法不是受苏俄的影响，就是受西方的引导，所谓的先锋实验也多是在借鉴，甚至是在模仿中进行的，青年作家多数是直接从西方现代主义和后现代主义思潮中汲取思想文化资源。那么，在这种借鉴与汲取的过程中难免会出现"误读"或"错位"现象，导致本土化实践中缺乏集中的、明确的、持久的方向和信念，经常见异思迁、摇摆不定。另外，当代文学创作主体的文学积累整体看是薄弱的，尤其是"文革"后崛起的一代青年作家，从知识结构到文学经验都存在先天不足的缺陷，导致他们在认知世界和传达世界时表现出不同程度的视阈狭窄、思想贫弱和艺术修养匮乏等问题，创作的精神境界和审美追求尚处于较低层次。他们之所以能够获得成功，乃是因为他们对现实社会具有较切身的体验，对时代潮流有敏锐的观察和思考，对文学有执着的追求并致力于勤奋创作。新时期之初产生过巨大社会反响的小说如卢新华的《伤痕》、陈国凯的《我应该怎么办》、孔捷生的《在小河那边》等，如今重读就不再感到震撼人心，甚至会产生对文本的不信任之感。作者急欲控诉"文革"灾难、揭示历史悲剧，在当时具有冲破禁区的先导意义，然而作者由于对悲剧精神及悲剧美学缺乏深刻的领会和理解，在表现悲剧时过于在意悲剧的外部因果、结局渲染而忽略了悲剧的精神内涵，为营造悲剧效果而导致题材驾驭失当，常以戏剧性的冲突或巧合推动悲剧发展，大大削弱了悲剧本身的意义。张贤亮、王安忆、贾平凹等作家的"性"描写小说，如引起争鸣的《男人的一半是女人》《岗上的世纪》《废都》等，也暴露出中国作家在"性文化"领域的历史盲区，尽管他们写"性"的目的各不相同，但共同的企图是以"性"为突破口，使文学进入"人学"更深层、更广阔的空间，表现人性的反抗、人性的超越、人性的困境等。可惜，过于宏伟深邃的旨意建立在比较茫然的文化心理上，传统的精神基因与超前的现代姿态不和谐地捆绑在了一起，显出幼稚滑稽的一面。这些曾引起激烈争鸣的作品，依然有进一步争鸣的空间。鉴于当代文学的实验性和不成熟性，应当营造更加宽松、更加活跃的文学争鸣氛围，让各种创见、不同见解产生回响，以此激发当代文学的探索热情。

三

　　文学批评和文学接受作为精神活动，有其自身的规律与惯性，也有外部因素影响下的嬗变，如果不能有效地调节惯性与变性的失衡现象，就会导致文学批评和文学接受中一些不良倾向的发展。

　　由于长期受政治理念的影响和制约，中国当代文学的创作、批评、接受形成了特殊心理积淀，社会学批评似乎成了恒定的准则。这种惯性曾执拗地存在于文学争鸣现象中，文学争鸣的焦点一般都是围绕作品的思想意义和社会影响所关涉的敏感问题，诸如"现象与本质""歌颂与暴露""真实与虚假"等，争鸣观点大都二元对立，水火不容，不能求同存异。这就往往使文学争鸣偏离了文学创作的主体性和作品的内在丰富性，导致文学争鸣具有严重的非学术化倾向，给我们提供了许多经验教训。

　　20世纪80年代中期之后的文学争鸣多与文化背景、哲学思潮、审美意识广泛联系，争鸣焦点更多地集中于作品的人文意蕴和审美价值，诸如"人的存在与发展""人性的困境与人的异化""文学的象征寓意""叙事张力"等，往往因为争鸣者所持的批评立场、视角与方法不同而呈现出多元并存的观点，有时不同的观点也交叉渗透，打破了单向度的批评思维模式，批评形态趋于客观性、科学性和学理性。然而，学理性的加强，会使批评的锋芒收敛起来，多元并存的观点也往往使争鸣的"靶向"不够集中，有时就无法产生思想的交锋。此外，文学创作与文学批评对艺术技巧与审美形态的求新求异，逐渐与文学受众的审美惯性拉开了距离，这使那些颇具先锋意义的文学实验仅能引起批评小圈子的兴奋，而与大部分读者之间存在隔膜，特别是在文学市场化的生态裂变下，先锋实验难以为继。这说明"趣味性""好看"一直是文学接受的一个惯性因素。但是这一惯性在大众文化崛起后受到"消费"诱导与"利益"驱动等外在力量的牵引，于是普遍发生较为严重的媚俗化。与此相应，一些文学争鸣和文学批评也为开发市场、促动畅销而在策划者的"导演"下进行"扮酷"表演，争鸣与批评不同程度地发生扭曲或变异。

需要特别注意的是，中国当代文学批评打破了政治批评的惯性，似乎又囿于文化批评的模式，这一改变过程中的利弊应该通过更深入的讨论和争鸣得到更明确、更充分的认识。但遗憾的是，20 世纪 90 年代以来，争鸣之风日渐衰弱，而文学批评中的一些浮躁之气、不良倾向反而冒出不少，比如功利化的"炒评""捧评"现象，作秀表演的"酷评"现象，混乱无序、口水战式的"媒评"现象，以及学院派脱离创作实际热衷于外来理论方法的"推销"和"新概念"轰炸的"强制阐释"现象，等等。这些现象固然也可引起"批评的批评"，但是一般情况下，清高者对于"炒评"不屑一顾，谨慎者对于"酷评""媒评"也懒得掺和，至于"捧评"，大家心知肚明，很难杜绝。因此当下的文学批评缺乏争鸣的活力和生机也就不足为奇了。

批评的弱化直接影响了文艺理论的建设，而批评的膨胀其实也不利于文论功能的实现。2014 年开始，张江连续发表系列论文反思"强制阐释"给文学批评带来的"致命伤害"，他深刻地指出："各种生发于文学场外的理论或科学原理纷纷被调入文学阐释话语中，或以前置的立场裁定文本意义和价值，或以非逻辑论证和反序认识的方式强行阐释经典文本，或以词语贴附和硬性镶嵌的方式重构文本，它们从根本上抹杀了文学理论及批评的本体特征，导引文论偏离了文学。"① 虽然张江的

---

① 张江：《强制阐释论》，《文学评论》2014 年第 6 期，第 5 页。

批评在学界引起较大反响，也有质疑和辩论，但整体上缺失"百家争鸣"的活力，对当下流行的文学批评状态和研究模式也没有产生有效的改进作用。鉴于对文学现状乃至社会文化现状的隐忧，我们当然不能单纯地期望回到那种"百家异说""争鸣蜂起"的文化氛围，但我们不能停止反思和批评。或许，我们所缺少的不只是形式上的文学争鸣。

四

新时期 40 年，对文学争鸣现象进行综合性、整体性研究的成果几乎是空白的。20 世纪 80 年代初期出现一些争鸣作品及评论汇编资料、文学问题论争资料集，如阎纲、许世杰编《小说·争鸣》（文化艺术出版社，1982），蔡运桂编《文学问题争鸣集》（华南师范学院哲学社会科学研究所，1982）、《文学探索与争鸣》（花城出版社，1992），蒋孔阳主编《社会科学争鸣大系（1949～1989）文学·艺术·语言卷》（上海人民出版社，1993）等。1989 年武汉大学于可训等主编的《文学风雨四十年——中国当代文学作品争鸣述评》出版，编者将其定位于"中介物"——"纯资料性与纯学术性之间的中介物，作此选择是基于这样的考虑：仅作纯资料性的搜集，难以反映我们在探讨中所获得的一些认识；但作纯学术性的系统撰写，则又感到一些思考尚未成熟。"①这部编著的学术价值在于问题意识较为突出，对争鸣作品和争鸣现象分专题述评时突出了该专题所关联的文学理论论争焦点，论争文章的收集筛选比较全面、有代表性，文献索引清晰规范。张学正等主编的《文学争鸣档案——中国当代文学作品争鸣实录（1949～1999）》，是一部比较全面、系统记录新中国成立后 50 年间文学作品争鸣实况的文献，编写内容包括作品的基本资料、内容概述，作品争鸣或批判的背景及过

---

① 於可训、吴济时、陈美兰主编《文学风雨四十年——中国当代文学作品争鸣述评·前言》，武汉大学出版社，1989，第 8 页。

程，参与争鸣或批判各方的主要观点。这部文献信息量很大，"根据原始材料整理，力求客观公正"①。但因其按照体裁分类、以作品名称为条目（共有625条目），缺乏醒目的问题导引，且由于作品发表的时序被打乱，争鸣现象与历史语境的关系未能凸显出来。丁东、孙珉选编的《世纪之交的冲撞——王蒙现象争鸣录》（光明日报出版社，1996），收录了20世纪90年代以来王蒙与一些中青年学者围绕"人文精神""崇高""宽容""聪明"等话题展开辩论的文章，这些论辩观点折射出中国社会转型时期知识分子的价值观分化、冲突以及文化立场的重新选择。

文学争鸣研究成果主要有吕世民著《新时期争鸣小说评介》（陕西人民出版社，1990）、黎风著《新时期争鸣小说纵横谈》（四川大学出版社，1995）。吕世民选择了50部（篇）有较大影响的小说，分别做了内容简介和不同评论观点的概述，附加个人简要评价，明显缺憾在于观点展开不充分，理论层面未深入；黎风的论著按照新时期文学发展脉络，将先后出现的思潮、现象或题材类型分为11个专题，每一专题选择4~5部（篇）作品进行"纵横谈"，通过"对争鸣小说（创作）和小说争鸣（批评）的交互式扫描和再批评"②，阐述新的见解，但由于述评交错，逻辑理路不够清晰严谨。

本书的研究侧重点不同于上述各类成果。由于水平和力量有限，本书对新时期以来的争鸣作品、争鸣现象和争鸣文献未做文献梳理、汇集，对繁多庞杂的批评观点、理论话语也难以进行全面深入的整理、分类和价值层面的评判。本书以新时期40年为时间范畴，试图使文学争鸣与文学探索互为镜像，透过一些聚焦点和关联点，探寻当代文学发展演进的路径与轨迹。从文学史叙述所普遍忽略的或边缘化的文学现象中

---

① 张学正、丁茂远、陈公正、陆广训主编《文学争鸣档案——中国当代文学作品争鸣实录（1949~1999）·编写说明》，南开大学出版社，2002，第3页。
② 黎风：《第三只眼的回眸——小序》，《新时期争鸣小说纵横谈》，四川大学出版社，1995，第1~2页。

选取"争鸣与探索"的对象和样本，考察其生成的内在动因、嬗变的外部影响，进而对此过程中交集、碰撞、融汇的审美意识和文学观念进行抽象概括和评析。本书注重将新时期40年中个别的、阶段的、侧面的文学现象与中国当代文学70年发展历程中整体的、延续的、多向度的特征及精神价值联系起来考察，通过这一初步的研究，期望能为中国当代文学"历史的重建"提供有参考价值的新成果。

第一章　当代文学争鸣与文学
探索的经验启示

20世纪70年代末，新时期文学在极具冲击力的争鸣中拉开序幕，论争的焦点问题几乎都是五六十年代争鸣话题的延伸——如何对待"暴露与歌颂"、如何突破题材"禁区"、如何判断现实主义创作倾向及作品的"真实性"、如何写"人"，等等。争鸣中彰显的"新启蒙主义"立场、探寻真理的求索精神、呼唤真善美的人文理想，在全社会产生了震撼人心的影响力。1985年之后，伴随着各类文学形态探索与创作实验的急遽冒进，伴随着文学思潮、观念、批评方法的多元化迭进，不断涌现又迅速变幻的文坛热点大有唤醒"诸子蜂起"的内驱力，形成理论自觉建构和"方法论"兴盛的景象，而活跃的争鸣与研讨反过来又促进了文学观念革新，诞生出一些有突破性的思想创见，推动新时期文学发展上升到新的历史高度。90年代以经济发展为主导的社会转型加快了文化生态的裂变，文学探索在市场化的制约下陷入窘境，在坚守、反抗、顺应、迎合的立场分化与重新选择中，虽依然伴随着不同思想的交锋，但是争鸣力度和影响力却趋向疲弱，甚至呈现出泡沫化状态。

宏观审视新时期文学40年的发展历程，必会发现所有文学争鸣现象都具备"标本"意义，透过标本切面触摸那些尚未陈旧的历史纹理，能够真切感知当代文学成长的生命脉动。在面向未来新时代的转折与发展之际，正是对40年文学探索进行经验总结和价值评判的良好时机，而当代文学走向成熟更急需健康的文学争鸣为其注入新的活力。

第一节　当代文学争鸣与文学探索的时代履痕

新中国成立以来，当代文学领域所发生过的文学争鸣虽然在范围与程度上有大小轻重之别，争鸣的性质、目的、方式以及结局、影响、作用也存在种种差异，但是它们犹如多棱镜从不同侧面折射出当代文学在特定历史阶段的探索态势与质貌。

一　鸡鸣风雨"十七年"

各抒己见、畅所欲言的"百家争鸣"，是历代知识分子的梦想，因为这是他们实现精神价值、发挥仁智才学的理想境界。自20世纪50年代起，当代文学领域发生过连续不断的文学争鸣，然而，在意识形态斗争的风雨中，在历史发展曲折复杂的语境中，文学争鸣常沦陷于非常态、非理性的批判运动或思想清算。

1951年到1955年，文学争鸣的核心主要集中在"创作倾向"上，文艺界针对一些作者的思想意识、作品的情感格调是否偏离了政治立场和文艺原则展开了广泛激烈的论争。比如《我们夫妇之间》（萧也牧）、《洼地上的"战役"》（路翎）等作品，因"表现出小资产阶级思想倾向与感情倾向"受到批评；电影《武训传》、俞平伯的《红楼梦》研究、胡风的文艺思想之所以受到批判，也是与意识形态领域反对"资产阶级唯心主义"的思想斗争紧密相关。因此，初始的文学艺术争鸣多以政治揭批运动告终。在文学艺术问题上忽视其自身特性、违背实事求是原则而上纲上线的批评，导致文学论争正常的活力与生机遭到抑制，文学创作最重要的主体意识和审美理想也越来越贫弱，显然这种境况极不利于社会主义文艺事业的健康发展。

1956年春天，毛泽东提出"百花齐放、百家争鸣"作为党发展科学、繁荣文艺的指导方针。陆定一阐明这一方针的目的"是提倡在文学艺术工作和科学研究工作中有独立思考的自由，有辩论的自由，有创作和批判的自由，有发表自己意见、坚持自己意见和保留自己意见的自由……"①"自由"的召唤极大地激发出文学创作的探索精神和文学批评的争鸣热情，为当时文学界的创作禁区打开了突破口，于是在激越昂扬却又单调失真的时代音响中终于奏响了触动人心的另一种旋律。文学界首先展开对苏联"干预生活"创作现象的讨论，提出"我们的作家绝不能成为廉价的宣传家，而必须勇敢地正视生活和干预生活"②。接着涌现出一大批真实反映现实社会中的矛盾、问题或个人思想困惑的作品，如小说《组织部新来的青年人》（王蒙）、《灰色的帆篷》（李準）、《改选》（李国文）、《科长》（南丁）等；报告文学《马端的堕落》（荔青）、《爬在旗杆上的人》（耿简）、《被围困的农庄主席》（白危）等；剧作《洞箫横吹》（海默）、《布谷鸟又叫了》（杨履方）等。"双百"方针也激活了作家揭示人性、抒写人情的意识和灵感，像《在悬崖上》（邓友梅）、《红豆》（宗璞）、《小巷深处》（陆文夫）等作品在读者中产生较大反响并引起了广泛的争鸣。伴随着作品争鸣，理论批评界展开了现实主义本质问题的讨论，人性、人情、人道主义的论辩，"中间人物"形象及其评价问题的论争等，对创作中日趋严重的概念化、模式化倾向，也进行了初步的批评。然而，文学创作与文学争鸣才刚刚显露的活力和锋芒，很快在"反右"斗争的风雨中泯灭。

1958 年到 1960 年间，在"大跃进"运动背景下，文学创作与争鸣也映射了这一政治主题，但凡作品中没有突出描写、讴歌"热火朝天"的社会气象和时代精神，或者流露出与时代强音不和谐的隐忧、困惑，或者真实地反映了现实中存在的各种矛盾，如小说《锻炼锻炼》（赵树理）、诗歌《望星空》（郭小川）、《雾中汉水》（蔡其矫）等，便会引起争鸣，继而上升到批判。此时期长篇小说创作一度出现繁荣景象，成

---

① 陆定一：《百花齐放，百家争鸣——一九五六年五月二十六日在怀仁堂的讲话》，《人民日报》1956 年 6 月 13 日。

② 康濯：《关于两年来反映当前农村生活的小说》，《文艺报》1956 年第 5、6 期合刊，第 48 页。

就较高的有《创业史》（柳青）、《红旗谱》（梁斌）、《红日》（吴强）、《上海的早晨》（周而复）、《青春之歌》（杨沫）、《三家巷》（欧阳山）、《战斗的青春》（雪克）等，这些作品问世后在读者中出现争相传阅、热烈评说的盛况，但随着文艺界"左倾"错误的发展，有益的争鸣很快都变为凌厉的"攻击"。到"文革"爆发后，文艺园地几近荒芜。

二　百家蜂起新时期

1976 年"文革"结束，文学迎来了新的春天，思想解放潮流极大地冲击着种种精神禁锢，催动了人的主体意识的觉醒，于是出现了空前活跃的文学争鸣气象。"新时期"，是一个有阶段性差异的笼统概念，如果从历史语境区分，大致分为 20 世纪 70 年代末～80 年代初、80 年代中后期、90 年代以来三个阶段（学界也曾把 80 年代中后期以来称为"后新时期"）。这三个阶段的文学争鸣，折射出文学实践活动中主体与客体之间、文学的社会意识与审美意识之间、文学的生产体制与文学的自身生长之间复杂而密切的关系。为了便于整体把握，这里将 20 世纪70 年代末至 80 年代末视为体现"新时期"特征的阶段，20 世纪 90 年代一直到 21 世纪以来视为凸显"转型期"特征的新阶段。

"文革"结束之初，从文学发展的意义上说，仅仅意味着文学艺术的复苏与新生。事实上，由于历史裂变过程中旧的思想体系依然强力地钳制着人们的思想自由和创作自由，"左"倾激进的"幽灵"依然在新旧交替的现实空间中徘徊，因此，无论从社会政治层面还是文学艺术创作层面来看，都还未真正迎来"新时期"的春天。

1977 年第 11 期《人民文学》发表了刘心武的《班主任》，1978 年8 月 11 日的《文汇报》发表了卢新华的《伤痕》，这两篇小说率先向"文革"灾难发出了强烈激愤的控诉，暴露了十年动乱给人们带来的悲剧命运和造成的精神创伤，引起全社会的共鸣和反响，也直接引发了文学界"伤痕文学"创作思潮及其论争。王亚平《神圣的使命》、从维熙

《大墙下的红玉兰》、郑义《枫》等被批评为"暴露文学""缺德文学",企图进行批判;但支持者们却正是从"暴露"中看到了现实主义的复苏,"写真实"的复苏,"人"的复苏,"悲剧意识"的复苏。此时期社会历史环境与时代氛围已发生了不可逆转的变化,1978 年春夏在全国范围内展开的声势浩大的"真理标准"讨论进一步促进了思想界、文化界的思想解放运动。1978 年 12 月中共十一届三中全会召开,明确指出将全党工作重点转移到社会主义现代化建设上来。这才是中国历史与中国当代文学史"大转折"的起点。随后"反思文学"在对"极左"路线影响下当代历史发展失误进行的根源探究中推进了现实主义的深化,代表作如方之《内奸》、茹志鹃《剪辑错了的故事》、李国文《月食》、高晓声《李顺大造屋》、王蒙《蝴蝶》、张贤亮《绿化树》等,相关作品争鸣既反映出文学评价的某些思想困惑,也传达出期盼文学变革的呼声。一些在 50 年代、60 年代未能充分展开探讨的敏感问题也得到了延伸探讨,比如现代社会中人的自我独立、个性自由、爱情理想与世俗社会、传统思想的冲突,引发出人生价值观、婚恋观、道德观的论辩及伦理题材的创作探索与争鸣,张洁《爱,是不能忘记的》、张辛欣《在同一地平线上》、路遥《人生》等,都在社会上产生了巨大反响,广大读者、文学批评者站在不同的层面与立场,对上述作品的争论可谓旷日持久。

需要特别指出的是,整个 20 世纪 80 年代的文学场域一方面呈现百花齐放、百家争鸣的自由氛围和繁盛景象,另一方面又阶段性地发生了几次较为严厉的整顿。70 年代末 80 年代初,小说《飞天》(刘克)、《晚霞消失的时候》(礼平),电影剧本《在社会的档案里》(王靖)、《女贼》(李克威)、《苦恋》(白桦),话剧《假如我是真的》(沙叶新),诗歌《将军,你不能这样做》(叶文福)等,因为是否反映了"本质"和"主流"等倾向性、真实性问题,曾受到尖锐批评。1983 年前后围绕长篇小说《人啊,人!》(戴厚英),中短篇小说《离离原上草》(张笑天)、《女俘》(汪雷)、《啊,人……》(雨煤)等展开的争鸣，再次触发了人道主义思想论辩，而理论界周扬、王若水等对马克思主义人道主义与人的异化问题的探讨均受到批判。1984 年 12 月在中国作家协会第四次会员代表大会上，胡启立同志代表中共中央书记处致大会的祝词中，再次重申了"双百"方针的精神实质，"作家必须用自己的头脑来思维，有选择题材、主题和艺术表现方法的充分自由，有抒发自己的感情、激情和表达自己的思想的充分自由"，"我们党、政府、文艺团体以至全社会，都应当坚定地保证作家的这种自由"①。"坚定保证"给当代文学探索再次注入了新能量。1986 年，刘再复在《文学评论》上发表长文《论文学的主体性》，反响巨大，因为此文以人道主义为理论基础，阐明作者对文学政治功能的否定态度，故在理论界引起了论争和批评。思想解放运动的伟大作用是孕育出一个新的启蒙时代，重新赋予知识分子话语权和启蒙责任，使长期处于被改造、贬损、怀疑、否定状态的知识分子回归精英阶层，他们对"五四"启蒙时代开创的"独立之精神、自由之思想"的知识分子传统具有强烈的认同感和承传热情，因此，对思想解放的非难并不能阻挡新的文学观念和新的文学探索意向的生成，倒似乎"给新启蒙主义者们提供了自身英雄性的身份证……并由此获得一种反抗性的激情"②。

20 世纪 80 年代初期文学争鸣明显的进步在于针对一些批评（批判）的观念与方式展开了"反批评""再争鸣"，有力地促进了当代文学的发展。除了"写什么"引发文学题材、创作立场与倾向的争鸣，在"怎么写"所关联的文学观念、审美意识、创作方法等各个层面，都出现了争鸣激发出的探索生机，比如在对"朦胧诗"的论争中，"新的美学原则在崛起"；对"意识流"的质疑，反而唤醒突破现实主义传统表现手法的自觉。

---

① 胡启立：《在中国作家协会第四次会员代表大会上的祝词》，《人民日报》1984 年 12 月 30 日。

② 刘复生：《"新启蒙主义"文学态度及其文学实践》，《文艺理论与批评》2004 年第 1 期，第 15 页。

20 世纪 80 年代中期，随着改革开放的逐步深入，封闭已久的国门彻底打开，思想文化界长期以来对西方的敌对态度和排斥心理发生了根本性的转变，于是西方现代思想文化成果被大量地译介过来，比如，尼采、叔本华、弗洛伊德、弗洛姆、卡西尔、萨特、胡塞尔、海德格尔等的现代哲学思想，形式主义、结构主义、阐释学、现象学、符号学、新批评、女权主义、精神分析等西方现代文学批评理论与方法，象征主义、未来主义、表现主义、意识流、存在主义、荒诞派、新小说、黑色幽默、魔幻现实主义等西方现代派文学思潮……这一切势不可挡地冲破国内长期封闭保守的文化藩篱，强烈地影响了当代文学变革。一些西方哲学思想和创作方法早在 20 世纪 20~40 年代，就对中国现代文学产生过极大的影响，但由于战争环境和革命形势的日趋严峻和紧张，现代派思想文化丧失了进一步滋长蔓延的生存空间和土壤。在严峻的历史条件下逐渐占主导地位的左翼文学对西方现代派采取的是完全拒绝和否定的姿态。从 40 年代末开始，外来思想文化的影响经过严格筛选、清理后所剩无几，唯有苏联社会主义现实主义的创作方法、文学观念、文学理论，成为我们学习的典范。

伴随着对西方现代思想文化成果的重新认识和评价，20 世纪 20~40 年代中国现代文学史上长久遭受主流文学排斥和批评的一些作家与作品、现象与流派，也重新获得学术界的关注，并形成研究的热点和高潮。诸如废名、沈从文等诗化小说的文化意蕴与审美追求，穆时英、施蛰存等都市小说的"新感觉派"特色，李金发、穆旦等诗歌创作中的现代主义倾向等，都得到了广泛探讨。像梁实秋、张爱玲这些在历史上有污点或遭非议的文人，也都重新获得了其在文学史上的地位，对当代文学探索产生了新的积极影响。

西方现代派文学的全方位渗透，中国现代文学的重新梳理和挖掘，进一步改造着新时期文学发展的生态环境，迅速瓦解了"一体化"主流意志制约下的文学观念、审美意识和创作方法的"正统"与"僵化"，不同的文学主张、审美理想、表现形式获得了多元并进的探索空间，因而也随之产生了更丰富、更主体化、更个性化的"冲突"与"争鸣"。中西文化碰撞下，现代民族文化的建构理想与传统文化的反思立场获得多维度开掘，由此"文化寻根"意识带动了新一轮文学理想的热烈探讨及创作实践的争鸣，韩少功、李杭育、阿城等纷纷发表文学"寻根"主张，同时付诸创作实践，《爸爸爸》《最后一个渔佬儿》《棋王》等构成备受文坛瞩目的"寻根文学"风景。在西方现代哲学思想及各类现代主义创作方法影响下，青年作家张扬的叛逆精神以及刻意追逐的形式实验，一时引领风骚，马原《虚构》、残雪《山上的小屋》、莫言《透明的红萝卜》、格非《迷舟》、余华《现实一种》等迅速激发出"先锋文学"彻底反叛传统的文学探索热力，同时也在文学受众中遭到质疑和疏离。长期以来，阻止当代作家探秘的"性文化"禁区在人道主义思潮冲击下打开了突破口，于是大胆描写性、释放人性的小说如张贤亮《男人的一半是女人》、古华《贞女》、王安忆《小城之恋》和《岗上的世纪》等掀起大波，挑战社会的接受心理，学界的批评与争鸣也相当激烈，但是，"性描写禁区"虽已被打破，而"性文化盲区"却依然缺乏通向审美境界的路标，由此导致90年代之后媚俗化的性文学和欲望书写大有泛滥成灾趋势。青春叛逆心理与社会心理、教育模式之间的对立或抗衡，是成长叙事的主体，也是触发不同观念碰撞的议题，铁凝《没有纽扣的红衬衫》、陈村《少男少女，一共七个》、周大新《14 15 16岁——〈回望青春〉之一》等，开启了观照青春与成长经验的视窗。伴随经济改革的深入，社会体制中诸多弊端凸显，人与现实困境的矛盾摩擦加剧，人生世态叙事呈现形而下风貌，刘心武《立体交叉桥》《钟鼓楼》等作品虽依然凸显其问题小说的特征和人道主义情怀，但是他对小人物世俗化的日常生活的关注与写真，似乎为80年代末"新写实主义"创作倾向预先做了铺垫。"新写实"在池莉《烦恼人生》《冷也好热也好活着就好》，刘震云《单位》《一地鸡毛》，范小青《光圈》《伏针》等文本中，将现实主义文学反映历史时代"主流"、揭示社会生活"本质"、塑造人物"典型"等至高原则和规约进行了自觉消解，还原生活和生存本相，表现人的本能欲望和冲动，认同其平庸性，放弃精神价值判断。这一新的文学创作特征和相关争鸣中传达出的观念或隐忧成为 80 年代向 90 年代过渡的信号。总体来看，上述种种构成了当代文学发展史上最有活力的争鸣现象，也构成了新时期文学探索的大胆冒进景观。

三　众声喧哗转型期

20 世纪 90 年代以来，随着社会转型加剧，经济大潮迅速冲击着社会结构、文化环境、民众心理，知识精英被边缘化或自身开始分化，"中国的思想文化界似乎再难布列成阵，而成了诸多思想声音混战炫武的角斗场"①。多元化的价值取向使嬗变中的文学有了更为自由的实验场和"验收"的依据，互联网等发达的媒介为文学传播、交流、评议提供了非主流化、非学术化的广阔平台，结果文学领域的争端和官司多了，尖锐泼辣的争鸣之风日趋弱化，文学探索从整体上呈现出无序且纷乱的自由泛化状。

代表性事件有余杰、古远清、金文明等对 20 世纪 90 年代"文化旗手"余秋雨文革"污迹"与作品"硬伤"的揭露、质问以及因此纠缠不休的官司；有张颐武等指责韩少功《马桥词典》"抄袭"《哈扎尔辞典》而导致的"马桥诉讼"，此案成为 20 世纪 90 年代文化界 15 大案之一，被媒体大加炒作。然而，略带黑色幽默的是："法官第一次站在了作家和批评家中间充当文学批评的裁判——'马桥诉讼'将因此载入中国当代文学史。"② 此外，文坛"二王之争"（王彬彬、王蒙），"二张之争"（张颐武、张承志），虽然不是对簿公堂，却也表现出"辞浮气躁、意气用事的心态"，似乎代表了当今文学争鸣的一种景观——

① 张海涛：《20 世纪 80 年代中国的新启蒙运动及其中断的文学后果》，《社会科学家》2009 年第 5 期，第 32 页。

② 启发：《马桥诉讼》，载祝晓风编著《知识冲突：九十年代文化界十五大案采访录》，辽海出版社，1999，第 273～274 页。

"勇猛的批评家赤膊上阵，资深的作家怒气冲冲，批评和创作拉开了距离，强化了各自的角色"①。

延续"新写实"的基本路向，冠以"新历史""新状态""新体验""新都市""新市民"等"新"字号的创作现象在一些文学刊物的倡导下相继亮相。但无论是作家们"写什么、怎么写"，还是批评家们"炮制热点、占领话语高地"，都不可避免地受到市场策划、制约和"批评圈子"的运作，因此种种文学现象都昙花一现，难以酝酿成持久的文学思潮。一些守卫于"纯文学"领土、致力于严肃创作的名作家也程度不同地调整方向，自觉不自觉地迎合市场期待。陈忠实在《白鹿原》开篇把一个民族的"秘史"浓缩在白嘉轩娶过七房女人的"豪壮"性史上，传奇神秘且故弄玄虚。贾平凹刻意在叙事策略上将《废都》扮成现代《金瓶梅》，在大量赤裸裸的性描写中再玩一把"此处删去……字"的噱头，这一明显媚俗姿态必然在大众、媒体、书市、学界等多方话语空间里引发激烈议论。这两部20世纪90年代初始冲击文坛的长篇小说虽然得到一些严谨学者的深度评析，但是那些策划出来的"捧评"或"批判"显然都裹挟着浓厚的消费气息，与此同时，地缘文化圈为"陕军"造势所匆忙抛出的快评也难以提炼出学术精髓和思想价值。

1995年联合国第四次世界妇女大会在北京举行，在此前后，西方女权主义文学与批评理论被大量译介进来，国内学者也加速推出多部女性文学研究论著，当代女性文学借此东风迅速进入新的历史发展阶段。之前在批评界引起过争议的"私人化写作"代表作家及其作品，如陈染《私人生活》、林白《一个人的战争》等，被评论者充分发掘其中的女性意识与立场，成为探讨中国"女性主义"文学最典型的范本。

从20世纪80年代中期到90年代后期，王朔以《一半是海水，一半是火焰》《玩的就是心跳》《动物凶猛》《过把瘾就死》等小说及其改编的影视作品强势占据流行文化中心舞台和大众审美普泛空间，他的"痞

---

① 张志忠：《我看"二王之争"》，《中华读书报》1995年6月7日。

子"文风尽管受到较多批评，但也有人对其惊世骇俗的不伪饰给予赞赏。在欲望化的 90 年代，充斥着拜金、享乐、性自由等"欲望"的书写纷至沓来——朱文《我爱美元》、何顿《生活无罪》、刁斗《游戏法》、邱华栋《都市新人类》等造成文学审美价值的"断裂"；而"美女作家"卫慧、棉棉的"另类写作"以及她们的《上海宝贝》《糖》等，更是将纵欲狂欢、感官刺激、奢侈迷醉推向极致，也更加赤裸地暴露了出版商贪婪的"利润欲望"，他们用各种花样包装、推销"美女"的"身体写作""下半身写作"，完全丧失了文学的伦理底线。面对文学市场化过程中的混乱，面对文学的诗性消解与欲望膨胀，特别是面对文学"新新人类"肆无忌惮的宣泄，无论是批判棒杀还是理解宽容，都反映出批评界的底气不足，这正是多元文化背景下批评立场与价值取向陷入困惑与模糊境地的表现。

新世纪文学 20 年，用白烨先生的概括是"传统在坚守，类型在崛起，资本在发力，格局在变异"，从文学的滋长生态，大致分化为三大场域——以主流文学期刊为阵营的传统型文学，以商业出版为依托的市场化文学（或大众文学），以网络媒介为平台的新媒体文学（或网络文学）。① 若从创作题材、叙事类型、写作姿态的视阈看，有反映社会变迁、世俗生活与人生百态的"现实回归"，如贾平凹《秦腔》《高兴》《极花》，刘震云《一句顶一万句》，阎连科《受活》《丁庄梦》，王安忆《富萍》，莫言《生死疲劳》《蛙》，余华《兄弟》，格非《望春风》等；有揭示当代知识分子身份焦虑、精神困惑、人格挣扎的"大学叙事"，如张者《桃李》、阎连科《风雅颂》、阎真《活着之上》等；有曝光官场风云、权力角逐、政治腐败的"官场""反腐"小说，如王跃文《苍黄》、王晓方《驻京办主任》、周梅森《人民的名义》等。此外"'80 后'青春写作""打工文学""底层写作""网络文学""科幻小

---

① 白烨：《新世纪文学的新风貌与新走向——走进新世纪的考场》，《文艺争鸣》2010 年第 11 期，第 6 页。

说""非虚构写作""返乡体"等新姿态、新类型、新范式的相继涌现，不断催生出评论热点，批评家试图在新概念的界定与现象的阐释中建构新的话语体系，但是整体上止于一般性的表征概括和意义评判，理论层次的厚度与力度相对薄弱。

第二节　文学争鸣与文学思潮（现象）演变的密切关联

文学争鸣中的批评立场与观点必然受到特定时期文学思潮的影响与制约，反之，一些原始的争鸣又会推动或深化文学思潮以及文学思潮的研究。新时期40年，诸多研究成果对中国当代文学思潮和文学现象的发生、发展做了整体观照和系统论证，从当代历史、政治、文化、文学的多维结构中，探讨不同时期文学思潮的背景与特征，以及与普遍文学现象之间的内在联系。但一般来看，文学思潮研究所侧重的是主流化的、已有定论或共识的大思潮，而且多从大处着眼，从文学的理论主张、观念出发，再对创作实践进行考察和抽象概括。这使那些原本先于理论和观念的充满生机的创作状态似乎成了"思潮"的外衣而非灵魂，特别是对那些发生于"思潮"之前方向不明确且尚不稳定的文学态势的探索，缺少足够的重视和细致、及时的观照与评判，就不可能从中提取出某些颇有价值的艺术精神和美学思想——这一部分往往是摆脱了主导意志束缚和固有观念影响的生命形态。此外，对缺乏文学思想主潮导引、支持但却具备鲜明特征与关注点的文学现象，主流边缘的某些文学风景，以及由此引发的短暂争鸣都缺少延伸性研究，而这其中蕴含的文学观、批评思想与立场几乎都可以成为刺激文学思潮（现象）嬗变和发展的重要因素。因此，当代文学争鸣与文学思潮（现象）的演变具有极为密切的关联，文学争鸣中的当代文学批评形态应该成为文学思潮研究中值得格外关注的一个领域。

一　文学争鸣对现实主义文学思潮发展的促动

新中国成立之初，在"二为"方针和社会主义文艺观指导下，文学创作首先明确为工农兵服务的根本宗旨，以反映社会主义革命与建设为中心任务。为了表现时代主题，塑造英雄典型，作家们自觉深入生活，改造思想，努力学习、领会党中央的指示精神。因此，他们在反映现实、描绘生活之前，总是谨慎地站在特定的政治立场去观察、判断现实生活中的人与事，选择、提炼符合主流意识形态导向的题材，与此同时就忽略甚至放弃了个人对生活的独到体验、理解和认识。机械遵从一些原则和指示，必然导致创作不同程度地从概念出发去图解生活，有时就背离了现实，出现模式化倾向和浮躁虚假的文风。传统的现实主义文学思潮在激进的历史语境中丧失了一些本质特性，局限于单一狭窄的路径，缺乏应有的表现张力。

然而，20世纪50年代到60年代初，几次较大范围的文学争鸣，都触及了现实主义文学创作与文学理论的一些根本性问题，比如"对现实的揭露与干预"，"现实主义的广阔道路"，"文学是人学"的丰富内涵，"人性、人情与人道主义"在文学审美中的价值与意义等。尽管在当时的历史条件和政治环境下，这未能全面深入地促进现实主义文学思潮的健康发展，却为70年代末、80年代初"伤痕""反思"文学思潮的崛起以及现实主义的深化与拓展创造了十分重要的契机。

今天重读"伤痕文学"，也许并不能体验到震撼心灵的悲剧力量；重读"反思文学"，也难以抵达哲学思想或"人学"的深层。但在新时期文学复苏之初，人们带着"颂歌"记忆，突然面对"伤痕文学"展示的血淋淋的迫害、批斗场面，监狱、劳改队里政治犯的凄惨遭遇，荒谬罪名给人们精神的摧残；况味"反思文学"中人与历史、人与政治、人与人之间扭曲异化的关系，对于"暴露"的争辩实际已经超出了"真实性""本质与主流"等老范畴，唤醒了淡漠已久的"悲剧审美意识"和"理性批判（启蒙）精神"。这是现实主义文学回归与深化的突破口。

20 世纪 80 年代末"新写实"的实践者们在不同的争鸣倾向中，促进了现实主义文学思潮探索的新拓展。他们的突破意义在于改变了经典现实主义对现实的认识和反映方式，通过展现生活的本相和人的"形而下"存在而体现真正的"写实"意义。但是批评者指责其陷于日常化琐碎生活，视角狭隘、题材单调，创作缺乏理想和热情，更缺乏理性批判精神，价值取向庸俗化。那么，"新写实主义"（包括同根异枝的"新历史主义"）的去典型化、去本质化、去主流化以及回避价值判断的创作倾向，是否在新的维度推进了现实主义的发展依然有争鸣的空间。然而，不可否认的是，"新写实"一方面过度消解文学的社会教化功能和文学高于生活的诗性审美功能，似乎落入自然主义的窠臼，但是另一方面在复制现实庸碌生活、展示人生卑琐状态的过程中介入了荒诞、黑色幽默、象征主义、存在主义等表现方法，如《一地鸡毛》开头的"一斤豆腐馊了"到结尾梦境中"压在身上的鸡毛"和铺垫在身体下面厚厚的皮肤屑，都自然地传达出复杂的况味，使人对"生命中不能承受之轻"产生种种联想。因此，"新写实"在某种程度上弥补了传统现实主义所忽视的一些现实存在和生命体验，拓展了现实主义的意蕴空间。同时，"新写实"自觉反拨"先锋小说"耽溺形式主义的倾向，是否也对"先锋"转型有所启示？余华《活着》《许三观卖血记》都体现出明显的民间立场、生存意识和现实还原力度，或许可视为例证。

20 世纪 90 年代中后期，河北作家何申、谈歌、关仁山分别以《年前年后》《大厂》《大雪无乡》等一系列关注社会问题、直面现实困境、关怀民生民情的小说，引起广泛关注和热议，被誉为当代文坛"三驾马车"，这一文学现象掀起了"现实主义冲击波"。1985～1995 年"多元化"的 10 年间，显得"落伍""过时"而被作家批评家轻视、疏离的现实主义再度成为探讨焦点，许多评论家、学者教授都曾撰文参与争鸣，称赞者认为这些新创作"突破了个人日常生活的琐碎"，"带着更强的经邦济世的色彩，着眼于国计民生的大问题和整体性的生活走向"，

"表现出对我们共同承担的社会现实的真切忧思"。① 而否定、质疑者则批评他们缺失"人文关怀与历史理性"，"常常缺乏最起码的道德义愤"，因此是"肤浅的现实主义"。② 在不同的批评声中，"三驾马车"依然坚持在他们认定的道路上前行，直到进入 21 世纪，关注现实的视野与题材都有所扩展。之后批评者的关注点转向"反腐小说"和"底层文学"等思潮，现实主义创作在新世纪 20 年中始终是文学界讨论最多的现象之一。

当曹征路《那儿》《问苍茫》，陈应松《马嘶岭血案》《太平狗》，胡学文《命案高悬》《向阳坡》，王祥夫《寻死无门》，罗伟章《我们的路》等作家作品开始在文坛产生较大影响的时候，评论界同步展开了颇有声势的广泛探讨。这些创作主要反映下岗工人、进城打工农民以及城乡底层贫困人群的生存苦难，揭露阶层矛盾和社会问题，体现出现实批判精神和人民性倾向，因此"底层文学""新左翼文学"等命名得以流行通用，但也一直伴随较大争议。争议的焦点主要集中于三方面，其一，概念的命名依据和阐释维度；其二，"左翼"传统与思想资源的扬弃、承传或复苏的可能；其三，作家（知识分子）能否为底层"代言"，是否"抢占道德制高点"等。很明显，问题探讨中多少带有职业文学研究者（所谓学院派）"理论设置""学术生产"的目的，而对创作现象以及代表性作品中应该充分观察和思考的问题未能深入研究。在新的历史语境下，植根"底层"的写作是否对改革剧变的中国进行了深广的现实写照，是否在关切底层民众身份焦虑与主体性困境的同时，也能够以平等的姿态深入理解这一庞大群体在现代化进程中的根本诉求，"底层文学"的创作理念、方法与现代主义、后现代主义可能建立的关联以及从中确立的美学原则等，这些都是有待继续探究的话题。尽

---

① 参见雷达《现实主义冲击波及其局限》，《文学报》1996 年 6 月 27 日；张新颖《文坛涌动现实主义冲击波》，《文汇报》1996 年 8 月 2 日。

② 参见童庆炳、陶东风《人文关怀与历史理性的缺失——"新现实主义小说"再评价》，《文学评论》1998 年第 4 期；王彬彬《肤浅的现实主义》，《钟山》1997 年第 1 期。

管有人批评"底层文学"已"沦为没有生长性的命题"①，但不可否认的是，随着社会转型加速，贫富差距进一步拉大，新的底层人群在形成、扩大，因此"底层"现实主义思潮不仅没有终止，反而在"70后""80后"青年作家的创作中展现新姿。葛亮《阿霞》、徐则臣《啊，北京》、鲁敏《六人晚餐》、魏微《回家》、乔叶《拆楼记》、朱山坡《陪夜的女人》、盛可以《北妹》、石一枫《世间已无陈金芳》、廉思《蚁族：大学毕业生聚居村实录》、郑小驴《可悲的第一人称》、毕亮《外乡父子》等，有底层成长记忆或城乡间漂泊经历的体验性书写，有建立在田野调查上的非虚构创作。特别是这些青年作家对新底层群体（"蚁族""北漂青知""新生代农民工"等）的贴近关注和常态叙事，建构了"一代人与一个时代"的镜像，折射出新的现实精神，评论家称赞他们的探索代表了"当下中国文学的一个新方向"②。

二 文学争鸣与文学思潮（现象）多元化演进的互动

20世纪80年代初，诗歌界围绕三个"崛起"的论争（谢冕《在新的崛起面前》、孙绍振《新的美学原则在崛起》、徐敬亚《崛起的诗群》），不仅有力地推动了"朦胧诗"所代表的新诗潮的涌进，也为之后现代主义文学思潮的全面探索清除了一些障碍。20世纪80年代中期之后，"多元化"的文学思潮、文学现象、文学观念、文学批评方法等构成当代文学的整体风貌。

在80年代的文学思潮演进中，"寻根文学"是有自觉的倡导和理论主张的文学潮流，从现象的萌生到思潮流向的明确，其实是经过了不短的酝酿时期的。汪曾祺在20世纪80年代初写出了让人耳目一新的《受戒》《大淖记事》等散文化小说，其淡化时代、远离政治、充满乡

---

① 张宁：《命名的故事："底层"，还是"新左翼"？——大陆新世纪文学新潮的内在困境》，《文史哲》2009年第6期，第20页。

② 孟繁华：《当下中国文学的一个新方向——从石一枫的小说创作看当下文学的新变》，《文学评论》2017年第4期，第174页。

土风俗人情的"回忆"式叙事，浸透着传统文化熏染下的审美经验，这种真正的民族化魅力，使知识结构普遍有缺略的"知青作家"深受震动，于是就激发了作家、评论家对文化与文学创作关系的探究热情，"文化寻根"的理想得到发扬并付诸实践，一时间形成较大声势。"寻根文学"急欲突破传统现实主义文学的"现实"空间限制，表现出"求变"的两个突出意向——纵向深入开掘本民族的"古老文化"，寻找民族文化精神源流，以此"重铸和镀亮""民族的自我"①；横向以"世界文学"为参照，吸收那些将民族文化精神与西方现代意识、现代表现方法相融合的成功经验，以此走进与"世界文学"对话的博大空间。然而，在改革时代浮躁的历史语境中，浪漫主义精神、现代意识与现实社会的复杂境况难以和谐、统一，而现代文化理想建构与传统文化心理积淀的矛盾则加剧着"寻根人"的困惑。从创作实践看，并未形成持续的、趋向成熟的探索，仅有韩少功的《爸爸爸》、阿城的《棋王》、李杭育的《最后一个渔佬儿》、王安忆的《小鲍庄》等作品在文化蕴涵层面拓出新的审美维度，其他作品乏善可陈。文学史家唐弢先生、美学家李泽厚先生当年都对"寻根"思潮发表过质疑、批评的文章。学界比较有代表性的批评观点主要集中在两个焦点上，其一是质疑倡导者把传统文化膜拜推向极致的"复古"倾向，"一些作家热衷于谈玄论道，视读老庄、谈文化为高雅，或俨然得道高僧，酌奇炫博，或自惭形秽，魂不守舍"；其二是批评他们当代意识淡化，"作者仅仅满足于文化形态的浓墨重彩，只有客观主义式的呈示，没有观照，只有把玩，没有主体心灵的激活"。② 张韧对"寻根文学"思潮跌落的原因做了更为客观的总结，指出他们"雄心勃勃，意欲创建一种拥有自己风韵和风度的文学派别，但他们的阅历、学识、文化观与文学观又限制了寻根之路未能走上阔大与深远；他们既想联结大文化以拓展文学的思维，

---

① 韩少功：《文学的"根"》，《作家》1985 年第 4 期。
② 王东明、张王飞：《寻根文学：从亢奋到虚脱》，《文艺评论》1987 年第 3 期，第 48、53 页。

但对文化理解的抽象、偏狭而排斥了其它视角；他们既充满自信又未免偏执，在如何对待传统文化、地域习俗、西方文化、时代精神等一系列问题上，情绪激动地陷落一端而未能进入思辩与豁达的境界；既善于打出自己的文学主张，又不善于完善与发展自己的文学观念，一遇艰挫与意外受敌，便偃旗息鼓、云消雾散了"①。

"现代派文学"的出现以刘索拉《你别无选择》、徐星《无主题变奏》为信号，这两篇小说所表现的人与社会秩序的冲突，对普遍价值观的排斥，以及由此产生的存在虚无或荒诞，在一些批评家看来具备"真正的"现代派特征，但亦有人视其为"伪现代派"。马原、格非、孙甘露、莫言、残雪、余华等"先锋主义"文学代表人物从形式（叙事、文体、语言）的颠覆性革命，到生存（暴力、死亡、性）的荒谬性展演，给中国当代文学探索注入了强力兴奋剂，而谈论评说"先锋"也成为批评前沿的"先锋"姿态，似乎除此之外都不能进入"纯文学"的审美高地。但是有一个不容忽略的事实，20世纪80年代马原、余华等文学青年初登文坛之时，基本接受的是以西方现代哲学、文学为主体的文化教育（他们在改革开放时代进入大学中文系、鲁迅文学院、高校作家班等学习），是直接汲取西方现代主义思想资源与文学养料而"速成"的作家，创作中模仿照搬、移植横接等弊端在所难免，因此争议与质疑必然不会缺席。到90年代后，"先锋文学"曲高和寡的处境已难以适应市场化的趋势，迫使他们调整姿态和追求，余华和格非就是转变的成功范例。这一嬗变过程，虽然可以看作先锋作家的成长与蜕变的过程，或者说是文化环境改变的结果，但从接受与批评影响的视角看，其兴，与评论界的"力挺""诱导"直接有关；其衰，也与评论界的另一种客观理性的批评或尖锐的诘难所产生的影响有潜在联系。

通过爱情婚姻问题透视现代社会的性别冲突，拉开了20世纪80年

---

① 张韧：《寻找文学之根与追求精神的皈依——寻根文学得失谈》，《学习与探索》1993年第6期，第104页。

代反思、批判男权文化的女性文学序幕。如果说，张洁《爱，是不能忘记的》引发的主要是道德伦理范畴内的思想冲突，那么她之后不断受到好评或非难的作品《方舟》《祖母绿》《七巧板》，以及2002年推出的三卷本鸿篇巨制《无字》，几乎构成中国"女性主义"文学当代发展史的缩影。90年代中期后，有更多的女作家、评论家自觉携手为中国"女性主义"文学潮流推波助澜。从陈染、林白、徐小斌、海南的小说，到翟永明、伊蕾的诗歌，唐敏、斯妤、叶梦的散文，都鲜明标榜女性写作的性别立场，传达"自我"的性别意识与体验，颠覆男权文化规范的价值取向，打破男性话语的覆盖。李小江、孟悦、戴锦华、刘慧英、王绯、乔以钢、林丹娅、徐坤的女性文学论著与批评，开辟了"走向女人"的学术道路，她们以女性主义批评立场和视野对中国现当代女性文学进行再考察，对创作现状与发展瓶颈进行反思并提出建设性意见，推进了当代女性文学创作的探索。

　　21世纪之初《上海文学》刊登的《漫说"纯文学"——李陀访谈录》引起了反思"纯文学"的讨论，之后初步形成批评思潮。在20世纪80年代曾经倡导"纯文学"的著名作家李陀先生率先对"纯文学"进行检讨，指出："在这么剧烈的社会变迁中，当中国改革出现新的非常复杂和尖锐的社会问题的时候；当社会各个阶层在复杂的社会现实面前，都在进行激烈的、充满激情的思考的时候，90年代的大多数作家并没有把自己的写作介入到这些思考和激动当中，反而是陷入到'纯文学'这样一个固定的观念里，越来越拒绝了解社会，越来越拒绝与社会以文学的方式进行互动……面对这么复杂的社会现实……'纯文学'却把它们排除在视野之外，没有强有力的回响，没有表现出自己的抗议性和批判性，这到底有没有问题？"① 李陀由"纯文学"与现实社会、底层民生的疏离隔绝状态，批评文学在时代大潮面前的萎缩，准确切中

---

① 李陀、李静：《漫说"纯文学"——李陀访谈录》，《上海文学》2001年第3期，第7～8页。

要害。反思"纯文学"的争鸣，呼唤出底层现实主义思潮。而大量揭露现实矛盾、反映民生问题的报告文学、非虚构文学形成创作热潮，在社会上产生巨大反响，正是以创作实践回应了上述批评思潮。

当代纪实文学作为非虚构性叙事文类的泛指概念及创作现象（包含报告文学、传记文学、纪实小说、纪实散文等），长期被学界视作"亚文学""非文学"而饱受争议，虽然众多文学史家和文学批评家并不否认纪实文学——特别是报告文学在新时期以来的快速繁荣及其产生的巨大影响，在当代文学的整体格局中占有不可低估的位置，然而他们又常常发表对纪实文学的保守观点或偏见。受到非议最多的是纪实小说，20世纪80年代这个概念刚出现时就被贬斥为"杂交品种"和"文学怪胎"，世纪之交再度出现争论风波。然而，纪实文学的创作却一直波涌不止，80年代中后期的社会问题报告文学如赵瑜《中国的要害》、苏晓康《洪荒启示录——洪汝河两岸访灾纪实》、霍达《万家忧乐》、麦天枢《西部在移民》等，90年代以来的"史志型"纪实文学、传记文学如陆键东《陈寅恪的最后20年》、李辉《风雨中的雕像》、韦君宜《思痛录·露沙的路》、流沙河《锯齿啮痕录》、章诒和《往事并不如烟》、傅国涌《1949年：中国知识分子的私人记录》、杨绛《我们仨》等，近20年涌现的"三农"问题报告文学如陈桂棣、春桃《中国农民调查》，何建明《根本利益》，黄传会《中国新生代农民工》等优秀之作，都引起过较大的社会反响。

2010年《人民文学》大张旗鼓地倡导"非虚构"写作，刊发了一系列"非虚构"作品，其中梁鸿的《梁庄》、孙惠芬的《生死十日谈》等突出了田野调查、社会学研究等写作姿态和更为综合的叙事范式，对之后的"返乡体"写作有较大影响。但是提倡者和一些评论者强调"非虚构"与纪实文学、报告文学的区别，试图建构全新的"非虚构"理论坐标，反倒使人产生了一些新的困惑，目前还在持续的讨论是否可以逐渐明晰、沉淀出可靠的结论，需要时间来进一步验证。

第三节　文学争鸣与文学批评的反思

引发文学争鸣的对象通常是探索实验的作品，或是反传统的、超前的文学主张、文学观念，这一切都可能是粗糙的、幼稚的，甚至是荒谬的，但却也有可能蕴含着鲜活的生机和探索的价值。深入的争论可能使探索实验中尚不确切的追求目标逐渐明朗起来，进一步促进文学的嬗变与发展；同时，反叛传统、打破陈规和禁锢的文学探索又因为自身的革命精神或偏激色彩，势必再次引来争议。显然，螺旋式上升的、健康而有意义的争议必定能够进一步推动文学探索的实践活动并积累有益的探索经验，而且文学探索中的失误、缺憾和幼稚性也能够在文学争鸣中得到充分的认识和反思。从文学理论建构的意义来看，文学问题的论争总是围绕文艺学的本体性问题，诸如文学的本质与源流问题，文学的现实性、真实性、典型性问题，文学的审美意识与批评的美学原则，文学的人性、自我表现，文艺研究方法论等，因此文艺学的理论体系也是在批评实践过程中不断完善、拓展的。然而，文学争鸣以及所关联的文学批评作为精神活动，有其主体性和明确的目的性，但也有政治、文化影响下的被动性或功利性。通过梳理、透视 20 世纪 50~70 年代、80 年代和90 年代之后三个时期的文学争鸣现象，可以深入反思当代文学批评在不同历史语境中的性质、功能、形态等，为当代文学批评发展提供有益的经验和启示。

一　文学争鸣中的"政治性"与文学批评的"政治化"

文学创作与文学批评要不要讲"政治"？这是一个长期存在争议和误区的敏感问题。从 20 世纪中国历史发展的视阈看，文学的"政治性"功能早已形成并发挥着重要的、积极的作用。中国现代文学同中国社会一起经历了漫长的反封建的政治革命、反侵略的民族解放战争、反压迫的阶级斗争，被历史赋予了特殊的性质和使命。毛泽东指出："我们要战胜敌人，首先要依靠手里拿枪的军队。但是仅仅有这种军队是不够的，我们还要有文化的军队，这是团结自己、战胜敌人必不可少的一支军队。"因此"要使文艺很好地成为整个革命机器的一个组成部分，作为团结人民、教育人民、打击敌人、消灭敌人的有力的武器"。① 事实上，中国现代文学从"五四"时期作为思想启蒙的"文化先驱"，到30年代左翼文学崛起后直接、全面地深入"救亡运动"的"战时文化阵营"，再到40年代解放区文学完全统一于政治意识形态、接受无产阶级政党领导和指挥的"文化军队"，其性质、使命、发展方向以及创作形式与方法，正逐渐地、越来越密切地与革命的目的和需要联结在了一起。

新中国成立后，当代文学的性质、使命、发展方向又必然是和社会主义革命与建设密切联结的，"文学从属于政治"是不容置疑的原则。当代文学始终紧跟新时代的前进步伐，讴歌伟大的党、英雄的人民和火热的劳动建设，很好地起到了宣传、鼓动、教育、感染作用。但是，伴随着意识形态领域的斗争，当代文学经常处于复杂的政治运动的漩涡里，文学的观念受到"政治"纲领规约，文学的反映对象是"政治"题材和内容，文学的创作主体务必接受"政治"改造，文学的人物形象塑造以"政治化"的典型为标准，文学批评也因强调政治标准第一而表现出方法与形式的"政治化"。而且，按照邵荃麟的解释，"政治的具体表现就是政策，作家不能在创作上善于掌握政策观点，也就不能很好地为政治服务"。② 在这样的时代氛围和文化语境下，对于文学创作和批评中的政治立场、思想意识、感情倾向等，就会上升到主流意识形态的高度进行审视和判断。所以，文学争鸣在这一时期不可能是文学批评者与被批评者之间展开的"批评——辩护——再批评——反批评"这样的良性循环。争鸣的结果不仅不能对文学自身的特征与规律发生

---

① 毛泽东：《在延安文艺座谈会上的讲话》，《毛泽东论文艺》，人民文学出版社，1967，第2、3页。

② 邵荃麟：《目前文艺创作上几个问题》，《文艺报》1952年第3期。

积极作用，而且也不能真正激活文学批评的功能、丰富文学的批评形态、促进文学批评本体研究的展开。由于参与文学争鸣的批评者常常是非专业化人群，这些因素也必然导致文学批评政治化过强而学理性不足。

上述文学争鸣与批评虽然是普遍性的，但并不意味着文学批评在艺术探寻空间集体失语。一些在文学意义与艺术审美问题上有执着追求、独到发现、深刻见解的评论家为当代文学史留下了有价值的理论文献。1960 年柳青的长篇小说《创业史》第一部问世后，好评如潮，主要称赞作品深刻表现了社会主义革命的时代主题，成功塑造了梁生宝这一新的英雄人物形象，具有高度的典型意义。但严家炎却针对梁生宝形象，尖锐批评作者为了显示人物的高大、成熟，大量写了人物的"理念活动"，使人物苍白而缺少立体感。他认为"作品里思想最先进的人物，并不一定就是最成功的艺术形象"，相反，作品中思想落后的梁三老汉却是"最有深度的、概括了相当深广的社会历史内容的人物"，"具有巨大的社会意义和特有的艺术价值"。① 虽然严家炎的观点受到作者和众多评论家、读者的否定，但争鸣一直持续到 1964 年，对于人物形象评价，终于有了一次文学审美范畴中的深入探讨。

值得反思的是，20 世纪 80 年代文学界曾普遍出现"去政治化"的创作与批评倾向，一些作家、理论家在呼唤文学的主体性、审美性、自由精神的同时，或反对或漠视文学的政治功能，在对文学现象、文学作品进行争鸣和批评的各种声音中，凡是突出政治立场、使用政治性衡量尺度的，常被扣上"左倾"的帽子。面对文学界复杂的思想动态，邓小平同志旗帜鲜明地指出："我们坚持'双百'方针和'三不主义'，②不继续提文艺从属于政治这样的口号，因为这个口号容易成为对文艺横加干涉的理论根据，长期的实践证明它对文艺的发展利少害多。但是，

① 参见严家炎《谈〈创业史〉中梁三老汉的形象》，《北京大学学报》1961 年第 3 期；《关于梁生宝形象》，《文学评论》1963 年第 3 期。
② 指不打棍子、不扣帽子、不揪辫子。笔者注。

这当然不是说文艺可以脱离政治，文艺是不可能脱离政治的。任何进步的、革命的文艺工作者都不能不考虑作品的社会影响，不能不考虑人民的利益、国家的利益、党的利益。"①邓小平的精辟论断为我们正确认识文学与政治的关系厘清了逻辑，对文学创作的繁荣兴盛、文学争鸣与批评的健康发展是具有深远的指导意义的。

二　兼容多元、坚守主体

20世纪80年代以来，在新的思想启蒙运动影响下，文学的主体性逐渐恢复并不断强化，多元化的文学主张与多向度的探索趋势迅速改变了文学争鸣的氛围与形态，极为活跃的争鸣从多个侧面展示出当代文学批评的风貌与特征。文学争鸣因立场、观念、视角与方法的多元并存或交叉渗透，打破了保守僵化的思维模式，使批评形态逐渐趋向宽容、客观、弹性。文学批评不再单纯是社会学范畴里的理论工具，而是与文化人类学、哲学、美学、精神现象学、文艺心理学等广泛联系的媒介，反射出格外丰富的文学信息与思想内涵。

在多元化的文化语境中，涌进国门的西方各种文学理论与批评方法进一步刺激了当代文学批评的革新活力，在精神分析、结构主义、新批评、原型批评、解构主义、叙事学、女性主义、新历史主义、后现代主义、后殖民主义等学说影响下，国内出现了空前的理论热和方法热，这对于拓展文学研究视野、突破文学批评固有模式产生了积极作用。但需要警醒的是，从政治桎梏中挣脱的文学批评又被文化批评所制约，"我们的文学批评正变异为一种文化批评，心甘情愿地磨蚀着自己的个性。它对作品'文化性'的关注，远远胜过对'文学性'的关注。在批评家的视域里，'文化性'显然比'文学性'更加博大精深，更具普遍性人文价值，因而也更有诱惑力"，在这样的变异趋势下，"文学批评家们的审美能力正在急剧退化，并完成由艺术情趣主义向文化投机主义者

---

① 《邓小平论文艺》，人民文学出版社，2002，第111～112页。

的转换"。① 与此同时，文学批评的主体性必然已经发生新的异化，批评者在对外来文化思潮与理论资源接受的过程中，过度依赖西方认知范式和话语体系，致使文学批评在一定程度上脱离本土文学生态，忽视创作实际，热衷于追逐西方新的理论方法来建构当代中国文学的阐释框架，或者用中国的文学现象、叙事文本机械验证西方的某一理论话语。而在这样的批评中看不到批评者的主体性，缺乏源于审美体验的思想活水，因此也就难以在优秀、平庸、低劣的作家作品中作出高层次的价值判断。比如对"先锋文学"进行的"形式主义"过度阐释，对"性文学"肆意阐发的文化批评，以及 90 年代之后对一些美女作家"身体写作"所附会的女性主义批评等，似乎只是拿来各种"主义"给作家作品"贴标签"，对创作现象与作品的本质没有独到的见解。文学研究者积极充当西方理论的"进口商"并急不可待地生搬硬套在本土文学批评中以标榜"创新"，暴露了他们急功近利的心态，这对我们的文学理论建树不仅有害无益，而且会遮蔽其发展目标与追求。所以，对于西方文学思潮影响下的创作、西方文学批评方法的本土实践，需要充分讨论和争鸣，更需要通过探讨和争鸣促进当代文学批评与文学理论的自身建设，在兼容多元理论方法的同时务必坚守主体立场，彰显出独立之精神、自由之思想的理想境界。

三 媒体时代文学批评的"泡沫化"与批评责任的重构

20 世纪 80 年代因为文化热、理论热、方法热所产生的某些新问题没有引起高度警醒，结果在 90 年代文化的商业化转型之后，随着市场经济、消费机制对文学生产与文学传播的制约力、影响力的日趋强大，"媒评""炒评""捧评""酷评"等现象此起彼伏，功利主义的文学批评形成"泡沫化"现象，而真正能够在学理深层展开的思想交锋和学

---

① 路文彬：《救救文学批评——让文学批评回到文学》，《文艺争鸣》1998 年第 1 期，第 68、69 页。

术探讨却常常缺席。究其原因，首先，市场经济制约下的文学生产，已难以对抗商业性的操纵，"市场文学"生产与消费形态导致文学审美意识的泛化甚至媚俗化，虽然文学创作与批评获得多元共享的空间，但却难以形成占据主导地位的或重大的文学思潮，因此也难以产生强烈而有影响力的文学批评主潮。其次，经济时代的世俗利益、物质享受和欲望满足成为社会的普遍追求，精神追求中的共振点大大减少。从历史语境看，社会激变时期已经过去，进入了相对平稳的新阶段，现实本身缺少了使文学创作与文学批评激动的刺激点；从创作方面看，逐渐走向成熟的当代作家更致力于技巧的提高和风格的建树，因而文学的审美性加强了，但触及现实的尖锐性削弱了，思想的锋芒、先锋的姿态和叛逆的精神也都有所萎缩，使文学作品从某种程度上说丧失了争鸣的激发点；从文学批评的主体来看，也已从单一化的、非学术化的批评思维方式转向多元化的、学理化的丰富空间，视阈的开阔使文化心态趋向宽容，学术规范的严谨又相对遏制了批评冲动的迸发，此外实用主义和功利主义使一些文学批评者失去了探求真理的锐勇之气。

20世纪末，上海松江二中一个七门功课亮红灯的差生，在"新概念作文大赛"中获了一等奖，从此，这个名叫韩寒的少年退了学并以过激的叛逆言行表达对现行教育体制的抗拒，使那些依然在"体制"内受煎熬的无数青少年产生强烈共鸣。敏感的出版商和媒体都嗅到了商机，在他们的合力策划与包装下，韩寒及其长篇小说《三重门》作为"酷炫青春"的"神话"推向市场后立刻大火，韩寒成为无数青少年崇拜的偶像。接着不断有出版商对郭敬明进行"金童"包装，对张悦然进行"玉女"包装，对春树进行"朋克"包装……最后把他们再统统塞入"青春文学"的华美大包装。这些代表了一个新的时代的文学青年，本来应该特别需要评论界的理性批评和引导，但遗憾的是，一方面极少有学者对他们进行文学层面的深入观察和评析，对他们创作中十分明显的价值观迷误及不健康的思想情感倾向更是缺少"直谏"式的批评；另一方面这些被媒体和粉丝宠上天的"天才少年"们对文学批评压根不屑一顾，甚至出言不逊、嘲讽谩骂。2006 年，白烨的评论文章《"80 后"的现状与未来》遭到韩寒的粗野攻击，他在新浪博客贴出《文坛是个屁，谁都别装逼》，之后倾向于"挺韩"或"挺白"的评论者及网民争吵不休，文学争鸣再次陷入互相讥讽贬损的"口水仗"。回头看，早期以叛逆姿态写作的"80 后"作者一般都是受到"亚文化"视阈下的现象学评议，缺乏对一些本质问题的严肃争鸣，比如"青春文学"中普遍表现出的精神迷失与价值困惑，同多元而复杂的文化现象之间有怎样的内在联系，与当代文学整体的精神迷惘、审美盲从有着怎样的因果关系？此外，除了"青春文学"，还有"网络文学"等流行的写作潮流，都已构成对现有文学体制、文学观念的多方挑战，那么会怎样影响当代文学的未来走向？文学批评如何能够击碎各种流行文化的泡沫导引出鲜活的文学潮流？亟待探讨的新问题层出不穷，需要激发出百家争鸣的热情，也呼吁当代文坛拒绝"功利主义"批评，让文学批评回归文学，建设有担当、有胆略、有思想、有水平的文学批评群体和健康而富有生机的批评生态。

21 世纪以来，在文学批评领域内延续着一些对老话题的争鸣，也生成了一些审视文学批评的新视角。"现代"与"传统"的批评观、理论资源在"全球化与本土化"的大范畴中如何消除、淡化冲突与对立，如何在摩擦中逐渐促进二元的有机结合，是需要继续努力的目标。"文化批评"与"文学批评"的矛盾或错位现象一直是批评界关注并进行"再批评"的聚焦点，但是问题揭示和弊端讨伐较深刻，改变建议则缺乏力度，几乎没有实践指导意义。"大众传媒批评"与"学院批评"由于生态和语境存在较大差异，关注的批评对象常常不在同一层面，因此形成不同的批评目的、批评策略与方法，不过在市场化的大环境下，"学院批评"也常常在"服务社会"的课题导向和经济支持下，或者在某一文化产业邀请合作的"推广"策划中，调整批评姿态与运作途径，参与"媒介"的"大合唱"。因此，21 世纪文学批评的发展，必然还需要通过对这些话题展开探讨、充分交流，在思辨的深化中重构文学批评责任，以此推动当代文学批评的新演进。

第二章　小说：聚焦人物形象与"人学"

　　"文学是人学"，这是一个最简洁、最明了的判断，却又是一个蕴涵深厚、万古不灭的定律。它构成文学存在与文学创作的永恒意义，文学审美与文学批评的最高境界。"人学"联系着微观个体生命与全部人类历史的宏大系统，必然也连接着生理学、心理学、伦理学、生态学、社会学、历史学、民俗学、文化学、宗教学、哲学等广泛的学科领域。文学中的"人学"，既是多维的科学探索空间的有机构成部分，又是灵魂漫游、思想发散、感情宣泄、想象驰骋的精神创造空间。创造出的人物形象首先是有呼吸、有血肉、有七情六欲的自然人，其独特显著的生理特征、丰富微妙的心理状态、复杂幽深的人性内涵等，都应得到真实而生动的再现；而社会对人的定位、规范、制约，文化对人的影响、滋养、引导，塑造了其社会地位与身份、人生道路与价值、道德修养与情操，同时也形成了时代的多棱镜，折射出人类共处的历史人文环境。文学形象是由人的主体精神创造的，作为审美对象，必然还承担着创造者、接受者、批评者的审美期待。因此，无论文学在历史长河中怎样浮沉变迁，人物形象的审美创造和审美批评是不会缺席的。特定历史时期围绕小说人物形象塑造与审美演变所引发的探讨，既可以对小说形态——写什么、怎么写所体现的创作动机、题材意义、主题蕴涵、艺术追求以及审美理想，作出最集中、最切实的价值判断，也可能对这一时期的文学形态——思潮、现象所生发的文学主张、时代精神、社会影响、发展趋势等，进行最深入、最全面的经验总结。

第一节 "典型"之于人物形象塑造与批评

新时期文学 40 年的发展境遇，虽然经历过激越张扬也感受过冷寂落寞，但探索的精神和力度从未减弱，从小说人物形象塑造这一重要侧面观察，其审美嬗变过程大致与当代文学探索的三个阶段趋同。新时期之初到 80 年代中期，伴随思想解放思潮、人道主义思潮的高扬，艺术形象——无论小说人物、戏剧人物、电影人物，还是诗歌中的抒情主体，都承担着厚重的历史底蕴与激越的时代精神，在一定的文学高度探究"人学"意义，也向当代文学强大的主流意识显示出叛逆勇气和挑战姿态。人物形象审美从单一苍白向多元丰富的嬗变，从浅层次向深层次的推进，无不彰显了当代文学新焕发出的生命活力。但由于典型理论的认识误区以及由此形成的批评准则长期影响着艺术形象的创造和评价，作家过于注重对人物形象赋予典型性的思想品格，有些作品还带着机械处理的概念化痕迹；批评家也过于偏好以典型化的尺度考量人物形象，理论阐释缺乏新的突破。80 年代中期当代文学开始了真正意义上的多元化探索，典型理论在种种新"主义"的阐释中已不见踪迹，"人学"一方面更加抽象化，另一方面更加世俗化，或以"意识"表现人的"内宇宙"，或以"符号"展示人的现实存在，或以"荒诞"寓意人的宿命，或以"文化"定位人的根性，或以"卑琐"还原人的本相……但是对人物形象的审美批评则陷入多元化的困惑与失范。90 年代当代文学经历市场化影响，在重新调整、选择、分化之后，长篇小说创作进入全面探索、全面崛起的时期，人物形象塑造与"人学"探索重新受到作家与批评家的重视，尽管尚未建构起新的理论体系，但是表现出了纵深开掘的努力。

为了对 40 年间人物形象审美嬗变轨迹和批评话语形态进行整体观察和判断，我们有必要对典型理论与当代文学的关联进行梳理、审视、反思。

一 典型理论再思辨

在很长的历史时期内，典型理论作为马克思主义文艺思想的重要组成部分，在社会主义文艺学的体系建构中具有至高无上的重要性、权威性，对文学创作与批评都曾产生过神明一般的主宰作用。马克思、恩格斯著述宏富，卷帙浩繁，但是未见专题论述文艺典型的篇章，其观点散见于一些书信中，其中最有代表性的是《恩格斯致玛·哈克奈斯》信中的经典论述："据我看来，现实主义的意思是，除细节的真实外，还要真实地再现典型环境中的典型人物。您的人物，就他们本身而言，是够典型的；但是环绕着这些人物并促使他们行动的环境，也许就不是那样典型了。"① 另外，在《恩格斯致敏·考茨基》信中，对以个性化为基础的、普遍性与特殊性相统一的典型人物特征做了界定："每个人都是典型，但同时又是一定的单个人，正如老黑格尔所说的，是一个'这个'，而且应当是如此。"② 如果我们整体理解恩格斯的两封信，可以看得出他要讨论的中心话题不是典型观，前一封信强调的是现实主义的真实性问题，后一封信着重表达他对人物描写中个性刻画的看法，恩格斯没有对典型概念的文学性内涵进行充分、深入阐释，但是他从"典型"创造与评价的角度谈论文学的重要问题，显然表明他受到同时代文艺思潮的影响，并且有个人的思考和认识。

在马克思、恩格斯生活的 19 世纪，整个欧洲的工业文明、自然科学、社会文化都取得了巨大进步，文学艺术进入繁荣昌盛的黄金时代。在人文思潮的影响下，人的主体意识、世界观、价值观全面觉醒、重塑，而文学艺术创造也把聚焦点对准了社会与人，无论是对现实社会的展示与批判，还是对人类理想的憧憬与想象，都联系着人的命运处境和价值尊严。由此，自古希腊以来的以故事、事件展示为中心的艺术形态

① 《马克思恩格斯选集》第 4 卷，人民出版社，1995，第 683 页。
② 《马克思恩格斯选集》第 4 卷，人民出版社，1995，第 673 页。

被以人物性格、思想、行为描绘为中心的艺术追求所取代。而且，对于人物的塑造，也由过去类型化、简单化向典型化转变。典型人物形象塑造，几乎成为所有作家的最高追求。那一时期诞生了大量的典型形象并且获得了不朽的艺术生命力——巴尔扎克的葛朗台、高老头，托尔斯泰的安德烈·保尔康斯基、安娜·卡列尼娜，司汤达的于连·索黑尔，狄更斯的大卫·科波菲尔，雨果的冉·阿让，罗曼·罗兰的约翰·克利斯朵夫等，这些形象成为文学经典的鲜明标志。

充分的文献资料证明，19 世纪许多著名的作家和文艺理论家都曾对典型问题阐发过自己的观点，比如，巴尔扎克曾说："'典型'指的是人物，在这个人物身上包括着所有那些在某种程度跟它相似的人们的最鲜明的性格特征；典型是类的样本。"① 福楼拜主张："必须永远把自己的人物提高到典型上去，伟大的天才与常人不同的特征即在于：他有综合和创造的能力；他能综合一系列人物的特性而创造某一种典型。"② 别林斯基的论述更完整，也更明确，他认为："典型性是创作的基本法则之一，没有典型性，就没有创作。"③ "创作的新颖性——或者，毋宁说创造力本身——的最显著标志之一即在于典型性；假如可以这样说，典型性就是作家的徽章。在真正有才能的作家的笔下，每个人物都是典型；对于读者，每个典型都是一个熟识的陌生人。"④ 虽然别林斯基有过度拔高、夸大典型地位之嫌，但是他的最后论断十分精辟，这是典型理论中最透彻、最深刻的见解，至今看，依然是人物形象审美评判的真理。

以上引证说明，典型创造与典型观在欧洲文学发展史上曾占据相当突出的地位。马恩面对那一时期文学艺术的丰硕成果，必然就会站在一

---

① 〔法〕巴尔扎克：《〈一桩无头公案〉初版序言》，程代熙译，载《古典文艺理论译丛》第 10 册，人民文学出版社，1965，第 137 页。

② 段宝林编《西方古典作家谈文艺创作》，春风文艺出版社，1980，第 397 页。

③ 《别林斯基选集》第 2 卷，满涛译，上海译文出版社，1979，第 25 页。

④ 《别林斯基论文学》，梁真译，新文艺出版社，1958，第 120 页。

个新的历史高度和美学立场作出评断，典型学说自然也就成为马克思主义文艺思想的一个组成部分。

进入 20 世纪后，人类历史面临新的巨大的社会危机和生存困境，西方的文学艺术首先跌入怀疑时代，现代主义应运而生。19 世纪中叶的典型崇拜开始失去神圣的光环，似乎很难再引起文学领域的关注。但是颇有意味的是，在 20 世纪西方文论中，没有人再热衷于探讨典型理论，比如在著名的当代文论家韦恩·布斯的《小说修辞学》中，就几乎没有涉及典型话题。但这并不意味着这个概念已经在文艺学体系中消失了，相反，在当代西方文学研究与文学评论中，学者们常借此术语表达自己对艺术形象的价值肯定。比如，新批评后期代表性人物勒内·韦勒克和奥斯汀·沃伦在其合著的《文学理论》中，从典型观确立批评视角，指出"在经验世界中狄更斯的人物或卡夫卡的情境往往被认作典型，而其是否与现实一致的问题就显得无足轻重了"[①]。梅尔文·弗拉德曼认为福克纳在《喧哗与骚动》中，塑造了"昆丁这样一个和乱伦与自杀的思想纠缠在一起的青年人的典型"[②]。法国新小说代表人物娜塔莉·萨洛特则提出："就现在看来，重要的不是继续不断地增加文学作品的典型人物，而是表现复杂矛盾感情的同时存在，并且尽可能刻划出心理活动的丰富性和复杂性。"[③] 英国当代小说理论家福斯特对典型理论进行了较有价值的现代发展，他在《小说面面观》里提出并阐述了"扁平人物"和"圆形人物"的分析理论。"扁平人物……有时被称作类型人物或漫画人物。他们最单纯的形式，就是按照一个简单的意念或特性而被创造出来。如果这些人物再增多一个因素，我们开始画的弧

---

① 〔美〕勒内·韦勒克、奥斯汀·沃伦：《文学理论》（新修订版），刘象愚等译，浙江人民出版社，2017，第 208 页。

② 〔美〕梅尔文·弗拉德曼：《"意识流"导论》，载伍蠡甫、胡经之主编《西方文艺理论名著选编》（下），北京大学出版社，1987，第 125 页。

③ 〔法〕娜塔莉·萨洛特：《怀疑的时代》，林青译，载柳鸣九编选《新小说派研究》，中国社会科学出版社，1986，第 36 页。

线即趋于圆形。"① 刘再复对"圆形人物"做了更明晰的界定，他们是具有"二重性格结构或多重性格结构的人物"。可见，这样的人物实质上就近似于典型人物，因为"很少有举世公认的杰出的典型人物是属于扁形人物的"②。

可以看出，20世纪以来典型观在欧美文学的创作和批评中明显淡化了，但却渗透到对文学特质和本体的更广泛、更细微的美学研究中，那么换一个角度看，或许说明了典型理论从"崇拜"语境中淡出，已成为常态话语。

随着欧洲批判现实主义和典型热潮的退落，东欧、苏联和中国却正在形成革命现实主义的雄壮波澜。在这个过程中，无产阶级革命的宣传目的、政治意识形态的深入渗透、马克思主义思想的全面指导，形成强有力的锻造社会主义文艺范式的"共同体"，在这个结构中，"典型"已经不单单是艺术形象，还是"革命""阶级""英雄"的凝聚物。

二 概念化的"先进典型"与典型化的"中间人物"

在中国现代文学的开端，鲁迅先生已经塑造了系列高度典型化的艺术形象——阿Q、闰土、祥林嫂、狂人、孔乙己、陈士成、吕纬甫、魏连殳、子君等，这些形象具有中国农民、知识分子根深蒂固的民族共性和他们自身鲜明的个性，都是我们"熟识的陌生人"。鲁迅对中国文学现代转型和发展的卓越贡献首先在于从"人学"角度对艺术形象进行深入开掘，为后人留下了极为宝贵、丰厚的经验，产生了深远的影响。20世纪三四十年代以胡风、周扬、蔡仪、巴人等为代表的著名文学批评家曾展开关于典型问题的争鸣和研究，使典型观开始成为文学创作与批评中的一个重要审美标准。1942年毛泽东《在延安文艺座谈会上的

---

① 〔英〕爱·摩·福斯特：《小说面面观》，苏炳文译，花城出版社，1984，第59页。
② 刘再复：《性格组合论》，安徽文艺出版社，1999，第470、474页。

讲话》明确提出文艺为工农兵服务的新方向，同时他也指出："革命的文艺，应当根据实际生活创造出各种各样的人物来，帮助群众推动历史的前进。"因此，他提醒文艺工作者要深入生活，去"观察、体验、研究、分析一切人，一切阶级，一切群众，一切生动的生活形式和斗争形式，一切文学和艺术的原始材料"①。在《讲话》精神鼓舞下，从40年代到60年代中期，文学创作肩负起时代使命，诞生了一批"红色经典"和工农兵英雄形象，但与此同时也暴露出一些问题和弊端，人物塑造为了突出工农兵形象，忽略、排斥描写工农兵之外的"一切人"，而且围绕能写怎样的人、不能写怎样的人曾展开过持久的、激烈的论争，艺术形象的塑造与批评一度成为文艺领域里争辩最频繁、斗争最尖锐的"雷区"。虽然在当时有诸多知名的文论家，如朱光潜、何其芳、李泽厚、蒋孔阳、钱谷融、邵荃麟、周扬、冯雪峰等都致力于研究马克思主义文艺思想，期望通过典型理论的充分探讨提升人物塑造的认识高度与审美评价标准。然而，由于"左"倾思想的干扰，文学创作与研究的主体性丧失、瓦解、异化，文学发展的特殊规律被破坏，于是出现了非常态的、荒谬的现象。

1949年下半年，文艺界展开"可不可以写小资产阶级"的争鸣，争鸣的焦点是无产阶级革命文学"谁当主角"这一严肃的文艺方向问题，显然在无产阶级政权刚刚建立的历史关头，这个方向问题是不能含糊的，这也为典型问题的讨论和研究定下了基调。1951年，文艺界提出塑造"新英雄人物"的口号，引发是否允许"英雄人物缺点的描写"和"反映矛盾冲突"等论争。如果这作为文学创作应该关注的一个方面，认真讨论一下塑造英雄人物的"新视野""新观念"，本来是有意义的，但遗憾的是，那时期中国将苏联的文艺思想奉为"金科玉律"，对于其中"极左"的观点缺乏理性判断和辨析。比如马林科夫强调：

---

① 毛泽东：《在延安文艺座谈会上的讲话》，《毛泽东论文艺》，人民文学出版社，1967，第28、29页。

"典型是党性在现实主义艺术中表现的基本范畴，典型问题经常是一个政治性的问题。"① 这种把艺术等同于政治，把典型性视为阶级性的明显错误的论调，被我们不假思索地照搬、吸收。巴人在50年代出版的《文艺论稿》中，表达了类似的观点："所谓典型，便是现实最集中和最本质的概括。……典型人物便是将人类个别集团或阶级之共同的特征，统一于人的独特的形象之中"，"典型性必然是阶级观点的具体的表现"。② 蔡仪也在《新艺术论》中指出："艺术的典型是阶级的或社会的一般的东西和个别的东西的统一"，"它必须是由阶级的人群的性格特征概括起来而具现于一个人物身上的"。③ 在这样的规约中，"新英雄人物"的讨论就越来越脱离了文学的审美规律，使人物塑造的典型化演变为概念化——从政治概念出发突出人物的阶级属性、革命觉悟、英雄品格、高大形象，遮蔽人物丰富复杂的人性，回避人的弱点、缺点和思想情感的内在矛盾。

面对理论界的偏颇观点和认识误区，面对艺术形象创造越来越严重的概念化倾向，以冯雪峰为代表的部分理论家发出质疑和批评之声，冯雪峰曾疾呼："不可以把先进分子和英雄们从实际生活的矛盾斗争中孤立开来，不可以把他们从他们在斗争中作为矛盾冲突的一方面的地位上孤立开来，不可以把他们从他们所反映的伟大的社会力量（即革命力量，也即是和他们在一起斗争着、前进着的广大的普通人民群众）孤立开来，不可以把他们从现实的历史前进运动的力量和方向孤立开来。"④ 这一连串的"不可以"表明冯雪峰已看到人物形象的"概念化"损害了现实主义的真实性。一些批评家对于当时文学作品中有争议、被否定的"中间人物"形象进行了独具慧眼的审美观照，肯定这些真正具备

---

① 〔苏联〕马林科夫：《在第十九次党代表大会上关于联共（布）中央工作的总结报告》，人民出版社，1952，第71页。

② 巴人：《文学论稿》（上），新文艺出版社，1954，第325页、327页。

③ 蔡仪：《新艺术论》，群益出版社，1951，第121、126页。

④ 冯雪峰：《英雄和群众及其他》，《文艺报》1953年第24期。

典型化特征的"中间人物"，批评那些概念化的所谓"典型人物"形象。1960 年，柳青的长篇小说《创业史》（第一部）出版后在广大读者中引起热烈反响，《文艺报》等报刊发表了多篇评论，评论家们交口称赞这部作品的思想艺术成就，特别是对小说塑造的梁生宝这一社会主义新人形象给予极高的评价。邵荃麟则表达了不同看法："梁三老汉比梁生宝写得好，他概括了中国几千年来个体农民的精神负担。"他认为："仅仅用两条路线斗争和新人物来分析描写农村的作品（如《创业史》、李準的小说）是不够的。"① 1962 年 6 月，他在《文艺报》的一次讨论会上提出了"写中间人物"的问题，同年 8 月他在"大连农村题材短篇小说创作座谈会"上指出："两头小，中间大，英雄人物与落后人物是两头，中间状态的人物是大多数，应当写出他们的各种丰富复杂的心理状态。文艺的主要教育对象是中间人物……写英雄是树立典范，但也应该注意写中间状态的人物，只写英雄模范，不写矛盾错综复杂的人物，小说的现实主义就不够。"② 显然，邵荃麟并没有否定塑造英雄模范的必要性，他只是针对文艺创作中偏离了现实主义原则的简单化和教条主义提出警示，反对对英雄人物"拔高"，主张人物描写要贴近现实中大多数的普通人，人物形象应该多样化。1961～1964 年，严家炎在《文学评论》等权威刊物上连续发表了系列关于《创业史》人物形象的评论，他认为这部长篇小说的主要成就是塑造了梁三老汉这位老农形象，"梁三老汉虽然不属于正面英雄形象之列，但却具有巨大的社会意义和特有的艺术价值"。他批评梁生宝形象的刻画存在"三多三不足"——"写理念活动多，性格刻划不足（政治上成熟的程度更有点离开人物的实际条件）；外围烘托多，放在冲突中表现不足；抒情议论多，客观描绘不足"，导致这一人物形象"欲显高大而反失之平面的感觉"。③ 邵荃麟、

---

① 《文艺报》编辑部：《关于"写中间人物"的材料》，《文艺报》1964 年第 8、9 期合刊。
② 《文艺报》编辑部：《关于"写中间人物"的材料》，《文艺报》1964 年第 8、9 期合刊。
③ 参见严家炎《谈〈创业史〉中梁三老汉的形象》，《文学评论》1961 年第 3 期；《关于梁生宝形象》，《文学评论》1963 年第 3 期。

严家炎当时的批评洞见对文学创作具有深刻的启示意义。

我们重读《创业史》《三里湾》《山乡巨变》等农村题材长篇小说，依然可感受到梁三老汉、范登高、盛佑亭等"中间人物"极强的艺术生命力。这几部长篇集中反映了我国社会主义改造与社会主义建设时期，农村两条道路的斗争，以及新与旧、前进与倒退、革命群众与反动势力的较量。在特定的历史语境下，受政治意识形态引导，像柳青、赵树理、周立波这样长期深入农村、基层和现实生活的优秀作家，也难免在创作中"主题先行"，或以理想化的理念塑造"先进典型""带头人"——如梁生宝、王金生、刘雨生。虽然这些形象是源于现实生活的，有一定真实性、生动性，但是作者通过典型化手段赋予了他们过多的"高于现实"的思想性格。为了突出阶级斗争意识，体现社会运动的本质与主流趋势，使人物的典型性与政治示范性统一起来，小说就出现了"图解"某种思想的痕迹。因此，在那些血肉丰满、性格鲜明的"中间人物"面前，这些"先进典型"反而显得苍白失色。

《三里湾》中凡是给人留下深刻印象的都是些有性格矛盾、有缺点的人物，不论是有资本主义自发倾向的村长范登高，还是保守落后、封建意识严重的"糊涂涂""常有理""铁算盘""惹不起""能不够"，他们身上有旧社会遗留下来的劣根性，又有新形势下滋长的自私心理、不满情绪、对抗态度，更有顽固的自身个性。同样是抵抗合作化运动，一心谋取私利，范登高善于利用他的村长地位和手中权力，甚至借助党的威信为自己开道；而"糊涂涂"则大事糊涂小事聪明，不识大体却为个人利益精明算计；那几个妇女的绰号特别形象传神，虽然暴露出作者有歧视妇女的男权思想，但不得不承认她们个个神态毕肖、呼之欲出，洋溢着浓厚的生活气息，"能不够"强势自恃，"常有理"胡搅蛮缠，"惹不起"尖酸刻薄……她们演绎了"泼妇"的各种伎俩。赵树理并没有将人物简单脸谱化，而是在富有戏剧性的冲突中凸显人物性格，在轻松幽默的笔调里饱含了对他们善意的批评与讥讽，甚至也带有宽容与喜爱。同时，他又并未忘记细致入微地展示社会变革与历史发展给这些人物在精神面貌、思想觉悟、生活态度等方面带来的渐进变化，客观而真实地再现了新社会改造旧人物的复杂过程及必然结果。相比之下，三里湾党支部书记兼合作社副主任王金生的形象就逊色多了，"个性是不够完整的，仿佛还没有直立起来似的"①。这是因为"作者似乎只把他当作为党的政策的执行人，他的思想和行动甚至说话都是政治化的。这就给人的印象依然不是一个血肉丰满的人物，还是脱离不了单薄、乏力的感觉"②。作者自己也承认："写旧人旧事容易生活化，而写新人新事有些免不了概念化。"③

周立波也是一位擅长刻画"中间人物"的高手。与赵树理一样，他往往用幽默的笔调去呈现人物身上的缺点，同时又用爱抚的笔墨去展现人物的进步，在富有喜剧性的气氛里，含蓄而深入地传达出一个扎根于现实的作家对社会、对历史、对现实独到的发现与感悟。《山乡巨变》中最让人难以忘怀的人物是可笑又可爱、可亲又可气的盛佑亭（外号"亭面糊"），在这个极为平凡的、不够觉悟的老农民身上，充满了矛盾，充满了喜剧色彩。他用新的观点看待自己的贫农身份，向人诉苦说在旧社会是"衣无领，裤无裆，三餐光只喝米汤"，可他又怕别人笑他穷，看不起他，于是吹嘘自己早年"起过好几回水"；土改时他得到了好处，拥护共产党的政策，可立场不坚定，轻信谣言，他最早加入了互助组，但对互助组的前途抱着怀疑的态度，认为互助组"不如不办好"；④ 他面面糊糊却又机灵狡黠，好发脾气，爱下命令却又毫无威信，多嘴多舌乱发议论，却又逃避开会……他不断地闹出误解和笑话，于是在令人捧腹的喜剧中，他自觉不自觉地摇摇摆摆地跟在大伙儿的后面朝前迈。作者正是在这情趣横生的细节描绘中，赋予了他高度的典型意

---

① 巴人：《〈三里湾〉读后感》，《遵命集》，北京出版社，1980，第16页。
② 林曼叔、海枫、程海：《中国当代文学史稿（1949—1965 大陆部分）》，巴黎第七大学东亚出版中心，1978，第95页。
③ 赵树理：《〈三里湾〉写作前后》，《文艺报》1955年第19期，第26页。
④ 周立波：《山乡巨变》，作家出版社，1959，第9页。

义，像"亭面糊"这样的老式农民，身上遗留着不少旧思想、旧习俗，同时又明显受到新社会的影响，消极与积极并存，落后逐渐被进步取代，这不也正是社会发展的一个重要缩影吗？

如果说"亭面糊"身上的喜剧色彩在很大程度上来自他性格上的诙谐与滑稽，那么柳青笔下的梁三老汉则又有所不同。尽管他们同属于转变之中的"中间人物"，属于新旧冲突的"矛盾人物"，他们同样富有喜剧性，但柳青的风格是谨严凝重的，他不同于赵树理的明朗风趣，不同于周立波的轻巧幽默，柳青更注重从历史深处反观现实，揭示多重复杂因素对人物性格与精神的浸染，所以他对梁三老汉这样大半生深陷于旧中国的灾难与困苦中的老一代农民饱含理解与同情。因此我们看到，在梁三老汉喜剧性的性格中还蕴含了历史积淀下来的悲剧因素，他经常因为不合时宜的思想言行遭到别人的嘲笑，但他本人是沉重的，是难过的，也是认真的。这个受尽生活煎熬的贫苦农民，一直怀有改变命运的创业梦想，三次创业三次失败后，虽然仇视阶级剥削，却把个人的不幸归结为命运的安排；土改后分得土地，再次萌生创业发家之梦，但他只想靠个人苦干苦挣的辛勤劳作，换取庄户人的富足日子，不明白走社会主义致富道路的必然趋势，所以他的小生产者的发家之梦与社会主义创业之路发生了矛盾。当已经站在社会主义前进道路的起点时，他依然没有觉悟到他的希冀和要求与社会主义方向的一致性，所以他是带着发家的梦想和小生产者因袭的重负不自觉地卷入社会主义革命与建设的浪潮之中的。那么，他的梦想、他的精神重负、他的复杂心理便会继续作为悲剧的因素发生作用。当然，绝对不同于旧时代，梁三老汉性格上的悲剧因素，并不至于导向悲剧命运的结局，在新的社会条件下，他以不协调的表现在客观上形成了喜剧效果。此外，他的性格上的多面性、冲突性也使这个形象更加真实生动，他自私却不贪婪，落后保守却能够接受事实的教育，固执偏狭却又善良淳朴，胆小无能可又勤劳节俭，不觉悟但对毛主席、共产党、社会主义具有朴素真诚的感情。作者不仅对梁三老汉的性格做了充分开掘，而且在各种因素的变化中，着重揭示人物的心灵历程，细致可信地表现了一个人物的思想转变，从而再现了历史发展的轨迹。

　　若从现实主义创作方法视角比较《三里湾》《山乡巨变》《创业史》三部作品，就会发现三位作家对现实主义的理解和把握也存在明显的差异。赵树理、周立波在文学的大众化与民族化方面确实带有自觉的意识，并具备这方面的优势，但他们有时将民族化与民间化完全等同起来，在某种程度上迎合或迁就了"大众"浅层次的审美心理，对传统文化、乡土文化中某些保守落后的思想观念、文艺形态和欣赏趣味的改造与提升未达到我们期待的层次，这就使他们有自己深刻的一面，同时难免浮泛的一面，在艺术表现上往往难以有重大突破和提升。柳青的创作在现实主义的深化方面作出了有益的探索和贡献，他的作品给人以根深土沃、枝繁叶茂的丰厚感，这不仅与民族文化的优秀本源相融相连，也与对外来文化精华的充分吸收密切相关。因而，创作方法影响着一个作家的美学追求，而不同的美学追求又反作用于作品的艺术表现力，比如，从他们的叙事立足点来看，就反映出不尽相同的创作倾向，三部作品的叙事开端，《三里湾》《山乡巨变》是从"上"往"下"写——就是说，作品开头就拉开斗争（矛盾）的序幕——上级传达了关于合作化运动或其他什么文件，然后基层干部（主角人物）带着上级精神回到某乡某村贯彻政策、开始组织"运动群众"，由此也展开了情节与矛盾。而《创业史》则是从"下"往"上"写——以"题叙"勾勒历史背景，揭开广大贫苦农民在旧中国的真实困境与悲剧性命运，铺垫他们改变自己处境与命运的心理渴求和潜在的动力，然后通过"群众运动"的自发诉求，通过广大贫苦农民的个人动机同社会的历史动机的一致性，反映中国农村开展社会主义革命的必然性。柳青从蛤蟆滩的现实状况折射特定历史时期中国社会的主要矛盾和斗争，将农村的形势与全国的社会主义革命和建设联系起来，与历史发展的宏观前景联系起来，厚重的历史性与深刻的现实性纵深交融，具备了"史诗"的审美价值。

三 "人物塑造"论争之鉴戒

20 世纪五六十年代由"谁当主角""新英雄人物""中间人物"等议题引发的论争，本是非常正常的、有意义的文学争鸣现象，对当代文学的进步有益无害。然而，随着"以阶级斗争为纲"的政治形势的发展，"中间人物论"与"现实主义深化"等主张在文艺整风中遭到"公开的讨论和彻底的批判"，1964 年《文艺报》八、九期合刊发表了《"写中间人物"是资产阶级的文学主张》，之后又刊载了综合材料《十五年来资产阶级是怎样反对创造工农兵英雄人物的?》，仅从这些标题上，已看得出事态的严重性，这场批判一直持续到"文革"。

在否定、批判"中间人物"的思潮中，大量优秀作品因为写"人"背离了主导大方向而被批判，比如赵树理在《锻炼锻炼》中描写的"小腿疼""吃不饱"两个落后妇女形象，被批评者质问："难道这就是农村妇女的真实写照吗?"① 欧阳山的长篇小说《一代风流》（包括《三家巷》《苦斗》），因为塑造的英雄人物周炳身上表现出"小资产阶级性格特点"，而被斥为"腐蚀性的作品"②。杨沫的《青春之歌》在问世之初极受读者欢迎，林道静这一在革命风潮中成长的知识女性形象具有较高的典型性和审美价值，但是这部作品很快就受到一些尖锐批评，作者迫于压力在修改后的新版本里，增加了林道静在农村经历革命锻炼的七章内容和在北大领导"一二·九"运动的三章内容，对人物进行了"理想化"拔高，结果原来那个感情丰富、个性生动、形象迷人的林道静多了一些"僵硬"的"革命性"特征，历史的真实性则弱化了。

再回到"新英雄人物"塑造问题上，毫无疑问，每个时代、每个民族，应该弘扬英雄主义精神，如果时代文学、民族文学中缺少英雄形

---

① 武养：《一篇歪曲现实的小说——〈锻炼锻炼〉读后感》，《文艺报》1959 年第 7 期。
② 谢芝兰：《〈三家巷〉〈苦斗〉是宣扬资产阶级思想感情的腐蚀性的作品》，《南方日报》1964 年 12 月 1 日。

象和先进形象，缺失代表历史前进方向的英雄主义精神，这个时代与民族必然是无希望的。"英雄"之美从一个方面标志着文学艺术的崇高美，没有崇高审美理想的文学艺术是苍白无力的。中国共产党领导中国人民经过漫长的、艰苦卓绝的革命斗争，推翻了帝国主义、封建主义和官僚资本主义的统治，建立了新中国，开辟了中国历史的新纪元，这就是伟大壮丽的"英雄史诗"，需要人民的文学艺术去表现、去讴歌，所以不容否定，新中国文学艺术所取得的重大成就，首先在于涌现出大量再现革命光荣历史、谱写英雄人物光辉事迹、颂扬英雄主义崇高精神的"红色经典"。这一创作导向契合时代的审美理想，契合人民的审美期待。但是，客观理性地审视"时代文学"，就不能回避"新英雄人物"塑造中的一些失误，比如在突出英雄人物的优秀品格和思想高度时忽略了人的真实性、复杂性以及历史的局限性；服从政治宣传需要确立创作目的与创作方法，偏离了现实主义的根本宗旨。因此邵荃麟多次指出，对英雄人物的"拔高"，"只写他完美无缺"，不写他的"发展过程"，"就是一个阶级一个典型，脱离现实"，那么，大家都写这样的英雄人物，"路子就窄了"。① 可惜理性的警告被非理性的批判湮没。之后"四人帮"推行"极左"文艺路线，要求文艺创作和批评必须遵循"三突出"的最高原则——"在所有人物中突出正面人物；在正面人物中突出英雄人物；在英雄人物中突出主要英雄人物。"这一原则使英雄人物的塑造陷入失真的"高大全"模式，而且一切典型形象都只具备"时代典型"或"阶级典型"的单一特征，造成当代文学人物塑造长期存在概念化、公式化等缺陷。

如果我们能够诚实地遵循文学的自身规律与本体特质去看待创作，去研究艺术形象，那么就应该理解，无论是现实主义、浪漫主义还是现代主义，就创作本身来说都是一项复杂的艺术"工程"，而这项工程的最终目的并不是为了机械建构"人"。我们不能狭义地去理解"文学是人学"这一命题，人作为艺术表现的对象仅仅是实现审美目的的中介。

---

① 《文艺报》编辑部：《关于"写中间人物"的材料》，《文艺报》1964年第8、9期合刊。

通过中介，艺术家所要实现的乃是更深广、更厚重、更久远的"人学"及其美学价值，而不是为了给"好人""坏人""中间人物"作出简单划分和定义。况且，生活中不存在由政治定义区分的片面表现为绝对好或绝对坏的人性，也不存在静止不变的人生命运。因此，一个人的阶级属性、社会地位以及优劣品质并不是产生艺术力量的唯一可能，关键还在"形象"——形象的描写过程中所能实现的意义、价值与张力，才能体现出作者认识生活、理解生活、反映生活的高下优劣。

从"中间人物"性格特征的复杂表现、精神状态的动态变化、思想感情多侧面的立体组合，可以判定其与"典型人物""圆形人物"的审美特征是吻合的或者是接近的。从接受美学的角度看，他们更容易构成繁复多姿的景观，满足审美者不同视角、不同层面的观照和体验，"形象大于思想"的审美张力也就产生了。像王熙凤、阿Q、安娜·卡列尼娜、葛朗台、于连·索黑尔、别里科夫等典型艺术形象，他们震撼读者心灵的感染力与这些人物的"正面""反面""中间"身份界定有何关联？而他们性格、心理、命运中所有的复杂性，却无一例外与他们所处的特定时代、特定社会、特定人群的动荡、变革、斗争、盛衰、荣辱、浮沉等，发生着千丝万缕的联系，他们人生的不同维度建构了历史的、民族的、文化的以及精神与心态的立体图景。

历史是一面镜子，当代文学最初走过的坎坷之路，经历的风风雨雨，对于今天的文学探索与发展无疑是很好的鉴戒。特别是在人物塑造方面，那些更为多元、更有争议性的创作观如何得到深入的理论探讨？打破"典型律"迷信之后，人物形象审美批评的新范式是否能够创立起来，是否存在新的误区与危机？这些都是当代文学创作与研究必须面对的新课题。

第二节　人道主义思潮中"人"的主体觉醒

"新时期"这一历史概念的提出，不仅意味着中国社会在政治、经济、文化等各个领域终于结束了长达十年之久的动乱与灾难，也标志着在思想解放运动推动下，中国历史进入了改革开放的新时代，中国当代文学进入了全面复苏、新生、发展的新时期。

然而，经过历次政治运动特别是"文革"动乱，文艺界遭受了严重灾难之后百废待新，众多的文艺工作者长期接受思想改造后心有余悸，伤痛、担忧、紧张的情绪不能马上消解，致使他们思想意识迷惘、混乱，艺术感觉迟钝、萎缩，创作热情和艺术生命力都不能如愿复苏，因而文学创作尚处于缓慢的"解冻"过程。《班主任》《伤痕》等小说的发表和轰动，成为撼人心魄的"破冰"先声。

一　"伤痕人"：历史灾难的疼痛记忆

刘心武发表于 1977 年 11 月的短篇小说《班主任》被称为"报春的燕子"，最先标志着文学的复苏——现实主义的复苏、写真实的复苏、悲剧意识的复苏、人的复苏。然而，按照作者的创作初衷，显然他所塑造的主角是"班主任"张俊石，一个在教育界"拨乱反正"、全力挽救被"四人帮"戕害的孩子的典型形象。因此，从作品的叙事立场到主题倾向依然沿袭的是政治文学套路。然而，作者由于从 60 年代到 70 年代在北京某中学当了 10 多年的"班主任"，目睹了"十年动乱"期间教育界的真实境况，对荒谬政治毒害下的一代青少年的精神世界有深入的洞察和沉重的感受。本着"写真实"的勇气，他在小说中成功地塑造了一个特殊的"伤痕人物"谢惠敏，她既是根红苗正的"共产主义接班人"，却又是一个被"极左"思想侵蚀的牺牲品。从谢惠敏的品德本质看，"她单纯而真诚"，从小父母就教育她"要听毛主席的话，要认真听广播、看报纸"，家庭与社会培养了她"强烈的无产阶级感情、劳动者后代的气质"。[①] 因此她是一个遵守纪律、尊重老师的好学生，

①　刘心武：《班主任》，载陈淑渝、高玉琨编《刘心武代表作》，河南人民出版社，1989，第 9 页。

也是一个革命性与原则性很强的团支部书记。然而，尽管她"没有丝毫的政治投机心理"，没有成为"反潮流"的小闯将，但当她以虔诚的态度去学习报纸上的"革命理论"，以执着的精神坚守自以为正确的"政治立场"时，她并不知道自己的思想已被扭曲，变得愚昧而僵化。迷信与盲从使她丧失了判断力，知识与文化的极端匮乏使她的精神严重"贫血"。事实上她比"小流氓"宋宝琦更可怕，更令人痛心和担忧，像谢惠敏这样被蒙蔽了灵魂、被抽空了自我主体性的青年乃至成人该有多少！经历过"文革"的人，谁的身上没有她的影子？正因为此，谢惠敏形象的蕴涵与意义，大大超越了"班主任"，引起社会强烈的反响。

于是，一个时期内，谢惠敏式的受害者典型成为"伤痕文学"着重描述的对象。王晓华（卢新华《伤痕》）、白慧（冯骥才《铺花的歧路》）、卢丹枫（郑义《枫》）、严凉（孔捷生《在小河那边》）、娟娟（竹林《生活的路》）、宋薇（鲁彦周《天云山传奇》）……这些真诚单纯的年轻人，怀着坚定的无产阶级革命信念，投身于时代狂潮，在政治运动中脱胎换骨、叱咤风云，激进、盲从、冲动、无知……为了所谓的革命性而毫不犹豫地牺牲自己的人性、人情，结果受到最无情的愚弄，酿造了人生悲剧，在灵魂深处留下无法愈合的创伤。

在"伤痕小说"中，一些"伤痕人"原本不是革命风潮中的人物，他们或是埋头钻研、沉迷于自己所热爱的事业的知识分子，只想对社会、人类尽自己的一份才智和职责，实现一个人的社会存在价值；或是安分守己、任劳任怨、期望靠自己的勤俭过上好日子的普通小人物。然而，他们还是被强大的时代潮流卷进各类运动中无处逃避，无法掌握自己的命运。他们被固化成特定形象和姿态，已然变成某种"符号"。比如凡是知识分子，几乎都是思想感情不健康的灰色形象，就得低头弯腰接受改造，这些"改造符号"不仅丧失了自己的真实身份，而且在荒诞、野蛮的改造历程中，人格被践踏、精神被扭曲；再比如担当主角的"正面典型"，看似被推上至尊的主人翁地位，是共产主义理想与社会主义道德的光荣"实践者"，事实上却常常在迷信和盲从中扮演造反英雄，独立的思想意识并没有建构起来，因而在一些错误的政治运动中他们不过是"执行符号"。冯骥才的中篇小说《啊！》通过知识分子吴仲义在"文革"期间经历的一次令人啼笑皆非的精神折磨，深刻揭示了这些总是被监视、被怀疑的"改造符号"，时时刻刻如同惊弓之鸟的可悲境况。毫无政治头脑却又极怕触犯政治问题的吴仲义，在"文革"中丢失了一封至关重要的家信，这使他惶惶不可终日，在"以整人为快事"的政治流氓贾大真的恐吓与讹诈下，吴仲义精神崩溃，没做坏事却主动坦白交代，结果被劳改、被惩罚，然而受尽磨难后发现这封要命的信压根儿没丢！但恐怖给人造成的精神分裂已无法愈合。古华的长篇小说《芙蓉镇》是一部反思历史的优秀之作，作者对各类人物的悲剧揭示尤见深刻。美丽善良的"芙蓉姐"胡玉音因为出身不好注定了前半生不幸与坎坷，"血统论"扼杀了她的初恋，"四清运动"中因为家里盖起的楼屋被定义为"新富农"的她，劳动果实被剥夺，丈夫自杀身亡，"文革"开始后她挨斗受批，游街示众，沦为受尽屈辱的人下人，这个不懂政治的女人面对一次次政治灾难，却只能恨自己"命独"；歌舞团编导秦书田因为创编了风俗歌舞剧而被打成右派，长期的人格侮辱使他不得已装疯卖傻，自编自唱"五类分子歌"、跳"黑鬼舞"，以喜剧的形式对抗悲剧的命运；"运动根子"王秋赦、"政治闯将"李国香作为极左路线的得利者和死心塌地的拥护者，虽然干尽坏事，面目可憎，但这些"运动符号"最终成了运动的殉葬品，也是悲剧下场。

这些人物形象较之那些两极分化、二元对立的形象模式，有了突破性质变，他们不再是概念中诞生的僵化典型，而是有呼吸，有血泪，有痛苦、烦恼、意识、体验和思想的活人。然而，由于"大方向"的制约和限定，作家们在宣泄自己的悲愤情绪之时，又总在警惕理性的丧失，因而他们对伤痕人物的悲剧及心灵创伤缺少更人性化的洞察与发现，而且难以摆脱作家自身的"政治视角"或"政治意图"，这使得"伤痕小说"及其人物形象未能获得超越时空的文学意义和审美价值。

二 "反思人"：历史意识与启蒙立场

随着思想解放运动的深入，"伤痕小说"中激越悲愤的怨艾情绪的被遏抑，新时期文学创作中出现了更自觉的历史意识和理性追求，体现出作家向新的精神高度努力的积极姿态。茹志鹃发表于1979年的短篇小说《剪辑错了的故事》便是以"反思"为标志的文学思潮的先声。作品不仅揭示了主人公老寿在荒谬政治运动中遭受的愚弄和历史创伤，更重要的是，老寿作为历史的见证人，在亲历和目睹"大跃进""共产风"的过程中，怎样痛感党丢失了"实事求是"的优良传统，从而产生的信仰危机和精神动摇，这就从根源上反思了"荒谬战胜真理"现象背后的深层积弊，以及社会主义探索中的失误和历史教训。

周克芹的《许茂和他的女儿们》、高晓声的《李顺大造屋》、方之的《内奸》、李国文的《月食》、张一弓的《犯人李铜钟的故事》等作品，也都是在披露动乱岁月给人们带来悲剧命运的同时，检讨、追究历史灾难的根由。如果把周克芹笔下的许茂和柳青笔下的梁三老汉进行一番比较，便会看到历史的"倒退"现象是如何令人震惊而又痛心地发生在社会主义进程中的。柳青饱含农民的感情，真实地写出了梁三老汉在社会主义合作化运动中，是怎样带着因袭的重负，从狭隘、自私、动摇、怀疑而逐渐被社会主义的优越制度、广阔前景、集体力量所感染、所教育、所推动，逐步摆脱了小农意识，跟上了时代的步伐向前进；周克芹也同样饱含农民的感情，真实地描绘了在热火朝天的合作化运动中积极带头、爱社如家的青年农民许茂，是怎样在一次次阶级斗争和政治运动风暴中看到农村经济被摧残、农民的生产积极性被打击，体验着每况愈下的艰难生活，于是在严酷现实的逼迫下，他对社会主义的"光明大道"慢慢丧失了信心，甚至充满了悲观的情绪，到70年代，许茂老汉因为害怕回到逃荒的过去而变得乖戾、吝啬、狭隘、自私，甚至变得无情无义、是非不辨，较之于梁三老汉，他是一步步在倒退的农民。因此，作为历史经历者和见证者的许茂，其形象本身凝聚着反思的厚重分量。

以王蒙、张贤亮为代表的"归来"作家群，在被打成右派后经过20多年的底层生活磨砺，不仅积淀了深厚的人生体验，而且他们个人的思想感情逐渐成熟、坚定，对社会历史的认识不断深入。虽然他们遭受的创伤足以使他们写出更加哀伤悲愤的"伤痕小说"，但他们却克制了个人的情绪宣泄，并且对自我承受的苦难进行了理性回顾和审视，力图实现精神超越和升华，表现出"反思人"特有的启蒙立场和思情倾向。

王蒙所塑造的钟亦成（《布礼》）、张思远（《蝴蝶》）、曹千里（《杂色》）、缪可言（《海的梦》）、岳之峰（《春之声》）等形象，不论是大起大落的革命干部，还是饱经磨难的知识分子，他们个人的不幸遭遇总是与民族的历史灾难血肉相连。因此，尽管他们失去了人生最宝贵的——诸如青春、爱情、事业、理想、幸福、健康……但钟亦成们并没有丢失最最宝贵的"布礼"情结，对党、对社会主义祖国依然"忠"亦"诚"，他们由衷感到"二十年的学费并没有白交"，当他们再次向党致以布尔什维克敬礼的时候，"已经深沉得多、老练得多了"，不仅"懂得了忧患和艰难"，而且"更懂得了战胜这种忧患和艰难的喜悦和价值"。①尽管历史和这些"历史经历者"开了"一个恶狠狠的玩笑"，让他们受到愚弄，人格分裂，精神崩溃，但张思远们在经历了"荒唐变成现实，现实变成梦魇"的"蝴蝶梦"后②，迷失的灵魂得以复归，有了更大的信心做人民的好"公仆"。还有曹千里们、缪可言们、岳之峰们……经历了漫长的人世沧桑，岁月蹉跎，空有千里驰骋的抱负和搏击大海的雄心，然而他们并没有沉溺于青春不再的悲叹，对于他们的生命个体而言，固然已成为"杂色老马"，面对"海太阔，人太老"的现实

---

① 王蒙：《布礼》，载郭友亮、孙波主编《王蒙文集》第3卷，华艺出版社，1993，第69页。

② 王蒙：《蝴蝶》，载郭友亮、孙波主编《王蒙文集》第3卷，华艺出版社，1993，第89、108页。

讽喻，业已无言可说，但他们把个体生命融入了历史，便超越了一己的得失与悲欢，于是对仁厚的"夏牧场"、深沉的"大海"以及破旧的"闷罐子"火车，都充满了"由衷的谢忱"。象征主义、意识流手法的大胆运用，赋予王蒙笔下的人物形象以深邃的思想境界和丰富的心灵感受，但这些形象在作者一如既往的理想主义与接受历史教训后的圆通世故的不和谐拉力中，也显出几分别扭，使人产生某些审美尴尬。

由于这群"归来"作家在50年代浓厚的意识形态教育下逐渐确立起来的马克思主义人生观、共产主义信念、集体主义情操，在动乱年代之前，即他们遭到人生厄运之前就已经完成，故能成为他们理性精神的坚实结构和支撑。为此，被他们理性精神对象化的"受难者"典型，无一例外地也是超越苦难的"思想者"典型。于是这些典型便在某种程度上有了一定的新的概念化、模式化倾向。这在张贤亮的《灵与肉》《绿化树》《男人的一半是女人》等代表作中，便可进一步得到印证。比如，他们自觉而虔诚的"改造"意识——以马克思主义哲学思想战胜人性弱点、填充心灵空虚、探求生存意义；以逆境中给予他们同情和温暖的善良民众为生命的源泉和火炬，不仅从那里得到活下去的勇气和信念，而且得到思想指引，洞照出自身的软弱、卑琐、自私、狭隘……结果，荒唐的历史苦难获得了崇高的使命和意义，使知识分子"在清水里泡三次，在血水里浴三次，在碱水里煮三次"的"改造"主题升华到一个新的历史高度。为了这一代价昂贵的"改造"成果，这些"受难者"在苦尽甘来之时甚至依然久久沉浸在苦难的情结中难以自拔，并"为自己的耐受力而感动，他们不由自主地把苦难'神圣化'，甚至产生了'要追求充实的生活以致去受更大的苦难的愿望'"。① 所以，许灵均拒绝跟资产阶级父亲出国，拒绝继承财产和物质享受，其形象意义并非仅仅承担着"爱国主义"主题；章永璘虽然以一个真实人的胃饥饿与性饥饿向苦难的生存境遇和畸形的社会现实发出人性的抗议，但当他

---

① 黄子平：《我读〈绿化树〉》，《文艺报》1984年第11期，第22~26页。

一旦"改造"为"坚定的清醒的历史唯物主义者"，他的理性便不允许他再"饥饿"，而是赋予他崇高的、形而上的"使命"，于是，无论是无私哺养章永璘的圣母马缨花，还是作为"性"符号将章永璘由废人变男人的黄香久，最终都被章永璘冠冕堂皇地"超越"了。显而易见，"反思人"的启蒙立场和精神向度中，过于沉重地承载着历史期待和思想负荷，使形象自身丧失了某些鲜活可感且复杂多面的人性内涵。这一代作者"所代表的那个时代的理性主义精神"以及他们由此树立的"精神领袖"形象，在王安忆90年代创作的小说《叔叔的故事》中被无情解构，认定那"都只是后来赋予的虚假现象"①。

三 "真实人"：主体尊严与价值追求

新时期之初的文学思潮或现象中，忏悔意识、悲剧意识、批判精神、理性精神等都成为"人学"重新崛起的重要支撑点。由于当时全社会对文学充满热切的期盼，作家们也有强烈的创作动力，都急切地要把自己的经历与见闻写出来。所发表的作品多是素材本身具有冲击力、感染力，但叙事语言粗糙，情节组构无力，议论抒情浅表，具有明显的硬伤。特别是人物的塑造，没有完全摆脱概念化、公式化窠白，人性的、精神的复杂性、多面性没能得到充分观照、探究和表现，文学形象缺乏更强的审美张力。因此，痛定思痛的"受伤人"或背负思想重荷的"反思人"，实质上都未真正回归人的本体。随着对历史灾难的揭示和对民族悲剧的反思层层深入，人的主体意识与尊严诉求才逐渐被唤醒，因而重新认识人的存在意义，呼唤人的平等权利，探索人的价值实现，构成"真实人"的"人学"要义。

特定历史语境中的文学思潮必然与特定的社会条件、时代氛围、意识形态，以及政治、文化的主导因素或策略密切相关，也与特定的哲学思潮发生强烈的互动作用。关于真理检验标准的大讨论所引发的思想解

---

① 陈思和主编《中国当代文学史教程》，复旦大学出版社，1999，第345页。

放运动潮流有力地冲撞着、动摇着意识形态中一个个恒定固守的堡垒，也势不可挡地闯入文学领域的一个个森严可畏的禁区，激活了现实主义的生命力。而文学禁区的攻破，首先是写人的禁区被攻破，现实主义的恢复与深化首先恢复了人的知觉和情感，深化了人的思想和理性。这必然酝酿、推动了人道主义哲学思潮的巨大波澜，于是伴随着人道主义思潮的波涌，文学才再一次回归"人学"母题，开始了真正的、深入的人性呼唤和人文关怀。

新时期小说最初迸发的人道主义情愫还只是一种本能的呈现，而非自觉的理性思考，是伴随"伤痕"揭示、历史"反思"而对"文革"中的非人道的野蛮行为的控诉和批判，由此传达出重新找回并确立人的尊严、人的权利、人的价值的潜在呼声，比如张贤亮揭示小人物悲惨命运的《邢老汉和狗的故事》，从维熙控诉"专政"黑暗的"大墙文学"，陈国凯描写知识分子遭受迫害的《代价》《我该怎么办》，以及引起批判或争鸣的《飞天》（刘克）、《一个冬天的童话》（遇罗锦）、《老二黑离婚》（潘保安）等。刘心武作为善于发现问题、对现实生活感受敏锐的作家，曾在新时期因不断率先突破某一禁区而颇具"先锋"意义。他的《我爱每一片绿叶》，第一次以文学的方式抗议社会对个人隐私的粗暴干涉，呼吁给"特殊的个性""落实政策"；在中篇小说《如意》中，他将自己理解、尊崇的人道主义投向了位卑如草芥而仁义似海洋的石义海，沦落于生活底层倍受屈辱的金绮纹等小人物。尽管上述作品在当时的历史语境中从思想到艺术都远远未能达到审美期待的高度，但他们共同奏响的主旋律——"把人当作人"——在当时具有振聋发聩的力量。

"把人当作人"，这是钱谷融先生在1957年那样一个特殊年代所发出的良知呼唤，他在著名的《论"文学是人学"》一文中系统完整地阐述了自己的人道主义美学思想，指出："虽然随着时代、社会等等条件的不同，人道主义的内容也时时有所变动，有所损益，但我们还是可以从其中找出一点共同的东西来的，那就是：把人当作人。把人当作人，对自己来说，就意味着要维护自己的独立自主的权利；对别人来说，又意味着人与人之间要互相承认、互相尊重。"① 这是一个朴素的真理，却道出了人道主义超越时空的思想本质。因此，虽然钱谷融先生为此招致批判，他的思想也受到那些盲从而无知的年轻人的粗暴对待，但是，当"文革"结束，沉痛的历史教训打破蒙昧的坚冰，人们从人妖颠倒的噩梦中醒来，"感觉到良心的蠕动，听得见灵魂的呻吟"——这是曾经在"大批判"中充当"小钢炮"的戴厚英，在 80 年代伊始率先进行的"灵魂拷问"，于是大写的"人"在灵魂中矗立起来，"一支久已被唾弃、被遗忘的歌曲冲出了我的喉咙：人性、人情、人道主义！"② 戴厚英以自己的"忏悔录"——长篇小说《人啊，人！》，将人道主义思潮推向一个新的高潮。

这时期的小说人物形象，日渐血肉丰满起来，丰富多样起来，像徐怀中在《西线轶事》中塑造的刘毛妹、陶坷，李存葆在《高山下的花环》中塑造的梁三喜、靳开来，这些动乱岁月中成长起来的青年军人，不再是头戴光环、完美无瑕的神话英雄，而是有着"真实人"的困境、烦恼、情绪、牢骚、迷惘、偏激……但这并不会削弱他们作为真实可信的英雄所焕发出的人性魅力。一些作品也初步揭示了人在现代文明与传统道德的矛盾对立中，与现实社会呈现出的复杂关系。路遥的《人生》是最早触及这一主题的代表作，他塑造的高加林也是新时期最先出现的"追求个人价值"的青年农民形象。高加林作为 80 年代有知识的青年农民形象，严峻的现实环境使高加林这一代青年不再盲目地服从集体主义精神和社会分工需要，他企图通过个人奋斗来改变命运，向命运抗争。然而现存的社会条件又注定高加林式的个人奋斗必将付出沉重的代价，他的思想、情感、人格在时代变革与历史惰性的矛盾中，在现代文明与传统道德的冲突中，承受着裂变的痛苦。同时，高加林性格中的自

---

① 钱谷融：《论"文学是人学"》，《艺术·人·真诚——钱谷融论文自选集》，华东师范大学出版社，1995，第 81 页。

② 戴厚英：《人啊，人！》（后记），花城出版社，1980，第 353、354 页。

尊、自强与自卑、自私等杂糅并存的因素也构成相互交错的牵制力，使他的人生抉择在价值尺度上失衡，既体现出一定的现代精神，又难免潜在的小农意识；既愤世嫉俗，又禁不住世俗的诱惑；既珍惜纯真美好的爱情，又背信弃义、冷酷绝情。这一形象因此拥有了更丰富的社会内容和人性蕴涵。

1979 年末，人到中年的张洁以短篇小说《爱，是不能忘记的》崛起于文坛，成为新时期最有影响力的女作家。当然，今天回头去看，这篇叙述"婚外恋"的小说带着明显的"习作"痕迹，出于对爱情理想的神圣向往，作者过滤掉了现实生活中的世俗成分——包括人的自然情欲，只把刻骨铭心的感觉和幻觉谱写成一曲感伤缠绵的咏叹调。但在当时，却无异于晴天响雷，把中国人沉睡已久的某种东西震醒了，这是让人既惊喜又恐惧的东西，因此这篇小说才会在社会上引起旷日持久的反响和争论。然而，在褒贬毁誉之间，反映当代人情感痛苦和伦理困境的作品却如雨后春笋般地遍及文苑。张辛欣的《在同一地平线上》、航鹰的《东方女性》、陆星儿的《啊，青鸟》，以及张洁在 80 年代以更深刻的女性体验和更成熟的笔力创作的《祖母绿》《七巧板》《方舟》等，这些作品在展示不和谐的两性关系中呼唤人的尊严，反省女性的"解放"程度和被压抑、扭曲的人性，体现出强烈的人文关怀。

前文已述，由于"典型环境中的典型人物"一向是艺术形象创作和批评的最高审美境界，久而久之形成了当代作家与批评家根深蒂固的"典型崇拜"心理。新时期以来，马克思主义典型学说在学术界得到更深入、更客观的探讨与研究，对于被歪曲、被误导的一些基本观念进行了匡正并给予新的阐释。人物形象创造也逐步摆脱了"高大全""假大空"的模式，从单一苍白化向多元丰富化发展，从浅层次向深层次推进。但典型理论中关于"个别与一般""个性与共性"的高度"统一"要求，体现现实"本质"的要求，依然在某种程度上影响作家的"主体创造性"。而且，人物形象在历史的期待中依然无法减轻过重的"思想"负担，于是在那些比较生动、比较成功的人物形象上，还是留下了一些为体现"本质"，或达到"统一"，或追求"思想"而机械处理的硬伤。

第三节 现代性语境中"人"的精神衍变

20 世纪 80 年代中期，世界性的文化研究热潮涌进中国并迅速席卷了哲学、历史、政治、文学乃至经济等各个思想领域。显然，文化热潮的掀起不单纯是文化研究的需要，而是与历史反思、社会变革及现代化追寻的时代动因密切关联，与"五四"新文化运动的启蒙精神血脉相通，总的目标是促进现实的改革和社会的发展。尽管历史的惰性和体制的僵化使开放、热烈的文化思想探讨与封闭、迟缓的社会文化系统运作形成较强的反差，但令人欣慰的是，长期以来一元化的意识形态视角终于被打破，人们观照历史与现实、人类与社会、文学与艺术的视阈因为进入了文化的层面而无限开阔起来，形成多元共存、交织互补的大趋势。

在此背景下，由于文学创作发生了重大变化，学术界普遍认定 80 年代中期是新时期文学的"转折"期。"转折"的显著标志之一，是大多数作家不再把"塑造典型环境中的典型人物"看作最高的创作境界，因此小说中的人物形象，也必然从单一化的政治形态语符转向多元化的文化审美形态语符。

一 "根性人"：民族内省与文化理想

"文化制约着人类"[①]——这是 80 年代中期"寻根文学"作家普遍认同的定律，它揭示了人类存在与发展的本质，也体现了"寻根文学"自觉而强烈的民族内省意识。因此"寻根文学"的创作主体与客体都具备了"根性人"的文化标志与特征，就主体而言，作家们观照世界、认识人类的立场已深深地植根于文化土壤；从客体来看，他们笔下的人物，都是文化之根上结出的果实。显然，不同的民族文化土壤，培植了

---

① 阿城：《文化制约着人类》，《文艺报》1985 年 7 月 6 日。

不同的文化根性，而不同的文化根性，又滋生了不同的民族本性。但无论是何种文化形态，都对人类进行着强大的制约，并在制约中形成越来越庞大、深厚的心理积淀，形成越来越规范、稳定的社会秩序。这就使现代人几乎丧失了生命本质——因为在人的存在之先，就已经受到文化期待与塑造，而在人的存在之后，又别无选择地要接受预设的文化身份。所以，为了抗争社会文化对人的制约、压抑、扭曲、规范，人类一直在进行艰苦卓绝的"自我"寻找，这构成西方现代哲学和文学的根本母题。只不过对于"先锋主义"来说，他们的寻找是超越现实的、前卫的"飞翔"；而对于"寻根主义"来说，他们的寻找是挖掘根源的、反思的"潜入"。前者对一切传统文化持彻底、尖锐的批判姿态，毫不妥协地反抗社会秩序及理性逻辑；而后者则企图通过对传统文化根基的重新梳理、发现，承传民族血性，以此支撑探索中的"现代意识"，从而重建民族精神。因此从主观愿望上看，"寻根"并不是对传统文化的退守或认同，而是在现代哲学意识和文化思想洞照下的重新发现——"释放现代观念的热能，来重铸和镀亮""民族的自我"①。那么，"寻根文学"的思想价值取向至少有三个侧重面：

其一，"寻根文学"对新时期背景下产生的"现代化"思潮进行了一定的反省。长期的政治运动、路线斗争严重阻滞了中国的经济发展，因此在新的历史转折时期，为实现"现代化"而奋斗，既是政治、经济工作的中心任务，又是鼓舞人心的时代要求。在对"现代化"的热切崇尚与盼望中，现代西方文明成为人类文明最高"典范"，西方"现代主义"文学也被一些人奉为圭臬。在这一背景下，盲点与误区明显存在，比如"现代性"等关键性的概念在理解上有分歧，至今尚存争议；"现代性"与"现代化""现代派"的关系也未得到更充分、更深入的探讨，所以在当时一些文学青年的"现代派"追逐和实验中，确也存在"食洋不化""生硬横接"的现象。西方现代派文学对现代工业文明

---

① 韩少功：《文学的"根"》，《作家》1985 年第 4 期。

带来的精神危机和人性异化的揭示、批判，固然有其渗透灵魂的艺术征服力和感染力，但又与我们"现代化"进程中的本土矛盾和精神困惑有着某些隔阂。为此"寻根主义"作家试图从文化基础上反省"现代文化"思潮。反过来说，他们是以现代人的感受和困惑去挖掘未被现代文明异化、扭曲的民族生命能量。于是他们从穷乡僻壤、大山狭谷、荒原老林、古堡江滩等保存完好的古代文化遗风与蛮荒历史陈迹中领略到充沛健康的原始生命力。

当然，具有如此原始生命力的人在现代社会已无法避免"最后一个"的悲壮色彩，《最后一个渔佬儿》福奎和《沙灶遗风》中的耀鑫老爹，那曾引以为自豪、受人敬重的"功夫""本领"在"现代化"面前黯然失色，毫无用武之地，这连同他们恪守的人生准则统统遭到了时代的唾弃和嘲弄，但他们却顽梗不化地甘愿守旧、落伍。李杭育对他们的这种愚顽虽有揭示，但却与鲁迅式的批判和高晓声式的反思有很大不同，他对"最后一个"们古朴而坚毅的传统人格精神中所传达出的生命本身的活力是赞赏的。郑万隆的《异乡异闻》在展示东北边陲"野蛮女真人使犬部"落后、愚昧的生存方式中却折射出一个民族强悍、粗犷、奔放的生命蛮力和生机勃发的情爱欲望，由此反衬出"现代人"的苍白和萎靡——这既是现代物质文明对人的挤压的结果，也是中国正统文化"存天理、灭人欲"禁锢下形成的懦弱而病态的人格特征。

其二，在一些具备了文化"根性"的作家那里，道家、儒家文化哲学中提倡的"自由人格"和"爱人"的思想得到重新认识和弘扬。对民族传统文化的文学阐释与审美，构成"寻根文学"的另一价值取向。我们在阿城《棋王》中的知青王一生身上，几乎看不到"知青"特征——或在时代大潮中激进革命的如李晓燕、曹铁强（梁晓声《这是一片神奇的土地》《今夜有暴风雪》）；或在历史悲剧中沉沦哀怨的如娟娟、林鹄（竹林《生活的路》、老鬼《血色黄昏》）；或在艰难逆境中从迷茫苦闷到思考追求的如杜见春、柯碧舟（叶辛《蹉跎岁月》）。王一生对轰轰烈烈的知青运动及其悲剧性的历史遭遇抱着淡漠平静的态度，他之所以能在时代的狂潮中保持独立的人格，既不同流合污，也不消极沉沦，完全得益于他所痴迷的"棋道"——"柔不是弱，是容，是收，是含。含而化之……需无为而无不为。"① 因此王一生瘦弱的躯体内积蓄着惊人的生命能量，通过他与9名高手的连环大赛，辐射出其生命深处灼人的精神之光，展现了道家文化所推崇的超然于世、寄情养性、操守如一、矢志弥坚的人生境界。阿城也从另一个层面暗示了"现代人"在世俗与物欲中的自由丧失和精神困境，使王一生的超脱获得一种独特的审美启示。

在张扬人的自由精神、凸现人的健康和谐之美方面，老作家汪曾祺的成就与影响是不可低估的。虽然他未曾介入"寻根"思潮，但早在80年代之初，就以一篇《受戒》确立了文化小说的文体品格与魅力，故在80年代中期被"寻根文学"的发起者尊为鼻祖。事实上鼻祖当属废名、沈从文，这是一条诗化抒情小说脉络，只不过汪曾祺在80年代"崛起"之时，已是经历了世事沧桑、虚怀若谷的老人，自有一种坐看云起的从容与冲淡，因此字里行间的文化蕴涵也就更醇厚、更悠远。他的小说多写回忆，能够将人们带入久远的故里与往事的梦境中，领略古朴和淳的民俗风情和文化遗风。汪曾祺从不着重刻画人物的性格，也不把人物的命运变迁作为小说情节的主要发展线索。他写的人总是很随意、很自然地从"生活"中浮现出来，他们没有什么显赫的地位，也没有什么感天动地的业绩，但他们男耕女织，温饱无虞，饥来便吃，困来便眠，大都率性自然，和气忍让，重义轻利，善良公道，清逸淡泊，折射出民族文化性格和心态。由此可见汪曾祺并非忽略人的塑造与审美，而是在"怎样写人"上与众不同，体现他对人的独特理解和关怀。他说自己是"中国式的人道主义者"②，"想说明人是不能受压抑的，反

---

① 阿城：《棋王》，载谢冕、钱理群主编《百年中国文学经典》，北京大学出版社，1996，第362页。
② 汪曾祺：《自报家门》，载邓九平编《汪曾祺全集》第4卷，北京师范大学出版社，1998，第281页。

而应当发掘人身上美的诗意的东西，肯定人的价值，我写了人性的解放"①。所以，《受戒》中的和尚们，可以杀猪、玩牌、唱酸曲，也可以娶妻、找相好，毫无清规戒律。小和尚明海自由出入小英子家，与她产生纯美的初恋，也未遭到"封建家长"的干涉，反而呈现其乐融融的欢乐场景。

其三，"寻根文学"对"根性人"的文化劣根进行继续深入的反思与批判，探察民族文化心理结构的病态部分，以审丑的方式实现现代作家对人类困境的关怀。王安忆的《小鲍庄》、郑义的《老井》、张承志的《黑骏马》、扎西达娃的《系在皮绳扣上的魂》等作品都在不同程度、不同层面上揭示了穷乡僻壤、草原雪山所特有的沉重而停滞的生存图景，落后而古朴的文化习俗及由此孕育出的民族性格。但作者们在被博大、粗犷、厚重且又神秘的原始文化生态环境所吸引、震撼、感动的同时，往往也被这种境遇与气氛里民族人格的苍劲、善良、仁义和坚韧所折服，结果对封闭、愚昧、丑陋、落后的文化成因与文化人格的批判就失去了尖锐和深刻，致使一些批评者认为，他们"在对待民族传统文化的态度上，它实际上从'五四'举起的批判与战斗的旗帜后退了一步"②。

相对来说，韩少功的《爸爸爸》体现出比较自觉而强烈的理性批判色彩。小说通过对鸡头寨白痴丙崽的形象刻画，放射性地洞照出丙崽周围群体"愚民"的非人化特征及其精神病根。丙崽这样一个先天痴呆、毫无理性的小老头，不同于文学作品中常常出现的精神分裂者形象，后者虽然也失去理性、思维混乱，但那往往是因为思想超过了理性极限而分裂，因为与常态极端对立而反常。因而那些精神病患者形象——诸如鲁迅笔下的"狂人"等，常常具备"先锋"式的反叛精神和悲剧意义。丙崽的先天痴呆使其从不具备思想和理性，因而其形象意义就不在丙崽

---

①　汪曾祺、施叔青：《作为抒情诗的散文化小说——与大陆作家对谈之四》，《上海文学》1988 年第 4 期。

②　张韧：《新时期文学现象》，文化艺术出版社，1998，第 93 页。

自身而在围绕他的"庸众",再扩大为民族,当他们把丙崽尊奉为"丙相公""丙大爷"的时候,这个民族的病根已是深入骨髓,而不死的丙崽与不死的"爸爸爸"又是如此顽固地延伸着生命力。作者以魔幻现实主义手法展示古老的民族文化形态,使隐喻、象征、批判融为一体,产生了较强的审美张力。

总体来看,"寻根文学"虽然在人物塑造上被赋予了较为浓厚的文化意蕴,体现出作者对个体生命以及人类生存状态的关怀,同时也通过象征、隐喻等表现手段实现对民族落后根性的文化反思或批判,但是由于作者们自囿于"文化积淀","把各种社会因素、时代因素作过多的'净化',未必有利于写出丰富复杂的人的心灵史和族类的命运史"①。曾镇南的这一见地是有预见性和深刻启示意义的。因为寻根作家所坚持的"现代意识"自身的混乱与迷惘,使他们对待民族传统文化的态度难以有新的突破和提升,因此"重铸"民族精神的审美理想最终困厄于某种虚幻和缥缈的想象中;也正因为"根性人"过于自闭于地域文化以探究民族心态,而忽略、回避了现实生活潮流的洗礼,结果使"文学是人学"的观照和探微被限制于"文化学"的单一视阈里,缺少更开阔、更丰富的多维表现空间,最终导致"无疾而终"。

二 "反常人":存在荒谬与精神虚罔

同样也是在 20 世纪 80 年代中期,另一支旗帜鲜明的探索队伍出击文坛,形成较大声势,对 20 世纪中国文学的格局与发展,产生了重大深远的影响,这就是真正标榜现代主义的"先锋主义"文学。如前文所述,"先锋主义"与"寻根主义"是同一文化背景和思想资源中的两种相反的探索姿态。他们在主体意识中,都有强烈的现代哲学思想和文化精神的影响与介入,都有站在人类发展的共同高度审视人类存在,探寻"世界文学"平台的积极愿望,都有文学观念和方法的创新野心。

---

① 曾镇南:《黑色的魂与蓝色的梦——读韩少功的三篇近作》,《文艺报》1985 年第 21 期。

但"先锋主义"与"寻根主义"的根本不同在于，他们对于一切传统文化、一切社会秩序和现有的理性逻辑都持彻底的怀疑精神和批判态度。在抗拒社会对人的挤压、异化方面，不同于"寻根派"要"重铸和镀亮""民族的自我"，而是要张扬"非理性的自我"。在他们看来，愚昧的大众和陈腐的世俗都毫无美感与意义，因此在他们笔下绝对看不到"根性人"的文化品德及充沛的原始生命活力，而是一些超越现实和反常规的"荒诞人""变形人""边缘人"……这些"反常人"在文化反抗中生命个体的直观心理体验成为"先锋主义"小说人物审美的价值取向。

在刘索拉的《你别无选择》和徐星的《无主题变奏》这两篇前"先锋"小说中，就已经弥漫着荒诞、虚无、孤独的现代哲学氛围，正如徐星借主人公之口所发出的追问："我搞不清楚了我现在的一切，我还应该要什么？我是什么？更要命的是我还等待什么？"[①] 一切常规与世俗价值都在压抑人的个性与自由，而争取个性与自由的抗争又必然引来常规的和世俗价值的进一步干扰。因此"反常人"就充满了"多余人"的悲剧性。刘索拉笔下的那群现代大学生，因为都是艺术殿堂的赤子，就更不能容忍固有秩序、理念对自身创造个性的束缚和规范，也更不能与世俗价值妥协。然而社会文化的强大制约力决定了"你别无选择"的宿命性，"自我"的泯灭、失落、寻找成为现代社会中现代人的哲学命题。

既然现实是荒诞的，人的真实存在就遭到彻底的怀疑，人与现实的关系也在直观的感觉中显示出幻象的寓意。在马原、格非的叙事革命中，他们所设置的叙事"圈套"也好，叙事"迷宫"也好，目的都在于呈现生活无序的状态以及作者的种种特殊感觉，于是叙述与故事之间、叙述与人物之间都形成不确定的关系，使人物似真似幻，"仿佛已变成若有若无的鬼魂，身历的事件则比传闻还要虚渺，人就是生活在这

---

① 徐星：《无主题变奏》，《人民文学》1985 年第 7 期。

样的'从未证实'过而又永远走不出'相似'的陷阱的一种假定状态中"①。由此实现了叙事对象本身蕴含的丰富寓意和审美的多种可能性。

由于执着于小说观念与形式的探索和实验，"先锋主义"作家将个人生活经验中最严酷的"现实"也进行了"感觉化"，在幻境与幻象中渲染出复杂的意绪和异常的情感。比如莫言《透明的红萝卜》中的黑孩，原本是作家痛苦童年的复制再现——他生长于荒谬动乱的"文革"年代和贫困落后的乡村环境，幼小的身心曾受苦难的折磨和他人的欺凌，如果采用现实主义的创作方法，这将是一个"伤痕"或"反思"文学的典型文本，但作者却有意淡化对造成男孩心灵扭曲的现实的揭露与批判，反而对黑孩"聋哑"状态掩藏下的感觉世界进行了诗化的超现实的呈现，使人对这个精灵般的古怪少年的孤独、忧郁、憧憬产生更为深刻的心理体验和感觉触动。

在"先锋主义"小说中，人物不仅丧失了现实主义的"典型环境"，也不存在现实主义的"典型性格"，甚至抛开了人物命运发展的因果联系。为此，"先锋主义"代表作家余华曾这样申辩："我实在看不出那些所谓性格鲜明的人物身上有多少艺术价值。那些具有所谓性格的人物几乎都可以用一些抽象的常用语词来概括，即开朗、狡猾、厚道、忧郁等等，显而易见，性格关心的是人的外表而并非内心，而且经常粗暴地干涉作家试图进一步深入人的复杂层面的努力。因此我更关心的是人物的欲望，欲望比性格更能代表一个人的存在价值。"② 余华的"先锋主义"创作实践，正是体现了他的上述思想。他笔下的人物几乎都是抛开了"形体"而直奔"本质"——冷漠、残酷、丑陋的"人性恶"本质构成了"欲望"的核心，而"欲望"的膨胀又驱使着人性肆意做恶，暴力和血腥在"字里行间如波涛般涌动着，这是从噩梦出发抵达梦魇的叙述"。因而处于如此叙述文本中的人物，甚至无名无姓，只

---

① 张清华：《中国当代先锋文学思潮论》（修订版），中国人民大学出版社，2014，第231页。
② 余华：《虚伪的作品》，《上海文论》1989年第5期。

用数字或字母符号代替，“人物命运也是来去无踪”，“是宿命和难以捉摸的”，“人物和景物的关系，以及他们各自的关系都是若即若离”，由此“去寻找他们之间的某些内部的联系方式，而不是那种显而易见的外在的逻辑”。① 可见，从实质上讲，余华也是最典型地体现着“反常人”在荒诞现实关系中的存在困境和精神虚罔。他的先锋主义开端之作《十八岁出门远行》及其后的《四月三日事件》《我胆小如鼠》等，讲述的是“成长”中的人生遭遇、童年经历在“成长中”的投影，他把“成长”中的亲情体验、教育影响、人性萌苏、愉悦或诗意的感觉统统排除或遮蔽，唯有将“暴力”“残酷”“绝望”“冰冷”推至极端，使他的小说的叙事氛围、小说中的人物及人物关系都充满了令人窒息的阴森和恐怖。

应该说，以余华、残雪为代表的“先锋主义”小说，在对人的“存在”的探索层面达到了某一向度的最深处。既然是“某一向度”，必然难免偏激，致使他们对小说艺术中的人物形象审美趋于虚无化——虚无到几乎不见“真人”，只见“非人”；不见整体的人，只见破碎的人；不见血肉丰满生动的人，只见模糊飘忽抽象的人。因此这些过于虚拟化、平面化的“反常人”便难以进入更广阔深远的审美视野，必然伴随“先锋”意义的时过境迁而发生新的突破与嬗变。这在余华90年代创作转变后的长篇小说《活着》《许三观卖血记》中可以得到印证。福贵、家珍、许三观、许玉兰……这些在历史中沉浮、现实中受难的底层小人物，不再是来去无踪、飘忽不定的符号，而是性格鲜明、呼之欲出的艺术形象，甚至具备了某种“典型性”。这些人物的命运也不再是无常和神秘的，而是有历史根源和现实联系的——尽管超现实因素依然发生着强大的作用力，但“先锋”意义却已不复存在。

三　“世俗人”：生活烦恼与情志消损

从“寻根”小说到“先锋”小说，对于人的观照与探索都是形而上

---

① 余华：《自序》，《99 余华小说新展示》（6 卷），新世界出版社，1999，第 2 页。

的，在人物形象的构建中都介入了强烈的哲学意识，尽管他们的哲学视角、文化立场有所不同，对于形象中蕴含的哲学精神也有不同的文化、审美的价值取向，但这些形象普遍是在形而上的寻找中获得象征寓意的。

到了 80 年代后期，"寻根派"的文化理想与"先锋派"的文化反抗均受挫折，于是出现一种比较调和的写作姿态——"新写实"。从现象上来看，这似乎是现实主义的拓展与新变，但从本质上讲，却不能排除后现代主义倾向。愈来愈快的现代化建设使经济时代全方位逼近，而思想意识形态的控制力度又在加强。在新的历史语境中，知识分子的精英意识开始消解，文学创作中的理想与精神失去光彩，批判现实的勇气与锋芒也逐渐弱化，于是解构主义哲学思想与文学观念对 80 年代末 90 年代初的文学创作产生了极大的影响。反对崇高、消解理想、终止判断、还原生活、零度写作等自觉的或非自觉的创作倾向形成"新写实"小说（还包括同一时期的"新历史"小说）的主要特征。可见，以本体论取代主体论，以对人生状态与过程的罗列取代终极价值的关怀和追寻，以形而下的世俗裸现取代形而上的哲理把握及象征内涵，这些都与西方后现代主义文学有相通相似的一面。但从文本的语言操作、叙事结构、人物描写等艺术表现方法上，他们又排除了与中国大众读者相疏离的所谓"先锋"姿态和形式，使小说回到"故事"，回到"细节"。

从文化的视镜看，"新写实"与"新历史"依然是文化热流中涌现出的多元文学探索中的一派。与"寻根主义""先锋主义"的区别在于，它更得益于市井文化与民间文化的滋养，同时也在一定程度上受到社会转型期兴起的大众文化的影响。在这样的文化结构中，日常生活是首位的，世俗精神也是被认同的，因而活着就是活着，日子就是日子，生命就是生命，不需要作家居高临下地作出价值判断或精神指引，因为相对于生活本身而言，平庸无奈是真实的、顽强的，而理想与诗意都是虚幻的、软弱的。于是"新写实"与"新历史"小说中展示的便是平平常常的生活流和庸庸碌碌的凡俗人。"文学源于生活而高于生活"的权威定律彻底遭唾弃。

刘震云的代表作《单位》《一地鸡毛》对人的抱负、理想、热情进行了无情消解。小林原是充满朝气、个性，并且具有诗人的才华与激情的大学生，分配到令人羡慕的大机关，本来应该是一幅青春得意、大施宏图的人生画面，然而机关人浮于事且又沉闷压抑的工作环境，复杂微妙的人际关系和枯燥乏味的工作内容，使小林逐渐丧失了热情、朝气和单纯，而不得不努力适应一种庸俗的人生哲学。小林的婚姻与家庭生活，同样被天天无法逃避的琐碎事情和日常烦恼磨损得毫无光彩和诗意，平庸而严酷的生存环境与社会关系将"自我"挤压到"零"的状态——连最私人化的空间也不能真正拥有，那么作家只好听任他的人物继续"世俗化"，而将自己的判断与情感都进行"清零"。

范小青的中篇小说《光圈》似乎是对"生活流"的随意"抓拍"，一个又黄又瘦的 30 岁女人在一个平淡无奇的早上一边匆忙开炉子泡冷饭，一边听着丈夫的奚落埋怨，这就是吴影兰每天面对的"开端"。所谓"光圈"，大概可以理解为吴影兰做着小烟糖店的店主任、当了市劳模还上了电视，这些荣誉是她头顶的光圈，然而忙碌的工作让她腰酸体乏、未老先衰，遭到丈夫的嫌弃。后来吴影兰的店里出了事故，她辞了职，人生轨迹在无常与庸常之间循环。吴影兰本应该是一个有曲折的命运、具备典型意义的女性形象，可作者却无心聚焦这一"典型"，正如吴影兰的丈夫给她拍的几张照片，由于光圈没调准，她的形象是"灰蒙蒙的"。作者让吴影兰周围的许多人物纷纷出场，虽然他们和她有夫妻、母女、姐妹、邻居、同事等关系，可他们各自的生活图景既相似又无甚关联，"日脚一天一天地过，总归平平淡淡，没有什么大事。"平常、琐碎、无趣、重复的生活片段连缀成生活流，范小青"以一种超然物外的'局外人'的口吻不动声色地对待她笔下的男人和女人，不悲不伤，不喜不忧，不冷不热，似乎忘记了善恶的存在，也似乎没有美丑的标准，甚至性别意识也淡化到极限。"王干的这一"拆析"并非贬义，因为他认为："以毫不介入的态度从情感的冰点进行小说操作便是一种最佳选择。"但读完这篇作品细细琢磨，不能不遗憾地说，此作和其他新写实小说一样，恰恰因为缺少理想的"光圈"、情感的"光圈"，使文学的根本意义也变得"灰蒙蒙的"了。

然而，在我们阅读了大量的完全等同于我们人生烦恼的"烦恼"实录，并被那些如同我们自身一样庸碌疲惫的芸芸众生所包围的时候，当我们从作家的创造中体味不出一点超越现实的智慧，感觉不到一丝温情与关怀的时候，文学存在的意义岂不也完全被消解掉了？"新写实"小说中表现出来的主体意识的弱化和批判立场的退位在"新历史"小说中也投下死气沉沉的阴影，使阅读的"新鲜感"过后，很难激发出持久不衰的审美活力。

值得反思的是，"新写实""新历史"小说汲取市井文化、民间文化以及大众文化的务实精神以消解意识形态中的"乌托邦"色彩，使文学艺术能够返璞归真，这种探索和努力有益于文学的健康发展。但他们却忽略了富有充沛生命力的民间理想和情怀，放弃了文学艺术的精神旗帜，那么只能使接受者也使创作者本身，在日常生活的疲乏和文学审美的疲乏中逃离文学。

四 "游荡人"：欲望放逐与灵魂突围

以文化视镜来观照 20 世纪末的文学现象，王朔是一个绕不过去的"堡垒"，这个"堡垒"本身就构成一种新的文化现象的核心，辐射出种种相关联的文化景观——比如文学的游戏景观、文学的消费景观、文学的大众传媒景观、文学的媚俗景观……这使王朔现象本身构成批评界持久不衰的争论热点。然而，所有的学术批评都像是盲人摸象，这说明了一个无法否认的事实，无论是传统现实主义的批评还是现代主义的批评，似乎都不适合王朔现象。世纪之交，中国社会的转型期真正出现，商业化、消费化的文化环境也伴随着经济时代的全面来临而形成。那么处于市场经济时代和大众文化环境中的当代文学，必然产生更自由、更多元化的分化。不同的文化立场形态在 90 年代以来已基本获得了一个相对宽松的"共享空间"，这一空间给"个人化"创作提供了自由天地。因此对于王朔现象之后接连出现的"断裂"作家现象、"美女"作家现象、"新新人类"作家现象等，就必须调整既定的审美意识和批评视角，从而给予层出不穷的种种"新"现象以新的观照和批评。

王朔发表于 1987 年的《顽主》，是一个强烈的信号，它不仅决定了王朔小说的特殊意义和特殊风格，也意味着一种新的文学品味、文学氛围及文学形象的诞生与滋长。在王朔式的恣肆调侃中，活脱脱地走出了一类时代"顽主"形象。"顽主"在老北京话里原是"玩儿主"，指那些特会玩的"主"，用"顽"替换"玩"更精准地揭示了把玩当成正经事，要玩得执着、要玩出境界的一类人的特征。王朔笔下的人物若被称为流氓痞子无赖似乎言之过重，他们从身份与地位来说，大多出身于红色家门，受过正统教育，经历过社会锻炼。除了一些加入"倒爷""浪子"行列的人外，其余的也是有文明的职业和文化追求的，比如他们经常以作家、明星的身份出现。然而，这些人的日常生活场景总是离不开赌场、情场、酒吧、餐厅等娱乐游戏场所，他们的谈吐与行为，又刻意显摆出流氓痞子无赖的习气——轻浮放纵、自私贪婪、横行霸道、满嘴脏话、没有正经。这些人将"顽"字中所包含的顽人、顽劣、憨顽、骄顽、迷顽等含义都表现出来了，他们的顽劣表现在无知浅薄而又嘲谑知识；他们的骄顽表现在人格低下却又蔑视权威、奚落崇高；他们的憨顽更是表现在肆意玩耍、游戏人生、放纵欲望、逃避责任、吃喝玩乐等方面。王朔完全不关心人的存在而只注重人的"活法"，正是反映出大众文化与商品经济兴起后给当代青年带来的价值观、道德观的裂变与迷失。从这个意义上说，王朔现象是认识工业化的文化产品及其特征的一个窗口。

休闲、消费、娱乐为主体的物质存在对人的思想、道德、情操为主体的精神存在的强大颠覆，市场经济对文化生产与文化功能的强力制约，大众传媒对个人名利的强烈诱惑，使 90 年代以来的小说写作，几乎都成为物欲膨胀下个人欲望放逐的载体，既体验着飞翔的快感，又承受着坠落的痛苦——这因写作者不同的文化立场而表现出不同的倾向。

一方面，经历了 80 年代"新启蒙"思潮洗礼的知识分子，重新承接"五四"人文传统，同时满怀信心期望"现代性"改造、更新民族心理，就在这些文化精英初步开始建构现代精神历史之时，"具有反讽意味的是，知识界对改革开放的大声疾呼在结出了现代化之果的同时也使自己被现代化和世俗化浪潮推到了时代的边缘"。① 因此，一代知识分子的"灵与肉"在价值混乱、道德失范、物欲横流的时代再度分离或错位。在贾平凹的《废都》中，"庄之蝶"们身不由己陷入欲望化的"名利场"，精神却被颓废没落的气息包裹、压抑，他们虽有抗拒"异化"的灵魂呻吟，却难以遏制肉体的沉沦。另一方面，韩东、朱文、鲁羊等代表的"60 后"作家，曾宣称他们是与既有文学传统相"断裂"的一代②，但"断裂"的标志和意义，并不是体现在文学观念或创作方法的反叛性或前卫性方面，而是显示出与启蒙传统的"断裂"。"60 后"这代人生长于"文革"时期，优良的文化传统几乎全部被灭绝；当他们在开始进入高校或社会、铸造思想的关键阶段，又处在社会的急遽转型期——"新启蒙"思潮很快由盛转衰，世俗化的大众文化迅速泛滥。所以说，与启蒙传统的"断裂"状态使他们没有精神层面的"重负"，他们与前辈、兄辈们不同的是，面对文化生态的大裂变和市场经济的大冲击，不会产生被边缘化的失落感，反而自然融入，认同个体的世俗性生活与欲望化追求。当然，他们也会在理想、道德、情感的消解中体味空虚、迷惘或孤独，因此在韩东《我的柏拉图》、鲁羊《在北京奔跑》、朱文《我爱美元》、张旻《爱情与堕落》以及邱华栋《公关人》《时装人》等作品中，我们可以看到"60 后"作家笔下的人物在某些方面与王朔的"顽主"们有相近的一面，比如对种种"体制"的反感与排斥，

① 樊星：《从"新启蒙"到"再启蒙"——纪念"五四"九十周年》，《文艺争鸣》2009 年第 2 期，第 92 页。

② 1998 年，朱文向一批青年诗人、作家、评论家发起问卷调查，之后整理出《断裂：一份问卷和五十六份答卷》发表于《北京文学》1998 年第 10 期。由于问题和回答都非常尖锐，在批评界引起激烈争鸣，许多人将这一事件视为"炒作"，但也有评论者开始理性关注、研究"断裂"一代的写作姿态和特征。

对金钱的崇拜与向往，对都市情调、市民趣味的追逐与迷恋，对正统思想与正经情感的嘲弄与唾弃……但他们又有一些本质上的区别。王朔的"顽主"们"玩的就是心跳"，"我是流氓我怕谁"，从行为到心态都是不折不扣的"游戏人"，在游戏的本能欲望层面上显示出"痞"与"赖"的习气，而"60后"作家笔下的人物则是介于"浪子"和"正经人"之间的一群"游荡人"，故他们的欲望展示没有停滞于本能而是深入人性层面，透过"游荡状态"可窥视到人物的孤独、彷徨以及欲望围困下的灵魂突围。或许是作者的学历差距、文化品位差异使然，后者的反文化倾向不似王朔那么彰显、激越。

新时期小说人物形象在挣脱了"典型律"的桎梏后获得了自由且多向度的创造空间，却也给人物形象的审美批评带来了新的困惑和可讨论的话题，比如人物形象新的审美理想究竟是什么？人物形象新的批评原则与标准又该如何确立？无论文学怎样自由发展或发展到怎样的广阔天地，作为"人学"的文学，永远不能回避对人物形象的审美判断和评价。如果说在新时期初期"文学是人学"的呐喊冲破了庸俗社会学的限定，使人物形象因为打破了政治图解而获得生命力与审美价值，那么90年代之后，文学中的"人学"会不会因为过热的文化学而陷入新的庸俗？人物形象是否会在抽象化、感觉化的"现代性"建构及世俗化、平面化的价值解构中无所适从而产生新的审美障碍？这是值得进一步反思的重要问题。

第三章　女性文学与女性叙事：性别/审美文化的双重观照

新时期以来，女作家的创作成绩斐然，一直是文坛靓丽的风景。但是围绕"女性文学"展开的争鸣，也一直未曾中断。20 世纪 80 年代，关注点与分歧点首先指向"女性文学"这一概念。"什么女性文学？怎么不来个男性文学？有的女作家对称自己为'女作家'也很反感。"① 早在 20 世纪 20 年代，刚登上文坛不久的丁玲就曾发出过这样的诘问，上海某刊物要出版"女作家专号"向丁玲约稿，她回绝说："我卖稿子，不卖'女'字。"② 后来她在延安发表《"三八节"有感》，又咄咄逼人地发问："'妇女'这两个字，将在什么时代才不被重视，不需要特别地被提出呢？"③ 不同时代的女作家之所以一致抗拒在她们的社会/职业身份前特别突出"女性"符号，正是因为这一符号意味着父权制居高临下地对女性身份的特别指认，在他们的审美期待中，女性文学所应该具备的美学特征都是凸显"女性"标志的——柔美、娴静、清秀、婉约……在漫长的文化积淀过程中，这一定势思维和心理有着厚重的根基。因此，当代女性文学的发展务必打破僵化的概念和语境。"女性文学虽然以性别标志命名，其内涵却并不是仅仅限于自然性别，它的产生和它的内涵都是历史的、现代的。"④

---

① 刘思谦：《关于中国女性文学》，《文学评论》1993 年第 2 期，第 61 页。
② 丁玲：《写给女青年作者》，《青春》1980 年第 11 期。
③ 丁玲：《"三八节"有感》，《丁玲散文》，人民文学出版社，2017，第 43 页。
④ 刘思谦：《关于中国女性文学》，《文学评论》1993 年第 2 期，第 63 页。

第一节　女性文学与性别意识的探索轨迹

中国女性的自我觉醒始于社会历史变革的近代，在艰巨的现代转型与漫长的探索发展中，"女性"书写经历了反叛、抗争、革命、奋斗、救赎、追寻的主题演变。

一　社会化：女性文学的"妇女解放"命题

"五四"新文化运动背景下，引领新思想潮流的先驱们在呼唤"人的解放"的同时，特别提出"妇女解放"的时代命题，而进步的知识女性更是自觉地关注妇女的生存境遇、婚恋自由等问题，积极探索女性在社会上应有的地位、权利、尊严和个人价值实现的目标，这一探索过程中表现出的勇敢叛逆精神、激进开放思想以及在现实困境中碰壁受挫后苦闷感伤、焦灼悲观等情绪，反映在冯沅君、陈衡哲、石评梅、冰心、庐隐、凌淑华、丁玲等女作家的"时代新女性"的创作主题中。到 20 世纪 30 年代之后，左翼文学、救亡文学以及解放区的"工农兵"文学逐渐形成新的时代命题和思想导向，女性写作中的主体探索尚未进入性别意识的独立空间，就已经转向大众、阶级、民族的宏大场域，妇女解放与民族解放密切地连接在一起。40 年代游离于革命阵营之外的都市女作家更多关注的是新旧夹缝中女性进退两难的现实处境，比如张爱玲笔下那些亦新亦旧的女性，一般都受过良好的新式教育，她们一只脚迈进新时代，而另一只脚被旧生活套住，"解放"意识消遁，最终还是希望在婚姻中找到安生的归宿，她们的精神形态苍凉而世俗。

新中国成立后，妇女解放的标志是实现"男女平等""同工同酬""妇女顶起半边天"，这体现了妇女的社会解放程度而没有从根本上确立女性自身的独立意识和精神价值。五六十年代的文学创作（包括女作家的创作）绝对没有从女性性别视角观照女性意识的自觉，甚至也几乎没有出现反映女性个体命运、人生悲剧的现实题材，以女性为主角的作品，像李準的《李双双小传》等，所表达的是较为浅层次的"反封建"和"反对大男子主义"主题，突出的还是社会主义建设中妇女们的政治积极性。80 年代在人道主义思潮的影响下，伴随人的主体觉醒，女性意识开始逐渐生成。张洁、张辛欣等女作家在初期创作中，主要从理想与现实、家庭与事业等矛盾的展现中审视两性不平等的严酷现状，或书写女性为追求社会价值而表现出的自尊自爱、自强自立品格。处在现代社会的职业女性试图超越性别，追求和男性绝对平等的价值空间，归根结底，在她们的意识深层，依然不能排除作为"第二性"的弱势定位，从而丧失了真正的自我话语权。因此，即使女作家拥有与男作家平起平坐的地位和创作权，拥有日趋壮大的队伍、日趋繁盛的创作风貌，但她们的写作仍最终归属于社会文化的大范畴之内——按照男权文化中心的规范和准则审视着自我以及更广泛的生活。女性的自我理想被社会理想淹没，女性内在的声音被遮蔽于社会集体话语之下。

二 "私人化"：性别意识的"自我"观照

1995 年，联合国第四次世界妇女大会在北京举行，西方女权主义批评理论大量译介进来，国内"女性主义"研究也方兴未艾，多部女性文学研究论著问世后产生广泛影响，当代女性文学借此东风迅速进入新的历史发展阶段。在批评界引起关注和争议的"女性私人化写作"现象，很快被纳入"女性主义"批评范畴，陈染《私人生活》、林白《一个人的战争》等作家作品被视为真正的"女性主义"文学典范。这些带有鲜明女性立场和女性意识的创作，不仅彻底反叛社会性别秩序和性别规范，而且自觉抗衡、回避男权文化话语对自我的潜在塑造和影响，她们从社会和群体中剥离"自我"，幽闭于"私人空间"审视内在的困惑、欲望、诉求，在"自我"独白（对话）中试图完成"自我"确认。对这一新的女性创作趋向，陈晓明概括指出："九十年代的女性写作尤为强调主观化视角，对于一部分女作家来说，那是纯粹个人的内心生活；而对于另一些女作家来说，则是个人与历史对话的一种姿态。

不管如何，女性的叙事总是带有'个人记忆'的显著特征，这使人们倾向于把女性写作当作一种精神自传去理解。"[①] 王光明也给予理论层面的阐述："越来越多的女作家从自觉的性别立场出发，把私人经验、幽闭场景带入到公共文化空间，通过女性经验的自我读解和情色问题的大胆表述，破解男性神话，颠覆男性中心社会建构的政治、历史、道德等方面的理念。她们的作品，是社会、心理压抑的书写，是男性主体性短缺的揭示，具有向男权文化挑战和向自身'被造就的自我'挑战的双重特点。"[②] 在批评家的展望中，我们似乎已看到一片真正属于女性创作的天空和自由张扬的女性精神。

然而，如果对 90 年代中国女性作家的主体精神进行深入洞察，亦会发现她们在"自我"的狭隘空间里陷入"对镜独坐"式的自恋，对女性主体的建构仍然处于迷惘和无力的状态。就以陈染、林白为例，通过对她们文学创作背景和"私人化"倾向形成原因的考察，再深入观照、判断其代表作中女性意识的表现形态和意义指向，由此可进一步看清"女性主义"文学与性别意识的内在关联以及女性主体探寻中的"瓶颈"。

林白、陈染分别出生于 1959 年、1962 年，她们的成长背景和经历有些相似，比如政治运动频繁、时代氛围紧张、社会秩序混乱，比如她们都缺失父爱，也在一定程度上缺少母爱，亲情的疏离与冷漠，使她们自我封闭、自我依恋，性格孤僻，排斥他人和集体。然而，与那些年长一些的像王安忆、铁凝、池莉等"50 后"女作家相比，林白、陈染的人生经历相对来说比较单纯，她们顺利进入一流的大学接受高等教育，毕业后又都得到一份优越的工作。大学、出版社、电影制片厂这样的工作单位安静、稳定、舒适，使她们较少与社会的重大事件和现实矛盾发生直接的联系，难以潜入生活的底层体验芸芸众生的现实困境和生

---

① 陈晓明：《走进女性记忆深处——简论林白》，《作家报》1995 年 12 月 9 日。
② 王光明：《女性文学：告别 1995——中国第三阶段的女性主义文学》，《天津社会科学》1996 年第 6 期，第 71 页。

存状态。加之文学女青年特有的超凡脱俗的个性气质，使她们与世俗生活也有一定程度的隔绝。所以在开始创作之初，就只能从个人经历中寻找记忆和体验，把自己对人生的独特感受，用"独语"式的诉说传达出来。

陈染最初发表的《世纪病》《定向力障碍》《消失在野谷》《孤独旅程》等，多是表现现代知识女性的孤独感和精神苦闷，这很容易使人联想到丁玲的《莎菲女士的日记》、庐隐的《海滨故人》等小说中那些孤寂感伤的女性，这些"五四"运动后期"梦醒了无路可走"，在社会中碰壁受挫，婚恋理想也破灭的苦闷女性，因时代的沉重氛围和现实的严酷处境而深陷精神困境。对比来看，陈染流露的孤独与苦闷情绪显得较为单薄，亦有点矫情，不过在叙事技巧上可以看出她有自己的独特追求。90年代她以《与往事干杯》《嘴唇里的阳光》《无处告别》《在禁中守望》《私人生活》等一系列中长篇进入创作的喷发期，这些作品以更大胆的"自我"欲望书写、更内在的女性体验展现，披露女性成长中被普遍掩盖、漠视的一面——性爱的苏醒、压抑、迷失，欲望的躁动、宣泄、扭曲，情感的困惑、矛盾、波折……这一切构成一个令人惊奇、不安，甚至不敢正视的女性"私人"空间。林白的早期创作不曾产生什么影响，到80年代末90年代初，她接连发表《同心爱者不能分手》《裸窗》《子弹穿过苹果》《大声哭泣》等短篇、中篇小说，带有某些"先锋主义"色彩。之后的作品影响越来越大，比如《回廊之椅》《瓶中之水》《致命的飞翔》《一个人的战争》《守望空心岁月》等，使她成为"女性主义"写作的代表人物。仅《一个人的战争》这部"林多米"的"精神自传"，就完全可以印证评论家的论断："林白也许是最直接插入女性意识深处的人。她把女性的经验推到极端，从来没有人（至少是很少有人）把女性的隐秘的世界揭示得如此彻底，如此复杂微妙，如此不可思议。……正是对自我的反复读解和透彻审视，才拓展到那个更为宽泛的女性的'自我'。这些故事在多大程度上契合作者的内心世界并不重要，重要的是它是真实的女性独白，是一次女性的自我迷恋，是女性话语期待已久的表达。"①

概括而论，林白与陈染"女性主义"叙事的相似特征表现在三个方面。第一，从写作姿态上，体现了一种新的文化反叛精神，具有解构、颠覆男权主流文化的自觉性，她们以纯粹的女性话语表述性别意识——不仅探寻女性"自我"主体，也审视、对抗、排斥男性所占据的精神"主体"地位与空间。第二，在她们颇为激进的"女性主义"文本中，彻底抛开社会历史对女性命运的制约以及这种制约之下的女性命运的社会历史性主题，因此她们笔下的女性形象——无论是整个成长历程中始终处于"一面墙自己挡住自己，一朵花自己毁灭自己"状态的林多米，还是"守望空心岁月"的姚笠，或者是永远彷徨于"私人生活"中的倪拗拗、黛二，都是一些遗世独立、孤芳自赏、奇思玄想的"独异个人"，她们既不热心事业，也不热心生活，对爱情、婚姻、家庭既渴望又逃避，既看重又拒绝，怀着极大的戒心防范别人也防范自己；她们对男权文化充满强烈的反叛精神，对传统的、世俗的婚恋观持决绝的否定态度，因此特别自尊自爱，对男性表现出怀疑、敌视和嘲弄的姿态，但有时却又盲目疯狂地投入"傻瓜"爱情，不惜以人格、尊严、名誉为代价；她们常常带着浓重的自恋情结对往事的某个片段、情绪的某个瞬间，或经历中的某次体验百般回味、纠缠不休，而对现实、对未来则显得麻木和漠然。第三，从写作风格看，林白和陈染抵抗男权文化的审美理想及趣味，以肆无忌惮的幻想和无序散乱的独白风格，展示出绚丽而诡秘的审美空间。

然而，在获得这样一种新的文化美学价值的同时，"私人化"的"自我"书写是否就代表了中国当代女性文学的本质意义？以"私人化"去"社会化"，以"主观化"去"客观化"，似乎让女性文学的"主体"探寻遭遇了新的"瓶颈"。就林白、陈染的创作而言，90 年代

① 陈晓明：《不说，写作和飞翔——论林白的写作经验及意味》，《当代作家评论》2005年第1期，第25页。

高潮过后都曾困于穷途末路。她们在彻底地、极端地将个人记忆与体验宣泄殆尽之后，依然固执地守在"私人"空间"对自己诉说"，就难以实现新的突破。陈染的愿望是拥有"一间自己的屋子"，根据她自己的解释，这间自己的屋子与英国著名"女权主义"作家、批评家弗吉尼亚·伍尔夫所提出的女性应该有勇气、有理智地去争取独立的经济、社会地位，拥有"一间自己的屋子"的含义不尽相同，陈染希望"可以站在人群之外，眺望人的内心，保持住独自思索的姿势，从事内在的、外人看不见的自我斗争"。她承认："我不算是一个更多地为时代的脉搏和场景的变更所纷扰、所侵蚀的作家类型。我努力使自己沉静，保持着内省的姿势，思悟作为一个个人自身的价值，寻索着人类精神的家园。"① 她对自己写作态度与文学追求的解释，并不能使读者产生信赖，反而更使人疑惑，"站在人群之外"，不为"时代的脉搏和场景的变更所纷扰"，倒是可以进入一种修身养性的化境，但又怎能真正关注"人类精神的家园"？如果将自己封闭于一间屋子里孕育作品，缺少光、新鲜空气、热量，势必造成"母体"的严重贫血，那么"先天不足"的产儿又怎能获得强壮的生命力呢？林白也曾宣称："我对现实缺乏应有的感受力，因而也缺乏判断力。面对现实我经常头脑一片空白，所以它对我总是缺乏美感。""对我来说，个人化写作建立在个人体验与个人记忆的基础上，通过个人化的写作，将包括被集体叙事视为禁忌的个人性经历从受到压抑的记忆中释放出来，我看到它们来回飞翔，它们的身影在民族、国家、政治的集体话语中显得边缘而陌生，正是这种陌生确立了它的独特性。"② 这番表白与其说显示了自己不落俗套的创作自信，不如说是掩饰了一个写作者的自卑——对现实社会缺乏睿智而敏捷的洞察和感应，对人类命运缺乏博大的关怀，也就缺乏了成为优秀作家的基本条件。

也许林白和陈染都力图通过自我省悟和体验去传达、张扬叛逆脱俗

---

① 陈染：《我的道路是一条绳索》，《出版广角》1996 年第 2 期，第 38 页。
② 林白：《记忆与个人化写作》，《花城》1996 年第 5 期，第 125 页。

的现代女性意识——比如对禁欲主义和贞操观的否定，对女性性主体的认识和欲望之美的欣赏，以及对两性关系中灵与肉的背叛与分裂的追问、思索，但由于作者体验与认知上的局限和情感上的偏执，她们刻意强调女性性别意识的同时，恰恰又暴露出潜在的"第二性"自卑。所以她们笔下的女主人公们并不能真正逃离男性社会的主宰。这也是中国当代"女性主义"文学应特别正视的一个矛盾。

如果说题材的雷同还仅仅是由于作者生活局限所致，它直接影响着作品思想意蕴和审美价值。那么叙事语言的啰唆、重复、絮叨，叙事结构的松散、漫无边际，以及在细节、场景描写上的一再复现，则更严重地预示着作者艺术创造的停滞。可以肯定，她们最初创立的女性话语作为"语言的历险"构成对男权中心审美成规的挑战，但若一味地沉湎于"女性特色"，就难免落入平庸。

因此，女性的主体探索在"去社会化"之后退回到"私人"空间，意味着在一定程度上又放弃了"妇女解放"的社会化进程，那么女性写作是否应再次"打出幽灵塔"，重新向社会出发？这是当代女性文学后续发展中必须面对的课题，也是必须探索的新方向。

第二节　王安忆、铁凝对女性身份的文化反省

王安忆、铁凝自20世纪80年代初登上文坛以来，一直保持着旺盛的探索热情和创作实力，在女性文学批评视阈中也一直被视为女性写作的代表作家。学界对她们的总体评价，王安忆"是被认为视野颇为开阔、能够驾驭多种生活经验和文学题材的作家"，铁凝"总是在冷静的现实主义笔法的描述中，展现传统与现代、纯朴与世故、文明与野蛮、女性自主与依附等种种矛盾。……女性的矛盾与困境往往与对社会文明进程的思考交织在一起"。[①]"女性主义"作家、批评家徐坤认为："王

①　洪子诚：《中国当代文学史》，北京大学出版社，1999，第360、361页。

安忆以她丰厚的创作实绩，在当代无论是女性文学写作还是整体文学创作中都筑成了一座巍然耸立的高峰。她所标示的高度和厚度几乎就是后来者所无法逾越和企及的"；"90年代的铁凝的作品，无疑都染上了母性色彩，用母亲的子宫和乳房包容、感应着世界，无比的宽容，平静，宁和，同时又有一份无形的松弛、倦怠和美丽的慵惰"。① 从上述评论可以看出，王安忆和铁凝其实是不宜放在"西方女权主义"理论框架中来解读的，这不仅因为这两位女作家不愿意受某种"主义"的捆绑，也因为她们关注的女性与本土文化生态和现实社会环境有着密切深厚的联系。

一 文化视阈下的"性"与"母性"

1986年夏末，创作势头正旺且路向多变的王安忆，突然又将探询的笔触伸向讳莫如深的"性"领域，接连抛出的"三恋"——《小城之恋》《荒山之恋》《锦绣谷之恋》如同集束炸弹在文坛震响。无独有偶，铁凝在这一年的深秋渐次推出了沉甸甸的《麦秸垛》《棉花垛》，90年代中期又发表了《青草垛》。虽然，从内容到形式，"三恋"与"三垛"之间并没有必然的联系或呼应，但巧合之中是否蕴含了某种相通的创作契机？固然，80年代中期勃兴的文化与文化寻根热，曾使一个时期的作家、评论家几乎无一例外地将自己的叙事立场和批评观点移入"文化坐标"中，试图确立新的审美方向和价值体系。这一"文化坐标"轴纵向代表的是民族文化传统及文化心理积淀，而横向参照的是整体人类文化发展中的现代西方文化。无论自觉与否，寻根派与非寻根派的作家、评论家都在迫切地寻找与现代世界文学对话的"媒介"和"渠道"。对于中国作家而言，没有显著深刻的文化烙印，就等于没有走进世界文化视野的徽章，也就不可能在特定的历史语境中，站在人类发展的共同高度审视人的存在，表现现代意识中的人类情绪。因此，焦躁的一代文

---

① 徐坤：《重重帘幕密遮灯——九十年代的中国女性文学写作》，《作家》1997年第8期，第18页。

人在强大的主流话语制约下开始了反叛和突围。由此可以断定，"三恋""三垛"便是这种反叛意识和突围精神的实践，从文化的角度和意义上看，更是代表了那个时代作家的自觉选择，也不乏潜在的赶潮心态。

不过，当我们与那个浮躁的时代拉开了相当的距离，重新深入文本，不仅会对那些大于思想的形象产生进一步的审美欲望，也会对文本中超越了特定文学思潮而显示出的多向度的审美张力产生更丰富的联想和思考。

人类应该怎样理解人类、发展人类？应该怎样组成、维护一个相对稳定、合理的社会关系，并向着更理想的社会模式努力？这是全世界有良知的作家们共同关注、积极思考的问题。傅雷在 20 世纪 30 年代译介了法国作家莫罗阿的著作《人生五大问题》，莫罗阿这样阐释了人类存在与发展的本质："在如此悠久的历史中，人类之能建造如此广大如此复杂的社会，只靠了和生存本能同等强烈的两种本能，即性的本能与母性的本能。必须一个社会是由小集团组成的，利他主义方易见诸实现，因为在此，利他主义是在欲愿或母性的机会上流露出来的。"[1] 在莫罗阿的推论中，人类的基本关系是两性关系，而两性关系的稳定与和谐——即人类的文明与进步，则依赖于"母性"中的"利他主义"，那就意味着"母性"无私的爱、宽容、牺牲和奉献。这在女权主义者看来，应该是最典型的男权思想，然而，早在 20 世纪 20 年代，茅盾译介的《爱伦凯的母性论》又让我们颇为惊讶地了解到，瑞典妇女问题专家（也是早期女权理论家）爱伦凯竟然更为热情地推崇"利他主义"的母性，她说："母性是有广大无边的力，他的本性，是'授予'，是'牺牲'，是'抚爱'，是'温柔'。……利他主义的根即伏在母性内。"[2] 那么是否意味着，具有了"利他主义"根基的"母性"，能够消融利己与利他的冲突，消融精神与肉体的冲突，从而就能消融人与人

---

[1] 〔法〕安德烈·莫罗阿：《人生五大问题》，傅雷译，生活·读书·新知三联书店，1986，第 8、20 页。
[2] 沈雁冰：《爱伦凯的母性论》，《东方杂志》第 17 卷第 17 号，1920 年 9 月 10 日，第 60 页。

之间的一切矛盾和冲突？显然，无论是男权思想，还是女权意识，都不能够否认或回避两性关系之于人类存在和发展的根本意义，也都不能够否认或遮蔽母性的力量和光辉。因此，"性"与"母性"是观照人类社会深层结构的最直接的窗口，也是探究人性、人的价值和命运的迷宫，这个迷宫诱惑着、考验着作家的智慧。所以，尽管王安忆和铁凝并未有约在先，但灵感的指引，使她们的审美目光不期而遇，共同发现了一个让她们震惊、激动却又痛苦的"生命场"。

二 "性"的悲剧

"三恋"和"三垛"中大量充斥着的"性"描写曾招来尖锐的批评。如果按照一贯指导我们文学创作和批评的"认识论"去审视这些文本，必然会因为"性"描写孤立于社会环境、现实关系和道德准则而指责作品的内容失真或倾向不良，甚至有可能被"下禁令"。这也不奇怪，在根深蒂固的传统观念里，"性"一向被视为淫秽和丑陋之物而不登大雅之堂。所以，"性"与美无缘，与人生意义更是毫不相关。在历代文学作品中，"性"描写只是世风败坏、道德沦丧的写照。于是在大量的文本中，我们一方面看到荒淫无度的、放荡丑恶的"性"关系的展示和渲染，另一方面又看到板起的道德面孔在告诫警示世人：纵欲的下场是灭国亡家，遗臭万年。在如此冷酷的"性"文化枷锁下，女性的本原欲望不仅长期被压抑，甚至还要彻底除根灭绝。女人最高的人生境界是成为贞女节妇，而稍有不慎就可能沦为遭世人唾骂和鄙弃的淫妇荡妇，有七情六欲正常态的女人似乎从不存在，世人从未看清她们真切的形象。由于中国女性历来受到更为残酷的礼教束缚和人性摧残，在屈辱的生存环境和非人的命运摆布中，形成中国女性卑贱的奴仆心态和畸形的"性"爱意识，因而在两性关系中，"女为男用""传宗接代"就成了女性身份的定义。为了保全这一卑贱的身份，女人无条件地服从男人、伺候男人，并且还得曲意逢迎、讨好男人。近百年来，尽管腐朽的封建文化不断受到深刻的批判和清算，但是，令人遗憾和失望的是，在当代一些著名作家笔下，却依然缠绕着幽灵般的"古典情怀"，肆意践踏、扭曲着女性的生命欲望。我们从《废都》《苍河白日梦》《神嫖》等文本中又看到了泛滥淫乱的"性心理"或"性行为"，看到了贞女荡妇们的现代演绎，却看不到作家面对畸变的两性关系及两性关系中女性的生命本相而引发的人性关怀及深度思考。

在这样一种陈腐而又暧昧的"性"文化背景中，王安忆与铁凝的超越意义便凸显出来。她们站在女性的叙事立场上观照着两性关系中女性生命的原生态与被动态，不加掩饰地展示女性天然欲望的蓬勃生机，她们在压抑中苏醒、膨胀、奔突，灿烂而美丽，但却在释放中被践踏、被扭曲、被窒息，在宿命般的命运轮回中承受一切，付出一切，在"母性"的皈依中安置自己一生的结局。在看似冷静实则隐含着尖锐痛苦与深切悲悯的叙事中，王安忆、铁凝传达出对女性本原身份的焦灼追问，并以反省的姿态还原那些"性"文化地狱中没有血肉之躯、没有灵魂欲念的女性的"人"的真实面貌。

长期以来，男人的社会地位、经济地位使他高高在上地成为女人的主宰，因此在两性关系中，女人永远是被征服、被支配、被奴役的对象。女人的存在意义仅在于"女为男用"——作为生育工具，用于传宗接代；作为"性"工具，用于男人泄欲。可见女人是非人化的"工具"，于是男人便可以随心所欲地将这一"工具"弃之、换之，甚至毁之。而女人，则也是靠着"工具"的职能赖以生存，为"工具"找一个终身依靠的主人构成了婚姻的实质；或者出卖"工具"以换取利益，构成了卖淫的实质。

《棉花垛》中的米子姑娘靠美色去"钻窝棚"挣棉花，在封闭而极端落后的农村经济条件下，一个如花似玉的女孩儿，就这样沦为出卖青春和美丽的工具，然而在付出了一切之后，她得到了怎样的人生回报？不过是随便地嫁个鳏夫，"不到五十就弯了腰，身上干枯得像柴禾"。①

---

① 铁凝：《棉花垛》，《铁凝文集》第1卷，江苏文艺出版社，1996，第117页。

更为可悲的是，米子的女儿小臭子还处在"过家家"的童年时期，就会玩"勾引"男人的游戏了。"工具"的角色就是这样承传下去的。日本人的入侵，使小臭子这代女青年没能钻成棉花地，突如其来的民族战争打破了闭锁停滞的乡村经济，不仅在某种程度上改变了农民的生存状态和生存方式，也多多少少改变了人们的思想与观念。但历史的变迁能否给女人的命运带来根本性的转机？小臭子学着"八路"的样子穿紫花大袄，去夜校听课；乔则坚定地投身革命，成了积极干练的妇女主任。然而这两个年轻女子却并不能从理性上真正认识到革命与女人地位改变的本质联系，她们的追求和行为依然带有盲目性和蒙昧性，依然无法摆脱对男人的依附心态和被支配的从属地位。所以乔因为爱着抗日干部国而愿意为他积极工作，国一旦离开她就觉得"心里没了主心骨"；小臭子虽然倾向革命，具有反封建的叛逆意识，但她骨子里"夫贵妻荣"的念头使她傍上了日本警备队的秋贵，并为了秋贵，不惜出卖乔，成了可耻的女汉奸。最后，这两个女子都被毁灭了，乔被一群野兽般的日本兵轮奸后，被用刺刀剜去乳房，挑开胸膛，死得惨不忍睹；小臭子被清算汉奸的国捉拿之后，先被国占有，还没等她从交欢的陶醉中醒过神来，国阴森森的枪口已瞄准了她的脑袋，一个愚昧糊涂的生命便被结果了。"棉花"作为小说的核心意象，它轻柔温暖，是令人怀恋的乡土与女之"性"的融合，而棉花垛下柔弱的女人们却承载着沉重的苦难、冷酷的践踏，展演着不变的宿命和性别悲剧，铁凝在"棉花"意象中寄寓了凝重的忧思。

因此，妇女解放的程度与标志，不能只看到社会意义上的地位改变或经济意义上的生存自立，而是要深入女性心理深层，关注她们的人格意识是否真正确立和健全；她们的精神追求是否获得了应有的自由和满足；她们的生命原欲是否不再受到压抑并得到美满的实现。事实上，在"男女平等"的社会条件及社会要求下，绝大多数女人必须同男人一样参加社会劳动、生产、服务、创造，她们毫不逊色地成为事业上的强者。然而，在伦理道德环境和婚恋家庭关系中，女人的美德与角色似乎千古不变——纯洁、贤惠、勤劳、富有爱心和牺牲精神，当然也就在两性关系中依然无法消除男人的支配心理和女人的依附心理，在女人的自我丧失与自我抗争的尖锐冲突中，"幸福"必然要以痛苦作为代价。

从《麦秸垛》中两位女知青的情爱悲剧中，依然可以看到传统文化对女性性心理的深度渗透，男权意识顽固地潜伏在现代文明背后，野蛮地剥夺了她们的幸福，扭曲了她们的人性。杨青与沈小凤都爱上了陆野明，虽然爱的缘由和方式大相径庭，但目的是一致的——最终嫁给这个男人。杨青作风正派、品行端正，言行举止都符合道德要求和社会规范，她追求志同道合的爱人，并且要在不断的"考验"中检验追求的对象是否终身可靠。理智的她并不急于明确与陆野明的恋爱关系，而且还常常正儿八经地制止陆野明的欲望冲动，结果在不知不觉间用传统美德摧残了自己天然的情欲，而压抑的人性却也在不知不觉间积蓄了恶毒。所以，面对沈小凤的挑战，她不是用更热烈的爱去争取陆野明，而是怀着阴暗的心理希望、等待、促成陆野明与沈小凤之间"发生点什么"，借此报复他们。虽然回城后她与陆野明逐步接近了婚姻目标，但她得到的，却是在精神上"阳痿"的男人。相对于杨青的"传统"，似乎沈小凤具有大胆反叛传统的精神和行为，她喜欢陆野明，就不管不顾地贴上了他，明知他讨厌她，也毫不在乎。当情欲不可遏制的时候，她任其迸发，在麦秸垛下偷尝了禁果。事发后，面对难堪的审问和舆论，她毫无羞耻之感和悔过之心。但悲剧的症结在于，沈小凤的骨子里没能摆脱的恰恰也是对男人"从一而终"式的依附，以至于糊涂而可笑地跪在陆野明脚下请求给他生个孩子。在普遍性的男权文化规范里，女人的归宿就是妻子和母亲，一个女人一旦与一个男人发生了性关系，似乎就无法改变自己的命运了。

《荒山之恋》中那个从小生活在"叔叔们"的宠爱与呵护中的金谷巷女孩儿，耳濡目染，从她妈妈那儿学来一套套摆制男人的心机和手腕，出落得美艳而又风流。但出人意料的是，尽管母女两代人都靠"性"角色周旋于男人世界，却又可笑地恪守着"贞操"观念。女儿从小被母亲灌输的"女人经"是，女人要守好最珍贵的"宝"，"别的都可以玩玩笑笑，唯独这个不能松手"，怎样"把个男人捏得滴溜转"，"女人身上的法道多着呢，守住那最宝贵的，也可算做一项法道了"。她们自以为守住了女人的"宝"，就有了左右男人的"法道"，从而就能拥有"女人的尊严，女人的价值"①，殊不知，此种"性功能"充斥着男权文化的陈腐气息。男人向来把女人视为泄欲的工具，但他们又轻侮失去贞操的女人，于是要求女人们带着人性的枷锁为他所用。金谷巷女子正是自觉地带着人性的枷锁，把"性功能"当作征服男人的法宝，在男人们中间施展着自己的魅力。最终，她的心机和魔法都没有白费，她征服了一个各方面条件都符合标准的男人，并把守住的贞操献给了这位终身依托的丈夫。然而，作为一个性情风流、争强好胜的热情女子，她最真实、最强烈的生命冲动和欲望，事实上一直在枷锁中被压抑着、捆绑着，特别是婚后又被"爱"她的丈夫策略地监控着，于是不甘寂寞的她便注定要遭遇一场毁灭性的性爱悲剧。她与大提琴手从开始的逢场作戏，到弄假成真后的生死之恋，意味着她"灵魂和欲念的极深处的沉睡，被搅乱了"②。于是，她像燃烧起来的野火，疯狂地不顾一切地燃烧下去，直到把两个人的生命燃为灰烬。

《荒山之恋》作为"三恋"中写得最早的一篇，作者对婚外恋的态度尚有几分谨慎和隐约存在的道德谴责，故在叙事结构上，男女主人公的恋情发展与命运结局，似乎过多地依赖性格因素和戏剧性巧合，这多少削弱了人物深层的生命本相的展示。同样是写婚外恋，《锦绣谷之恋》就完全换了一种叙事观点，作者将叙事视角直接移植在女主人公的主体意识中，却又采用客观的第三人称写法，这既缩小了叙事者与被叙事者之间的距离，使人物命运更接近主体意志，同时又拓展了读者与被叙事者之间的空间，使审美过程中有了介入的可能，从而产生非限定性

---

① 王安忆：《荒山之恋》，《三恋》，重庆出版社，2012，第 47 页。
② 王安忆：《荒山之恋》，《三恋》，重庆出版社，2012，第 102 页。

的审美判断，作品的意蕴便获得了多向度的张力。所以，从外部结构看，小说叙述了一个婚外恋故事，但随着叙事视角的深入，却发现这是女主人公感觉的无限延伸和神秘化的过程。一个终年困守于常规秩序和乏味、干枯的家庭城堡中的知识女性，在如诗如画的庐山邂逅了一位有才华、有风度的男作家，于是产生了繁复多姿而又细腻曲折的情爱梦幻，使她再次经历了初恋般的诗意和痛苦，并在一种近乎自恋的臆想中，重新向往灵与肉的和谐与沉醉，向往着女性意识中完美的生命境界。然而，当庐山虚幻的大雾渐渐退去，人生的现实真貌便无情地裸露出来。她还是原来的她，生活还是原来的生活，秩序还是原来的秩序，不可逆转的人生滋味无穷尽地在文本之外弥漫着、缠绕着，人人都别无选择，虚无和荒诞感油然而生。

三　"母性"的悖论情境

基于对女性生命悲境的深刻体验和理解，王安忆与铁凝也在积极探寻女性的自我救赎之路，但她们却有意回避了极端的"女权主义"色彩的书写，因而也就不至于为了抗争女性的不幸而陷入"女人中心论"，在自哀自恋的情节中难以自拔；或以"女性雄化"去反叛"女性奴化"，以凶悍、粗犷的"女汉子"形象取代柔弱、温顺、卑贱的"女仆人"形象。相反，她们共同以悲悯却又崇敬的目光重新发现、审视着女性身上天然未泯的"母性"及其"利他主义"情怀。显然，解读王安忆与铁凝，不能站在纯粹的"女性主义"立场上，而应该在一个多维的审美空间，给予更博大的人文主义精神观照，从而去把握她们对女性生命本相的阐释。

王安忆在《小城之恋》中，用过于铺张的笔墨叙述了一个歇斯底里的"性"爱故事，县城剧团里的一对青春男女自小一起练功、厮混，随着性意识的萌发便克制不住冲动发生了性关系，且一发不可收拾。他们像两头野兽一样在原始的"性欲"驱动下，互相渴求，互相发泄，互相折磨。疯狂而野蛮的性行为使他们销蚀着青春、尊严和生活信念，在罪恶感的煎熬中彼此仇视、自暴自弃，沉沦于痛苦的深渊，女主人公甚至几次萌生自杀的念头。从某种意义上说，这一对年轻人的绝望代表了人类普遍性的绝望——在强大无比的欲望折磨和支配下，命运的不可抗拒和不可把握；人性找不到出路的莫大悲哀与恐慌；尤其是"存天理，灭人欲"的文化心理积淀，培植出人们不敢正视自身生命原动力的猥琐人格，使他们不仅不能以健全的心态认识、崇拜生命之动力，反而以肮脏、丑陋的方式肆意践踏、毁坏着生命冲动，因而才衍生出无数畸形变态的"性心理"和"性行为"。所以，作者在叙述这一对男女的放荡和沉沦时，就故意抛开了社会道德的审视目光，让女主人公的意外受孕唤醒其生命深处的母性，从绝望的挣扎中获得解脱。小说是这样结尾的：

> "妈妈！"孩子叫道。
>
> "哎。"她回答，这是能够将她从任何沉睡中唤醒的声音。
>
> "妈妈！"孩子又叫。
>
> "哎！"她答应。
>
> "妈妈！"孩子耍赖地一迭声地叫，在空荡荡的练功房里激起了回声。犹如来自天穹的声音，令她感到一种博大的神圣的庄严，不禁肃穆起来。①

母性的苏醒使女主人公从一个浑浑噩噩、蒙昧简单的女孩变成了一个丰富的女人，生命因而获得了延续下去的意义。这有点令人难以置信，但不得不承认，唯有母性的力量才能够起死回生，使沉沦的人性得到救赎。

铁凝笔下的大芝娘（《麦秸垛》）、大模糊婶（《青草垛》）都是十分"母性"化的典型。大芝娘"身材粗壮，胸脯分外地丰硕"，浑身洋溢着成熟的生命气息。可是大芝娘新婚第三天，丈夫就骑着骡子参军走

---

① 王安忆：《小城之恋》，《三恋》，重庆出版社，2012，第217页。

了，多年没有音信。大芝娘恪守着妇德、忍耐着寂寞，苦守苦盼着，谁知最终盼回来的是提了干部、有了新欢、说着满口大道理要与她离婚的男人。认命的大芝娘与丈夫离了婚，却又不认命地追到城里，要求跟男人生个孩子。她并不觉得带个没爹的孩子会拖累自己，也绝对不会再有嫁人的念头，这是她的命，她就得听任命运的摆布——千百年来的妇女都只有这一条命，大字不识一个的农村妇女大芝娘还能有什么不平与怨艾？所以，能有一个孩子就不算"白做了一回媳妇"，就有了活着的希望和信心。果然，当孩子出生后，大芝娘一颗心"彻底踏实了"，她不要男人分文，没命地劳作，一手将孩子拉扯大，甚至在困难时期，把男人一家接来供养，"直把粮食瓮吃得见底……"[1] 长大成人的女儿死于非命，几乎将大芝娘彻底击垮，虽然她把无私的母爱继续施予知青和没了娘的孩子五星，白天依然颤动着一双肥奶猫腰在地里劳作，但在漫漫长夜，只有"低沉的纺线声"如泣如诉，那个被她抱得发亮的长枕头，将沉重地陪伴她直至生命的尽头。

大模糊婶也像大芝娘一样，是个身体硕壮、心地宽厚、头脑简单、性格泼辣的农村妇女，但也命运不济，没了男人，孩子也死了，年纪轻轻的时候就孤身一人。尽管她赶上了商品经济时代，偏僻贫困的小山村发生了日新月异的变化，然而大模糊婶的人生信念和价值观却没有发生丝毫改变。她对一落地就死了娘的一早的好胜过亲娘，用那一对"大被窝"似的乳房哺育他、呵护他。当人们撺掇她与一早爹搬到一块儿住时，他们却谁也不同意。于是这寡妇、鳏夫、孤儿构成了一个奇特的亲情世界——这就是一个根深蒂固的仁义道德世界。这位大模糊婶曾无所顾忌地在年轻闺女面前展示自己的私处，炫耀做过媳妇、生过孩子的女人的"标记"，当这不雅的"大模糊"婶从此叫响，常有人来打趣讨便宜时，她仍然大模大样，毫不在乎。那么，这位貌似开放、轻佻的女人能够在粗俗的笑闹中排遣寂寞，为什么就不能在正常的两性关系中追求

---

① 铁凝：《麦秸垛》，《铁凝文集》第 1 卷，江苏文艺出版社，1996，第 16 页。

新的归宿、满足自己旺盛的生命欲望？显然，大模糊婶也清楚地知道，这是她的命。对于大芝娘、大模糊婶这类传统女性来说，丈夫是她们从一而终的依靠，生儿育女是她们全部的人生意义。当这依靠失去，能够使她们坚韧地活下去的动力就只剩下无私的"母性"了。

从动荡的三四十年代，到激进的六七十年代，再到浮躁的八九十年代，"三垛"——"这三种至今还维系着人类生存的'物质'"，以及"这些物质注视下的人类景况"①，既发生着天翻地覆的改变，却又延续着千古不变的生命形式和人类共性。为此，"母性"的博大、无私、牺牲，抚慰着人类的创伤和痛苦，化解着人类的矛盾和冲突，然而也在无法逃遁的命运牢笼中，继续承受性别的歧视和悲哀，这一切构成"母性"悖论性的审美情境。

四　女性立场的"男性"审视

在"母性"博大、无私、牺牲的圣辉下，总能洞照出男人狭隘、自私、索取的功利心态和丑陋嘴脸。王安忆和铁凝虽然没有站在"女权主义"立场上任意贬损男人，但当她们本着女性自我经验和观察视角去审视与女人发生着千丝万缕联系的男人群体时，还是掩饰不住失望与鄙夷的情绪。

王安忆善于从文化心理积淀上发现男人的性格缺陷和先天不足，目光颇为尖刻锐利；铁凝则习惯于从现实社会关系中凸显男人的行为弱点和道德伪善，态度比较含蓄温婉。所以，在"三恋"中，有的男人生着一张老相的脸却长着个"孩子的形状"——象征了中国男人心态的幼稚、人格的委琐；有的男人孱弱、自卑、无能，拿不出一丁点儿的男子汉气概，这是在女性滋养呵护下"未断奶"的男人；有的男人唯唯诺诺、麻木漠然，在庸俗的现实生活中丧失了个性与热情，是近乎"阳痿"的男人。在"三垛"中，大芝娘的丈夫参加革命衣锦还乡时"说

---

① 铁凝：《写在卷首》，《铁凝文集》第1卷，江苏文艺出版社，1996，第1页。

着一口端村人似懂非懂的话"，与大芝娘办妥离婚手续后，"一早就慌慌地离开端村"，待大芝娘追到城里要跟他生个孩子时，"他和她睡了，但没有和她细睡"①；那些在棉花地里靠几斤棉花就可以任意玩弄女性的男人们"早早把窝棚搭起来，直到霜降以后……还拖着不拆。拖一天是一天，多一夜是一夜"；那个带女汉奸去敌工部听审的国"拱着小臭子心口上的汗，手抓挠着小臭子的腿"，意犹未尽地"想起有些书上不堪入目的木版插画：这样的，那样的……"然后要求小臭子"来个这样的吧"，"太阳只剩下半杆高时，国才穿好衣裳坐起来……国穿好衣裳，系上皮带，从枪套里掏出枪"，"他瞄准小臭子的头，手指抠了一下扳机……"②；那个在马蹄梁翻车身亡的冯一早，由于阴魂不散，便得以窥探到更多男人的隐秘行为，虚张声势的、蝇营狗苟的、无耻放荡的……铁凝淋漓尽致地揭示出男人——"行动的动物"本相，充满了反讽意味。

基于对文学一如既往的认真，王安忆和铁凝都特别注重对生活经验的多层次开掘。因此，她们对女性身份的反省与人文关怀，就能够站在一个更高的历史起点与层面上，联结起个人与他人、个人与社会，以及个人与历史、文化、民族等内在的密切关系，这就使她们远远超越了那些刻意标榜"女性主义"写作而将自己封闭于私人空间的女作家们。

第三节　男权意识浸染的"女性叙事"

自父权制社会建立以来，以男性为本位、为主导的历史文化成为人类社会的主流文化。因而，男尊女卑、男主女次、男强女弱等现象逐渐本质化、制度化、精神化。它们在漫长的历史发展与文化积淀中不仅建构起普遍而恒定的社会形态，也建构起根深蒂固的意识形态；不仅影响

①　铁凝：《麦秸垛》，《铁凝文集》第1卷，江苏文艺出版社，1996，第14、15、16页。
②　铁凝：《棉花垛》，《铁凝文集》第1卷，江苏文艺出版社，1996，第72、123、124页。

着人类的经济活动、政治行为、日常生活，也制约着人类的一切精神创造。那么，透视两性关系中女性的文化地位，每一时代的文学作品都为我们提供了最直接、最丰富的窗口，从这些窗口去观照女性的命运与处境，可以进一步看清女性自我本质的被压抑、被遮蔽，女性形象的被扭曲，以及女性话语权的被剥夺。

一 传统规约里女性的"神圣化"

女性在传统文化的规范与限定中，向来没有自己真实的文化身份和平等的文化地位。作为男性的附庸——从为人女、为人妻到为人母，女性的存在意义不在于"自我"的追寻与实现，而在于为他人所作出的奉献和牺牲。因此，在古往今来的文学作品中，女性的形象美大多体现于"小鸟依人""藤萝缠树"的柔顺与娇媚，或体现于"绿叶扶红花""清泉送慰藉"的美德与懿行。男权文化传统哺育了一代又一代文人的审美意识和审美理想，他们又以完全符合男权文化传统规约的审美意识和审美理想对女性形象加以"神圣化"，倾情塑造、讴歌心目中的"贞女"或"圣母"，让她们借文字流芳百世。

"五四"新文化运动曾以摧枯拉朽的战斗精神彻底讨伐封建主义——当然也包括"男尊女卑""父权""夫权"等封建文化的核心思想及制度。但由于中国的阶级矛盾、政治黑暗远远大于男权压迫，所以阶级斗争、政治救亡必然取代了思想启蒙，妇女为"阶级翻身"而进行的革命也必然取代了为争取"性别平等"而开展的"女权"运动。这就使男权意识和男权文化始终没有得到彻底的"祛魅"和深入的批判。

进入新时期以来，思想大解放潮流以强有力的冲击波再次涤荡着封建专制主义思想，极大地推动了社会的现代化进程，也促进了观念的现代化。然而，与现代意识极不和谐的男权意识却依然自觉不自觉地影响着、制约着人们的精神活动与创造，渗透在种种文化现象中。

路遥发表于 20 世纪 80 年代的成名作《人生》，因深刻揭示了人在追求现代文明与受传统道德制约的矛盾对立中，与现实社会呈现出复杂关系而赋予作品某种程度的现代性意义。然而，在对主人公高加林与两位女性的爱情纠葛的描写中，却又在一定程度上浸染着作者十分陈旧的观念和意识，使两位现代青年女性形象都打上了男权文化内在化的烙印。

农村女青年刘巧珍虽然不识字、没文化，但她美丽、温柔、忠贞、贤惠，具备传统女性的一切美德，实质上就是一个传统"贞女"的现代翻版。尽管作者力图揭示刘巧珍作为当代农村女青年的精神内涵，比如她敢于反抗父权，大胆追求家境贫困的文化青年高加林，争取自由恋爱的权利，并在高加林的影响下，追求文明的生活。这看似颇有现代精神，但从实质上说，刘巧珍却并未脱离旧式妇女的生活目标和择偶心理——把个人的人生价值和人生幸福都寄托在一个理想婚姻与理想配偶上，这是一种潜在的"攀附"或"依附"心理。虽然攀附才子与攀附权贵不能相提并论，但在本质上都体现了男权的主宰地位、尊贵地位与女性的从属地位、卑贱地位。那么，刘巧珍爱慕高加林的背后，就隐含着她深深的自卑心理，为此她才会把加林哥的每一句话奉为圣旨，对他百依百顺，而对"自我"却是极端忽略和轻视的。她在高加林面前犹如一枝含苞待放的花朵，一心一意等待他来采摘，一旦他弃她而去，这枝花便迅速枯萎，她决定嫁给并不爱她的农民马拴，提出要按母亲当年出嫁的旧乡俗"过事"，在出嫁时她对妹妹苦涩地说道："不管怎样，我还得活人。我要和马拴一块劳动，生儿育女，过一辈子光景……"①刘巧珍的人生悲剧本应该引发人们的深刻反思，但这一形象却因作者的倾情描绘和诗意抒写而赢得一片赞美与同情，这也再次证明，传统的男权文化价值观依然强有力地影响着现代社会的审美需要和期待。

与刘巧珍的形象构成鲜明对比的黄亚萍，具有独立的思想和人格，她既不像巧珍那样谦卑恭顺，更不会像巧珍那样把爱情作为女人孤注一

①《路遥全集：人生》，北京十月文艺出版社，2013，第157页。

掷的人生目标，这一切本应传达出黄亚萍这一现代知识女性的审美价值，但作者陈旧的女性观是排斥这种现代色彩的，因而他在塑造这一形象时，既真实地表现出她的热情聪慧，又忍不住要暴露她的虚荣和任性，特别是置她于不光彩的"第三者"角色里，就明显地带有作者的道德倾向和感情立场，而作品的主题指向也因最终落入道德说教的模式大大削弱并损害了《人生》这部优秀之作的悲剧意蕴和现代精神。

人性中具有脆弱、悲观和自私的一面，因而人类常处于无奈、无助的困境中，犹如婴儿一般渴望着"母性"的抚慰。然而，当人们依然从男尊女卑的思维定式出发去赞美"母性"，将其规范在贤妻良母的性别角色内并加以本质化、精神化，实质上是在强求女性必须进入一种母类动物的生存状态——不假思索地一味付出和奉献，无怨无悔地牺牲自己，履行妻子、母亲的职责。因此，尽管许许多多男作家在他们的文本中塑造了感人至深、令人难忘的"圣母"形象，但在他们的"母性"崇拜背后，依然难以摆脱男权文化情结。

张贤亮在新时期引起热烈反响的系列小说如《绿化树》《男人的一半是女人》中，试图通过一个青年知识分子在"反右"运动中的悲惨遭遇和苦难历程来反思历史。作品由于大胆冲破禁锢，揭示主人公在非常时期遭受的性压抑和性扭曲而引起广泛争议。90年代以来，张贤亮的作品又受到女性主义的激烈批评。

张贤亮笔下的主人公在饱尝政治迫害、人生歧视、生活煎熬之时，总有"圣母"一般的女性出现在他们的面前，马缨花、黄香久、白彦花，这些土生土长于西北高原的女性都带有粗犷热烈的原始性格和塞外风情，她们健美、爽直、野性、风骚……但她们遇上章永璘这个"落难才子"后，就又被作者置于传统文化角色规范与审美视镜中。马缨花带着一个私生女儿整天与男人们打情骂俏，并在这些男人的接济下过日子，虽然对她好的男人中有海喜喜这样忠心而勤劳的好男人，但她并不"希待"这样的男人，偏偏对"落难才子"情有独钟。她在章永璘饥饿难忍的时刻用别人施舍的白面馍、土豆、杂合饭喂饱了他；而在章永璘满足温饱后又为他营造了一个安心读书的环境，让他专心致志追求精神享受；她爱章永璘而拒绝与他结婚是怕他难以承担家庭重负，影响"前程"；她虽然貌似风流多情，骨子里却是忠贞不贰，对章永璘发誓："你放心吧！就是钢刀把我头砍断，我血身子还陪着你哩！"① 那么，完成了"灵"对"肉"超越的章永璘又是如何看待她的呢？他反反复复审视、追问自己对她的感情，也审视、揣摩她对自己的感情，因为在他的意识深处，抹不去的是他与她之间的文化差距，更抹不去马缨花"开美国饭店"的坏名声和她"风尘女子"的身份；他既谴责自己利用一个女子的爱满足低下的物质需要的卑鄙，也怀疑马缨花逢场作戏的"不贞"。一个在当时毫无人格和尊严可言的"右派"，在处于人下人的低贱地位时，依然还要维护潜在的"男尊"，而甘为他牺牲的女人也依然把男人的功名事业视为至高无上的神灵顶礼膜拜，并为帮助他重新争得这一切而无私奉献。然而，当"圣母"们的奉献有碍男人实现"自我超越"时，他就会毫不留情地弃她而去。所以，《男人的一半是女人》中的章永璘在黄香久迷人的胴体上找回了男人的雄风与威力，却在骨子里蔑视处于"女卑"地位的黄香久，最后以"意识要反抗物质"的堂皇理由抛弃了她，维护了自己的"男尊"，由此可见男权意识在作家意识深处中所占据的顽固地位。

二　时代要求下女性的"异己化"

从 20 世纪 30 年代左翼文学的崛起开始，中国现代文学逐渐形成以阶级、社会、历史、政治作为宏大叙事载体的主流文学。妇女问题在这一宏大叙事载体中仅仅成为阐释阶级革命和人类解放斗争的一个侧面。这使得大多数文学作品在表现妇女题材、观照女性命运时只是站在阶级、政治的视角，却不能关注女性的生存困境和精神压抑。丁玲曾是一位女性意识较强的作家，在早期创作中，倾向于个人的女性体验传达，

---

① 张贤亮：《绿化树》，《张贤亮精选集》，北京燕山出版社，2013，第 162 页。

塑造了一系列"莎菲"型叛逆女性形象，展示这些新女性藐视传统、反抗男权的强烈要求和姿态，以及她们必然在严酷现实中受挫、失败的苦闷情绪。她在延安时期写了日后引来争议和批判的小说《在医院中》《我在霞村的时候》及杂文《"三八"节有感》，表现出对女性生存与社会处境的深度关怀和思考。然而，丁玲却并没有沿着"女性主义"写作方向探索下去，而是花费更多的精力与心血投入宏大叙事，像《太阳照在桑干河上》这部史诗之作就是阶级翻身的艺术记录，作品中的主要女性形象黑妮或董桂花，她们的个人人生经历与精神世界都未得到充分观照和展现。丁玲在 70 年代末复出文坛后发表的小说《杜晚香》，就完全回避了对女性自我存在价值的探寻。普通劳动妇女杜晚香与丈夫是包办婚姻，他们之间本无爱情，但杜晚香对参加过抗美援朝、支援北大荒建设的丈夫怀有尊敬和爱慕之心，便千里迢迢去北大荒陪伴丈夫。然而丈夫丝毫不把她放在眼里，回到家里只是等她端饭。最后，杜晚香是以忘我的劳动热情和集体主义精神战胜了自卑和孤独，成了令人尊敬的标兵模范。这一形象表明，女人在社会上的自强是争取平等的基础，这个理念并没有错，但是社会解放与时代政治要求女性自强的结果，又往往使她们变异为"雄化"的女人。

那些走在时代前列，顶起"半边天"的女英雄、女劳模、女先进，无疑争得了与男人平等的政治地位、经济地位，也赢得了社会的赞誉。然而，她们之所以能够在姐妹中脱颖而出，那是首先因为她们不再把自己看作女人，她们走出"姐妹们"的行列站到了"兄弟们"中间，像男子汉一样吼号子、挑重担、吃大苦、流大汗……因此，新中国成立初期当代文学作品中的女主人公大多都是一些积极能干、泼辣豪爽、颇有男子汉气概或假小子性格的女人。比如李双双（李準《李双双小传》）、黑凤（王汶石《黑凤》）、张腊月（王汶石《新结识的伙伴》）等，作者在描写这些女性形象时，有意突出她们的雄性特征，走路"登登登"，说话"高喉咙大嗓子"，干起活来"风风火火"，她们在新的时代要求与审美要求中不断地"异己化"了。

进入新时期之后，随着历史的转型，时代要求相应发生了更大的变化，那些献身事业、奋发拼搏的女性成了新时代的主角。而女人的进一步"雄化"，使文学人物画廊中出现了"女汉子"形象——像张洁在《方舟》中塑造的那几位会抽烟、能喝酒、骂脏话，自己扛煤气罐、修理抽水马桶的中年女性，她们都在事业上有所成就，但在生活上一败涂地。这些女强人为了不被时代抛弃，只能凭借男子汉的禀性与力量在社会上打拼，她们褪尽红装、忍辱负重、百折不挠、坚毅顽强、勇往直前。这些女性形象同样折射出男权意识对女性的精神制约与浸染。长期以来，宗法等级制度以尊优卑贱的等级规范将女人定位在从属、附庸的地位。妇女的社会解放虽然打破了这一等级规范，但却难以彻底逆转文化心理对男人禀性与力量的臣服和崇拜。因此，这些"女汉子"以杰出的贡献实现自己的社会价值，进入与男人一样"尊优"的人生境界时，有可能因为女性意识的丧失、压抑或扭曲而使个体的生命陷于更深的"卑贱"处境。她们在不被时代抛弃的同时，却被男人所主宰的爱情、幸福抛弃了——因为她们的"异己化"已不符合男权文化的审美标准和角色规范。

与走在时代前列和男人一拼高低的"女强人"相对照的，往往是时代潮流中的落伍者、守旧者们——所谓的落后妇女。在文学作品中暴露那些落后妇女的封建意识，鞭挞她们的守旧思想本是有进步意义的。问题在于，一些男作家在指责妇女的落后思想与行为时，并没有首先反省自身所存在的男权意识，他们往往从时代要求出发去苛求妇女进步，但却不肯放弃对女性的传统规范和角色限定，不能从本质上关怀妇女的生存困境和性别悲剧，他们对落后妇女的嘲讽与抨击充满了居高临下的优越感。

赵树理是一位令人尊敬的作家，其严肃而质朴的现实主义风格，大众化、民间化的艺术实践奠定了他在中国当代文学史上的地位。令人遗憾的是，赵树理的妇女观有着较为落后陈旧的一面，这使他的作品在面向世界时，遭到过尖锐的批评。他写于 1958 年的小说《锻炼锻炼》是一个歌颂斗争精神、批判落后妇女的文本。作品中刻画了外号叫"小腿疼"和"吃不饱"的两位落后妇女典型，"小腿疼"是个50来岁的老太婆，因为患腿病得到过丈夫的伺候，后来她常常借口腿病发作逃避劳动。"吃不饱"是个有几分姿色的年轻妇女，因为嫁得不如意，就对丈夫不"仁义"，常常趁丈夫下地劳动时自己偷煮面条吃，而把剩下的汤水留给丈夫。可见，她们俩的通病是自私、懒惰、贪图享受、好占便宜、不愿参加劳动，尤其是惯用女人的伎俩偷懒耍泼、无理取闹。这两个女人都不符合男权文化传统要求的"妇德"——贤良、本分、勤劳、克己。特别是这一类落后分子直接影响了农村生产力的解放，影响了社会主义建设，因此，赵树理对她们的批评与嘲讽自有一定的现实意义。然而，小说中以杨小四为代表的村干部动辄以贴大字报、开批斗会的形式来整治落后妇女，却不能从根本上分析广大农民生产积极性不高的现实原因，这只能让人们更深切地看到农民（妇女）权益受损害、受践踏的可悲事实。换一个角度说，这些落后妇女固然有种种缺点，但又是怎样的文化土壤孕育了她们的扭曲人性？一个女人要靠"装病"来骗取他人的关怀与同情，或靠"偷吃"来满足自己最起码的生存需要，这不恰恰证明了女性地位的卑贱与处境的凄惨吗？

三　人性释放中女性的"媚俗化"

新时期文学对写人的种种禁区进行了大突破，人物描写趋向多元化，人性的阴暗面与复杂性也在文学中得到更大胆的揭示与刻画，历史与社会强加于人的一些理念被解构，人的本质与生存状态还原出自然面目。但在这个过程中，作品的主题倾向及人物审美价值取向上不可避免地出现了一些误区和盲区。最让人触目惊心的是极为陈腐的男权文化沉渣泛起且大肆泛滥，许多当代作家都明显地表现出妇女观上的大倒退。

首先，女性形象被当作人性欲望的载体满足受众的"艳情"想象和娱乐需求，而女性自身的存在意义在消费文化的泥沼里变得更加暧昧。

苏童的《妻妾成群》可谓"新历史主义"小说的代表之作，它被改编成电影《大红灯笼高高挂》搬上银幕后在海内外产生了极大的影响。小说试图通过对一夫多妻式的封建家庭日常生活的历史还原，展示女人们受"老爷"主宰的乖舛命运，她们为争宠而不择手段互相倾轧，最终或死或疯以悲剧收场。苏童在揭露封建男权压迫下女性生存困境的同时，深入透视受害女性复杂扭曲的人性，以悲哀惋惜的目光审视她们灵魂毁灭的过程。颂莲作为一名受过新式教育的女性，出于生活的逼迫和无奈，成了陈老爷的四姨太，当她置身于这个阴森恐怖的封建牢笼之时，别无选择也要适应"游戏规则"，但她又不甘心为了争宠而受辱，为此她竭力抗争又无力自拔，直到彻底崩溃疯狂。如果作者具备批判男权文化的自觉意识，他完全可以通过颂莲等女性们的悲剧命运深入揭露、批判一夫多妻制的丑恶、野蛮、残暴、腐朽等本质。然而，由于作者恰恰缺少对一夫多妻制所代表的男权文化及其罪孽根源的深刻反思，而是以大量笔墨去渲染妻妾之间的"女人之争"以及其中的人性欲望，并让她们在"生存法则"较量中失败、毁灭，就在很大程度上遮蔽了女性性别悲剧的文化根源，致使她们的精神主体被扭曲。张艺谋在电影中所着力突出的"灯笼"意象和"捶脚"仪式虽然象征着男权对女性的精神控制，但不排除他将一种腐朽的文化装饰成审美艺术的媚俗化倾向，恰恰满足了男权的审美期待。

在男权文化语境中，女人既是男人的生理欲望对象——供他们纵欲享乐，也是他们的社会欲望对象——为他们传宗接代，以此维护宗法思想和权益，显示他们的社会地位与财富（占有诸多美色也是他们地位与财富的象征）。因此，"一夫多妻"在当代不仅又成了那些先富起来的大款，那些贪污堕落的腐败分子所追逐的人生荣耀，也成了风流才子们不甘寂寞的梦想。较之《金瓶梅》，贾平凹的《废都》可算得上多妻制的现代演绎。无权无势的作家庄之蝶，凭着西京城四大文化名人之一的身份，穿梭于一群拜倒在他脚下的女色之中。明媒正娶的妻子牛月清对他俯首帖耳、唯命是从；放荡美艳的情妇唐宛儿、初解风情的女佣人柳月、侠骨柔肠的奇女子阿灿……众星捧月一般围绕在庄之蝶的身边，似乎造物主让她们来到这个世上，就是专门为男人准备的"尤物"。这些招之即来、挥之即去的美丽女子都恨不得将自己最妖艳、最风流的"性"魅力施展于庄之蝶眼前，她们不计得失、不要名分、别无他求地献身于庄之蝶，她们的身份与地位也完全附庸在这位"名人"身上，丝毫没有自己的人格尊严和精神追求。这与现代女性的性别平等要求相比，是多么可怕的大倒退。另外，这些女性形象的真实性程度也降至最低，贾平凹完全以男人主宰女人的膨胀心理和"女为男用"的意淫想象去虚构她们，暴露出一个当代知识分子"伪现代"表皮下的落后文化基因。

其次，在一些当代文学作品中，刻意张扬所谓的男性威力，渲染女性渴望被男性威力"征服"的变态心理，反映出"菲勒斯中心主义"写作倾向。张炜的《古船》是一部产生过较大影响的长篇力作，他以冷峻而深刻的笔触展示了洼狸镇 40 年间的沉浮变迁，成功地塑造了一个在宗法文化和"极左"思潮共同孕育下诞生的权势人物赵四爷，他阴险、凶狠、无耻，但深受封建宗法思想束缚的农民们，却对他敬之如神。少女含章为了家族的利益，10 多年委身于这个恶魔，对于他们的畸形关系，作者有这样一段叙述：

> 她有时从晒粉场上走出来，茫然四顾，觉得唯一的去处就是四爷爷家。这个四爷爷不仅是个恶魔，还是一个男人。他的强健粗壮的四肢、有力的颈部、阔大的手掌，甚至是巨大的臀部，都显示着无法征服的一种雄性之美。他精力无限，举止从容，把含章玩于掌股之上。含章在小厢房默默地捱着时光，内心却被耻辱、焦渴、思念、仇恨、冲动、嫉愤、欲念……各种不同的刀子捅戳着。①

作者为了表现复杂的人性，不自觉间，将"强奸"的罪恶行为与

---

① 张炜：《古船》，人民文学出版社，1987，第 182 页。

心理都淡化了，而是突出了赵四爷的男性威力、雄性之美以及含章作为"被征服者"的种种欲望、意念和体验，这使我们无法更深切地看到一位不幸女子的内心屈辱和人性挣扎，也不能更锐利地认识赵四爷的淫威本质。

张宇的长篇小说《疼痛与抚摸》叙述的是水家三代四个女人的性爱故事，寡妇水秀因为和本家兄弟私通被族人毒打，族长下令剥光她的衣服游街示众，她在屈辱中指天叫骂，并喊出"卖淫宣言"，以此"报复她心里的老天爷"，而族长也在一个夜晚做了一回嫖客，匪夷所思的是，水秀在做了半辈子暗娼后"需要用自杀洗干净自己的名声"，死之前对族长"仇恨是早没有了……只剩下了回忆，只剩下了情"；水草委身于大地主曲书仙做小妾，在这个老乡绅的肆意把玩中享受到了巨大快乐；婚姻美满的水莲被土匪牛老二霸占后，竟然也迷恋上土匪的雄性和蛮力，后来遭到丈夫一次次毒打，"在挨打中找到了快感，使她逐渐迷恋上这种挨打的折磨"；水草的女儿水月虽然生长在新社会，但这个姑娘"心理上的隐私"竟然是"渴望被人强奸"，后来她被支书李洪恩强暴，作者将水月比作刀下的绵羊，李洪恩"一刀一刀杀她，杀得她痛快淋漓，激动到疯狂……"[①] 这部长篇小说到底要表现什么？且不说情节编造荒唐虚假，女性形象的塑造也苍白失真，她们的人性任由作者歪曲，从本质上说，就是一种"菲勒斯中心主义"的宣泄，所谓"菲勒斯中心主义"（Phallocentricism），即指"阳具中心主义"，具有创造一切生命与真理的威力，因此女性也只能被这一充满威力的写作之笔征服并被它任意书写。

当男人需要满足欲望、释放人性时，女人多成了欲望化的符号，是他们迫不及待要享用的尤物；而一旦尤物影响了他们的功名与事业，损坏了他们的荣誉与利益，即刻又变成了遭唾弃的"祸水"。当代许多反腐小说都落入一个俗套——男人的腐败行为必然与女人的贪婪欲望相

---

① 张宇：《疼痛与抚摸》，人民文学出版社，1995，第 23、39、43、123、158 页。

关，与女色的诱惑腐蚀有关。而那些清官廉官们，体现他们革命原则的光荣时刻又往往是他们大义灭亲的时刻——与出了"问题"的妻子离婚，不管她们曾经怎样为他们的事业作出牺牲，不管她们怎样美丽可爱，一旦有了污点，就绝不能玷污男人的尊严，就不再与他们的光辉形象相般配，就必须落得扫地出门的可耻结局。

由此可见，"女性作为文化符号，只是由男性命名创造，按男性经验去规范，且既能满足男性欲望又有消其恐惧的'空洞能指'"[1]。在男权文化根基依然顽固强大的今天，寻求和确立女性真实的文化身份与地位将是一个艰巨而漫长的历程。

第四节 "非虚构"女性形象的审美"失真"

小说中的女性形象是作家按照个人的生活经验和文学想象"虚构"出来的，必然浸染着创作者的审美意识和审美理想，而从经验的积累到意识的生成又必然与特定的文化语境与文化影响息息相关。那么，以"事实"或"史实"为叙事对象的纪实性文学写作，描写怎样的女性形象则基于作者对"真实"人物的发现与判断。以报告文学为例，决定其创作意义的是某一被发现的女性人物本身所具有的由品格、情操、人格等构成的真实性价值，但若想实现该人物文学审美的意义和价值，则同样取决于叙事者的叙事立场以及审美意识和审美理想。因此，文化语境和文化影响下作者对"非虚构"女性形象的审美观察也是需要深入探究的重要空间。

一 巾帼英姿遮蔽的"生命"

报告文学是时代感、现实感很强的文体，必然对新时代妇女的历史进步和社会影响力倾注极大的关注热情。新中国政权的建立，不仅使中

---

[1] 张慧敏：《寻求自我的艰难跋涉》，《东方杂志》1995 年第 4 期，第 27 页。

国妇女翻身得解放，而且促使她们顶起了"半边天"。对于社会主义建设处于起步阶段的新中国来说，彻底解放妇女的生产力，极大地调动她们的积极性成为时代的政治任务。而新中国激越的时代氛围与政治语境使"作家的政治价值观在很大程度上决定了作家们选取文学题材的眼光、处理题材的方式以及观照问题的角度。普遍的政治风气、政治需求和普遍的政治心态，导致了主导的审美倾向的形成"①。因此，那些献身革命事业的女英雄、积极参加社会主义建设的女模范都成为报告文学作家积极采访、书写的真实"典型"。黄宗英的《特别的姑娘》《邢燕子》《小丫扛大旗》，分别描写了积极奔赴"农村生产第一线"的侯隽、邢燕子、张秀敏等"铁姑娘"形象；胡风的《伟大的热情创造伟大的人》主要记述了"女扮男装"，当了5年战斗兵的郭俊卿、女民兵孙玉敏等巾帼英雄的故事；魏钢焰的《红桃是怎样开的》、郁茹的《向秀丽》讴歌了纺织女劳模赵梦桃、扑火女英雄向秀丽的光辉事迹。这些女英杰的真实事迹本身是非常令人感动的，然而当她们进入文本成为"典型形象"后，似乎被"隔"在了某些概念背后，使人难以贴近她们真实的灵魂。作者让她们褪尽女儿红装，抛弃女儿心态，聚集着男人禀性和力量，跟男人一样顶天立地、英勇无畏，于是在巾帼不让须眉的豪壮的背后，依然潜伏着女人"不如男"的社会文化心理。妇女的社会化解放虽然打破了男尊女卑的陈腐观念，却难以彻底逆转社会文化心理层面对男性所代表的威力的崇拜。而且，"传统的男/女支配/从属关系并没有消除，而是更深层地和更广泛地与党/人民的绝对权威/服从关系互为影响地发挥其在政治、社会、文化、心理层面的作用"②。

新时期在改革开放的时代潮流中，涌现出各个领域的优胜女性，几乎都在报告文学中展现出新的风采，比如为国争光的女运动员（鲁光《中国姑娘》、理由《扬眉剑出鞘》）、执着求索的女科学家（黄宗英

---

① 朱晓进：《略论中国现代文学的政治化传统——从30年代文学谈起》，《文艺争鸣》2002年第2期，第43页。

② 陈顺馨：《中国当代文学的叙事与性别》，北京大学出版社，1995，第22页。

《大雁情》《小木屋》，肖复兴《生当做人杰》）、献身事业的女领导（李鸣生《女人不是谜》）、勇于开创的女企业家（陈祖芬《人民代表》、柳明《南国佳人》）……然而，当我们对于这些妇女典型的"优胜秘诀"做深入了解时会发现，不少"女强人"还是以牺牲、放弃或遮蔽女性的心理特征、生理健康、生活欲求、个人情感为代价而获取了社会的肯定与褒奖。正如前文所述，以"女强人"的角色实现"男女平等"，其实就是一种"异己化"现象。毋庸置疑，妇女们与男人平起平坐的社会角色、公众形象确已证明了妇女的解放与进步。但是，她们作为与男人根本不同的性别角色、个体形象，百分之百还是女人。无论她们怎样像男人一样建功立业，一旦走下工作岗位，她们便还是女儿、妻子、母亲；婚后的女性还要经历怀孕、生育、流产、哺乳等身心的疲惫及痛苦；她们依然可能存在被男人歧视、欺侮、伤害、遗弃的现实命运。报告文学通过优胜女性传达时代强音，只赞美了"女强人"不输男性的功勋业绩，却忽略、回避了"女性"的生命全部——从生理到精神的感受、欲望、诉求。

随着社会的转型、经济时代的全面到来，中国妇女与世界妇女一样，一方面拥有了更广阔、更乐观的发展前景，另一方面也承担着更沉重、更严峻的压力和考验。为了在竞争中不掉队，为了不被时代甩下，她们继续在"女强人"和性别角色的对立冲突中抗争着、探索着，试图寻找更合理也更人性的自我救赎之路。但是，现实的困境更加复杂，她们中相当一部分人在事业上、社会上拼了出来，成为强者，而个人的婚恋、家庭常常危机四伏，因而幸福感下降，有的女性选择独身或许是在两难处境中的无奈选择。

被写进报告文学文本中的女翻译家祝庆英是一个为了事业而不要一切的"献身型"知识分子形象，她没有结过婚，疾病缠身，一只眼睛失明，她"像个电子计算机似地忠诚不贰、任劳任怨"。陈祖芬以无限赞赏的笔调描绘她的精神境界："祝庆英把全部的挚爱奉献给了她的工作，她即使在疾病、贫困、孤单等等的包围下，仍然感觉着如潮的生命。"作者由衷地发出感叹："本来么，一个人可以把精力全部用在她心爱的事业上，世界上还有比这更幸福的吗？"① 然而，当我们把目光从文本的祝庆英转向现实的祝庆英，切身体验这个近乎失明的孤单女子从楼上摔下来，眼睛大出血时的无助，体验她每天惶惶然地穿过车水马龙时的孤独……是否能完全认同作者对"幸福"的诠释呢？

陈祖芬在另一篇报告文学《中国牌知识分子》中，又讴歌了一位同样为了事业而不要孩子的女教授程渊如，因为"她觉得有了孩子，等于给命运之神以人质"，"不能全力以赴地搞事业"。这样的精神境界在作者笔下进一步升华："她不要儿子，失去丈夫，没有家庭，她受尽批斗、委屈、苦难……但是，她对祖国这样的忠贞不贰……这不正是我们中国千千万万知识分子的共性吗？多么可爱呀，中国牌的知识分子。"② 可见，进入了文本的程渊如又是一个奉献型知识分子的符号，而不是一个活生生的女人形象。

还有为了排球在世界上翻身而发誓不结婚的女教练阚永伍（鲁光《中国姑娘》），为了艺术探索而失去家庭幸福的女歌唱家朱明瑛（陈祖芬《一个成功者的自述》）……几乎所有的"女强人"都赢得了社会认可的辉煌事业，也独自承受着女性的个人悲伤。这一切虽然并不能完全归咎于男权或性别，但至少说明，我们强有力的社会制度仅仅保障了妇女的政治地位、经济地位是远远不够的。如果整个社会环境、文化氛围并不能从本质上关怀妇女在两性关系中的"自我"身份认同，不能深入体察处于现实困境中女性人格"独立"的难题，那么"男女平等"将永远停留于社会表象上。而深刻的"不平等"将继续给妇女带来更潜在的精神痛苦和压力。

当然，并不是每一个"女强人"都必须以割舍儿女情长、抛子弃家为代价才能获得自己的社会地位与人生意义，比如黄宗英《小木屋》

---

① 陈祖芬：《心灵》，《陈祖芬报告文学选》，北京出版社，1982，第 130～131 页。
② 陈祖芬：《中国牌知识分子》，《陈祖芬报告文学选》，北京出版社，1982，第 78 页。

中的女科学家徐凤翔，李鸣生《女人不是谜》中的部长级女领导朱丽兰，这两位女性的故事比虚构的小说更吸引人、打动人。那么作者在对事实形态进行理性抽象和形象传达的过程中，赋予了怎样的审美价值？

南京林学院的女植物学家徐凤翔一生挚爱着森林，长年在西藏密林里奔波。黄宗英在随徐凤翔的一次野外考察活动中，与这位献身科学事业的女同胞共同经历了种种艰险困苦，受到了强烈的情感震动，既为徐凤翔无怨无悔、百折不挠的执着精神而感动，又为我们体制中的"不治之症"——不珍惜人才、不尊重科学的官僚作风而愤慨。所以，《小木屋》的主旋律依然是歌颂女性知识分子的拼搏精神、奉献精神。作者赞誉她们是"知识的苦力，智慧的信徒，科学与文化的'朝佛者'"。那么，作为一个女人，徐凤翔不得不又是一个男性化的"女强人"，她不会织毛衣，不会煮饭，她抛下儿女，不顾老伴，虽然没离婚，但事实上是长期两地分居……作者特意筛选出这些细节来塑造她的主人公形象，可以窥见叙事主体的价值意向和审美理想，似乎只有工作认真、生活马虎，事业心强、儿女情薄，性格坚强、绝无娇气的女人才真正是女中豪杰。至于徐凤翔那常挂嘴边的"不过意"——"早知道，我应该当尼姑，不要连累别人……"①隐含着怎样的现实辛酸，作者并未以一个女性的身份去细细体味、贴近感受。在女主人公丈夫的几首"情诗"中，也绝对看不到缠绵悱恻，这位男"贤内助"的胸怀中，充溢着知识分子对事业、对理想的追求与忠贞。在他们这一代忘我的、充满集体主义精神的知识分子观念中，在宏大叙事的崇高主题中，所谓的女性意识是多么微不足道。

在 90 年代的文化语境中，当李鸣生以一位出类拔萃的女性为叙事对象时，便很注意调整自己的叙事立场与观点，有意识侧重揭示主人公自重自强的女性意识，比如，朱丽兰从小就树立的女性自信心，她对女

---

① 黄宗英：《小木屋》，载肖复兴主编《中国报告——报告文学卷》（上），新世纪出版社，1999，第 409、421 页。

权主义者西蒙·波伏娃观点的赞赏等。但作者同样也把优秀女性的人生境界视为"不能输给男人"或"胜过男人"。因而作者围绕着"厉害的老太婆"这一鲜明形象和中心特征，强调她"不是一位温柔的女同志"，"直言快语""思维敏捷""行动果断""办事利落"；她上任后"大刀阔斧、雷厉风行"地进行改革；她为人"光明磊落、正直廉洁、憎恨虚假"；她"敢说敢干""坚持原则"……或许作者也意识到自己笔下的这位女性形象过于"雄化"了，故而又特意贴上去一个柔和的标签："作为妻子的她，再大的官回到家里也是妻子；作为两个孩子母亲的她，在外面再怎么风光回到家里也得过着普通人的日子……朱丽兰其实依然还是一个地地道道的东方女人，依然还是一个实实在在的中国女人。在她身上，既有中国女性的淳朴、贤惠、善良，也有中国女性的勤劳本分、似水柔情。"① 当然不是说这些美德是作者强加给主人公的，但他把复杂而丰富的女性生命体验进行了简单抽象和概括，使这一女性的"生命"形态就变得有些僵硬。把男人的生存境界（事业、功名）看作人生的最高理想境界，并以此来要求妇女做男子汉式的"女强人"，而同时潜在的男权意识中又绝不放弃对妇女传统道德（贤惠、温柔）的审美期待，正体现出男权文化在新的历史语境下的衍变和发展。而且这种意识也在妇女（包括知识妇女）的精神和行为上打上了深刻内在化的烙印。因此，在报告文学的时代叙事中，作为"半边天"的妇女群体事实上还是一个"失声集团"，她们作为个体的妇女形象是空洞的、苍白的。

二　荣誉花环围困的"自我"

报告文学谱写的"巾帼"列传中，与"女强人"相映生辉的，是那些间接为祖国建设大业作出了贡献的、富有自我牺牲精神的贤妻良母

---

① 李鸣生：《女人不是谜》，载中国作协创研部编《1999 年中国报告文学精选》，长江文艺出版社，2000，第 137～138 页。

们。她们比"女强人"更符合男权文化赋予妇女的价值标准——勤劳、贤良、纯洁、忠贞、无私……还有最伟大的"母性"。传统美德在时代精神的召唤下得以升华拔高，因而她们的形象意义也就更能体现社会主义道德风范。然而，崇高的社会奉献需求背后，却掩蔽着世俗的男人生存需要。高调的叙事把"崇高""美丽"的花环戴在了"牺牲者"的头上，从某种意义上说，表现出重建男权秩序、维护男人"尊优"地位的渴望。

罗达成在《一个成功者和他的影子》开篇之前，特意引用了一位女作家的精彩之言："真的，我分析过你们这些男性公民，每一个成功者身后都有一个影子——一个女人。你看这个'人'字多简单。实际上它的组合妙不可言，寓意深远：左边的那一撇，是男人在跨出成功的一步，而右边那一捺，是他形影不离的心上人——在给他爱情、温暖和鼓舞，成为他献身事业的精神支柱。"如果说这位女作家很有洞察力和概括力，确实道出了一个真理，也道出了所有女人的存在本质，但如果说她以此为荣，想证明女人的伟大，那只能表明她是站在男权立场颂扬女性的盲目牺牲精神。

为此，罗达成笔下的这位"影子"形象便有了很高的典型性，一个受过高等教育的、各方面都很优秀的女性，本来毫不逊色于她的男同学，但当这位男同学成为她的丈夫后，他们之间便开始倾斜，他成了年轻有为的名校长、令人瞩目的成功者；而她身兼三职，妻子、母亲、讲师，心力交瘁，"象是一支两头一起点燃的蜡烛，太多太快地付出自己的心血"。这位成功者的"影子"在其他报告文学作品中也常常闪现——一个瘦弱的女子拼尽全力背煤气罐上楼，一个临产的孕妇挺着大肚子洗衣、买菜、做饭、拖地……丈夫们熟视无睹。尤其是，许多个妻子都是在生孩子的紧要关头、痛苦时刻，盼不到丈夫的关怀，更不要说享受他们的伺候。尽管他们是为了重要的公务、崇高的事业、神圣的职责，尽管不能否定他们大公无私的胸怀，献身事业的精神，但是把革命工作、伟大事业（还有领导职责）视为自己第一生命的男人，是否反省过，自己的人生追求与价值意义对他人（妻子）的人生追求与价值意义有没有构成统治、压制、侵犯、剥夺的关系呢？他们理直气壮地将自己的追求和奋斗看作是崇高的，自然也就天经地义地把家务琐事、生儿育女视为渺小的。男人是太阳，女人却是借太阳发光的月亮。作者替"影子"自豪的唯一理由竟是"谁叫她做了成功者的妻子？!"① 这一句真正道出了男人的所有优越感。

　　无论这些丧失了"自我"的女性们怎样可悲可叹，靠太阳发光的人生图景怎样压抑暗淡，可是我们却不得不承认，她们生命的意义确实与种种伟大事业息息相关，不过，要庆幸的是，她们恰巧嫁给了杰出的人、卓越的人、光荣的人。而那些下嫁普通小人物的女人们的命运与价值又当何论？作家们将怎样为她们编织花环？

　　著名报告文学家肖复兴发表于 20 世纪 80 年代初的《海河边的一间小屋》，曾赢得人们感动的热泪，一个嫁给工人阶级的资本家出身的小姐，几十年如一日，在贫困、落后、拥挤的大家庭中，含辛茹苦地侍奉婆婆，养育儿女，善待小姑子小叔子们。她一次次牺牲自己的利益与幸福，化解了一个个家庭矛盾，树立起了好妻子、好母亲、好儿媳、好嫂子的贤惠形象。虽然她也承认尝遍了"一切烦恼和苦楚"，却依然无怨无悔地甘做"一盏路灯"，"奉献自己一点微弱的光"。她这样看待自己的价值，"我是一个太弱的女人……我也能给别人一点温暖，一点帮助。我感到高兴，甚至激动"②。所以，当她成了新闻人物被宣传的时候，她便由衷地满足了。这位已过不惑之年的妇女，早已被婚姻家庭限定了狭仄的存在空间和人生归宿，她自己就心甘情愿（还是无可奈何？）消解掉了女性的"自我"主体意识。歌颂这种牺牲、奉献精神的报告文学还有艾蒲的《爱情的凯歌》、牟崇光的《爱的暖流》、韩少华的《继

---

① 罗达成：《一个成功者和他的影子》，载中国作家协会编《1985—1986 全国优秀报告文学评选获奖作品集》（下），作家出版社，1988，第 1224、1263 页。
② 肖复兴：《海河边的一间小屋》，载中国作家协会编《1981—1982 全国优秀报告文学评选获奖作品集》，人民文学出版社，1984，第 472、473 页。

母》等，都曾获得很高的评价。无疑，爱的奉献本是人类美好的情操，但是，如果作家站在传统道德伦理的立场"鼓励""要求"女性以牺牲个人的人生理想、价值实现、幸福快乐而成为美德楷模，那么，荣誉的花环是否象征着人性的锁链？这是特别需要作家们反思的。

伴随着改革开放的深入，西方现代文化与种种思潮极大地影响着中国人保守而传统的观念与行为。其中最明显、最剧烈的变化是道德伦理观与爱情婚姻观的改变，出现了前所未有的"阴阳大裂变"现象，两性冲突已经在精神层面显现。从女性心理来说，虽然大多数女性并没有从根本上清除男权文化的精神渗透和积淀，渴望让自己疲惫柔弱的心找到一副坚实的臂膀，停泊在一个终身可靠的港湾，但是却有越来越多的知识女性，在寻找"男子汉"未果的失望中开始怀疑，男人的臂膀是否坚强？现实中是否真有一个终身可靠的港湾？因为她们越来越清醒地看穿了男人的自私、懦弱、薄情寡义、粗俗蛮横，因而强烈地萌发出自尊、自强、自爱等女性意识，并在一定程度上反省女性的存在困境与性别悲剧，对于男权中心文化也进行了自觉的抵制，但是在男性群体中（包含大多数男性知识分子，也包含依然漠视女性自我并认同男权文化的女性），普遍缺乏对自身男权意识的清醒认识，反而特别排斥"阴盛阳衰""女强人""妻管严"等现象。他们通过对传统美德与贤妻良母的呼唤、颂扬，反映出渴望重建男权秩序的深层文化心理和重新规范妇女角色与品行的内在审美理想。一个僵而不死的幽灵在现代文明的旗帜上缠绕不休。

三 灰色人间浮沉的"她们"

20世纪80年代中后期"社会问题"报告文学形成热潮，与种种社会现象和现实矛盾发生千丝万缕联系的妇女问题必然触动了报告文学作家敏锐的神经，他们把关注目光投向卖淫现象、离婚现象、"小三/二奶"现象，甚至对老姑娘婚恋困境、女性未婚先孕及人工流产问题，女性犯罪问题等，都进行了深度审视和披露。

但是，一些作家在观照社会现象与社会问题时，现代意识的自觉并没有彻底取代男权意识的不自觉，他们在对妇女"导致""引发"的"问题"进行披露和反思的时候，其实未能排除潜在的或主观预设下的"女人"与"恶果"的因果逻辑，在一些文本叙事中依然不难发现居高临下的男权视角。

试比较女作家唐敏的《人工流产》与男作家瘦马的《人工大流产》，便可明显地看出叙事者的叙事立场、观点及性别视角的差异。唐敏是新时期以来较早站在女性立场写作的女作家之一，她的散文名篇《女孩子的花》开女性散文之先风。她写于80年代中期的《人工流产》，是报告文学中极少有的、强烈表现女性意识的优秀之作。正如作者一开篇所发难的那样："精神文明、道德伦理、审美观念，一切思想概念都不能取代妇女所承受的现实和痛苦。"的确，"人工流产"在现代社会普遍得如同"感冒"，而妇女为此承受的生理痛苦和心理痛苦却又普遍被漠视、轻视甚至歧视。作品冷峻地展示躺在"手术台"上被宰割、被侮辱、被痛苦与羞耻撕扯着的女性"疼痛"，无情地揭示了那些"好"丈夫与"坏"丈夫相通的男人本性——在责任面前的退缩、逃避心理以及他们自私、轻薄、粗鄙等种种嘴脸，他们从根本上缺乏对女性的理解与爱护。作者还痛心地对那些既无人道主义情怀更无女性意识的女医生、女护士们麻木、冷漠、恶毒的言行给予了曝光。她尖锐地指出："作为现在的女性，最最需要的是情感生活上的男女平等"，但是，"她们痛感以男性为中心的社会对妇女是粗暴的，不关心的"。"无论是哪一所学校，都没有认真教育年轻的男子尊重妇女……五讲四美的条款也好，五好家庭的标准也好，在所有提倡文明的口号中，独独没有提倡'妇女优先'这一条，更不用说提倡'避免人工流产，匹夫有责'之类的口号了。"① 瘦马之所以要写"人工大流产"现象，完全是为了

_____

① 唐敏：《人工流产》，载周明等编选《1986报告文学选》，人民文学出版社，1988，第387、394、395页。

以此阐释改革开放给人们在"观念和行为"上带来的大解放。虽然对大解放过程中出现的不良后果与消极影响也做了忧患思考，但从文本的结构来看，主旨是全面而完整地通过"人流"事件展示国人性观念与性行为如何从封闭、禁锢、丑恶、愚昧的阴暗牢笼中逐步挣脱出来，走向开放、自由、美好、文明的新天地。因此作者这样总结道："毋庸讳言，自愿的性关系是人类最美好最自然的关系。尽管它与生育不十分协调，但它美好的程度，自然的程度是任何其它关系不可比拟的。"于是作者乐观地预言："从微观世界到宏观世界，科学家们为我们展现了一幅幅动人的图画，那我们还有什么理由裹足不前呢？"[①]

人性的解放，这是全人类共同向往的美好境界，虽然在现存的社会条件与文化环境中，超前的观念与行为必然带来更多的社会问题与精神冲突，比如爱情婚姻的裂变、道德伦理的困境、家庭责任的矛盾……显然，妇女在这一系列问题与冲突——特别是两性冲突中将承担更大的痛苦或牺牲。但是，如果从社会进步与人的现代化进程这一历史高度看问题，所有的矛盾、困惑、混乱、痛苦都是相对的、过渡性的。为此，社会变革（以男性群体为主体）自然绝对不会因为妇女问题而"裹足不前"。相反，男性主体社会往往一方面以代表主流的意志和反封建的姿态指责、批评、挖苦那些因袭着传统重负跟不上时代步伐的、缺乏现代意识的守旧妇女，可另一方面又暴露出野蛮的男权本性，视女人为祸水，凡是种种腐败堕落、世风日下，都是因为倒霉的男人背后，总有一个堕落的"坏女人"。

全景描写 80 年代离婚现象的《阴阳大裂变》，是深刻反映婚姻问题与困境的力作。作者以历史与文化的多维视角观照离婚现象背后新旧观念的尖锐冲突，也对妇女解放问题有所关注和反思。对于中国妇女未能从思想深处获得"解放"的落后状态，未能从根本上拥有独立自尊人格的可悲现

---

① 瘦马：《人工大流产》，载龙解放编《性观念的躁动——性及婚恋报告文学集》，作家出版社，1988，第 93 页。

实，作者流露出深切的忧患和焦灼。但遗憾的是，内在的男性视角和不自觉的男权立场使这部厚重之作还是存在诸多偏见和思想谬误。

应该说，作者对维护死亡婚姻的社会强制力量——比如旧的婚姻法、妇联机构、社会关系与舆论等进行了冷峻的分析与批判，体现出强烈的现代意识和人文主义精神。但是，他将维护死亡婚姻的动因归咎于"保护受害妇女"，而所谓的"受害妇女"完全是封建余毒的受害者，她们抱着"从一而终"的腐朽观念死死拖住死亡婚姻不放，成了离婚"囚徒""和他那漫漫苦刑的实际行刑人"。在作者看来，既然这些落后的顽梗不化的妇女是旧道德、旧思想的化身，保护她们也就意味着历史倒退。无疑，这样的逻辑推理是霸道的，他回避了一个重要前提——是谁将"从一而终"的枷锁戴在妇女头上几千年？正因为妇女们的存在意义早已被限定在父权与夫权话语中，因而她们在与男性的关系中一向处于受支配的、从属的地位。新中国成立以来所实现的"男女平等"仅是体现在社会角色和生产力方面，而远远没有体现在精神上和心理上。现代妇女对于"被遗弃"的内在恐惧不是缘于经济上难以自立，而是出于对男权歧视这一根深蒂固的文化传统的无力抵御。

作者通过对一个个新时代"秦香莲"的剖析，入木三分地刻画出现代"秦香莲"们可悲又可憎的心态，甘愿"做受害妇女的典型"的愚昧选择，"得不到他，我就毁了他"的变态心理，全身心投入"抗拒离婚"大战的疯狂行为，置"陈世美"们于死地的悲剧结局……在一幅幅"新泪与旧怨织成的秦香莲古幡"上，散发出千年僵尸的腐臭。作者忍不住站出来大声质问："被丈夫抛弃的女人们除了效法秦香莲之外，不知道还有其它什么选择？""大约只要女人还愿意自称秦香莲，那么陈世美就得陪绑到底的。"于是，在人类进步与个人得失这一天平上，一边是虽然犯了"陈世美"的错误但却又是社会精英、国家栋梁的宝贵人才们，而另一边则是把人生理想、人生价值孤注一掷于死亡婚姻上的"秦香莲"们，孰重孰轻不言而喻。然而，如果历史上从未出产"陈世美"，哪会又有"秦香莲"呢？或者逆向思考一下，"秦香莲"

们变弱者为强者之后，又将给男权社会带来何种忧患？苏晓康已经意识到，"对社会来说，这又带来另一个难题：自强了的'夏娃'就要抛弃蜕变为弱者的'亚当'，平衡再次被打破，家庭细胞继续崩裂，'亚当'忿忿不平，子女哭喊'要妈妈'，道德法庭转而声讨'女强人'，生活依然充满痛苦……"① 由此可见，"女强人"与"妻管严"的增多，只不过是男权意识的异化现象。

贾鲁生的《性别悲剧》《当代"纳妾"现象暴光——80年代的性别悲剧》，栾晓明的《"黑太阳"的性爱契约》，庞瑞垠的《沉沦女》，胡平的《不流血的伤口》，佘开国、卢晓勃的《把灵魂抵押给魔鬼的人》，刘宾雁的《人妖之间》，文之清、左一兵的《一个省长的堕落》等作品中出现了过去报告文学中不曾有过的妇女形象——或是挣扎于社会底层或是沉沦于黑暗深渊中的卑微妇女、堕落妇女、犯罪妇女……作者们对沉渣泛起的丑恶社会现象与文化传统进行了大胆暴露和抨击；对新滋长的党内腐败痼疾也进行了深入解剖和批判。但是对这类沉沦、犯罪妇女依附男人、爱慕虚荣、贪图享受、道德沦丧、情操失守、寡廉鲜耻、出卖色相、拉人下水、婚姻投机等与"性别"有密切关联的行为选择和悲剧结局，作者们的态度是复杂的，有严厉的斥责，也有婉转的叹息；有哀其不幸，也有怒其不争。但是，对于置妇女于不幸境地的男权暴力、男权道德、男权欲望，在这些作品中普遍缺少自觉的反省和深刻的剖析。

即使男人们在理性上认同男女不平等的事实，认同那些女性意识觉醒者对男权文化的批判，但在情感上，却无法放下主宰世界与人类的高傲姿态。胡发云在《轮空，或再一次选择》中，对那些打着"独立、平等"大旗向爱情进军却碰得头破血流的老姑娘们充满理解，也并不否认她们对男权意识的尖刻攻击，比如被采访的知识女性咄咄逼人地指

———————

① 苏晓康：《阴阳大裂变》，载中国作家协会编《1985—1986全国优秀报告文学评选获奖作品集》（下），作家出版社，1988，第763、747、777页。

出："几千年来，男尊女卑，造成了男人对女人的统治欲。政治的、经济的、生理的、文化的，已经根深蒂固。尽管讲了几十年的男女平等，但男人还是受不了这个平等，心理积淀层太厚了。这种统治欲甚至进入了男人的性心理。"[①] 不过，整部作品的叙事倾向与叙事笔调中，有那么一点儿"灰色幽默"——一种居高临下的悲悯或调侃。毕竟，被男性筛选下来的是不讨社会喜欢的"女强人"之类。

不少女作家都在自己的报告文学中涉及妇女问题，比如戴晴、洛恪的《女重婚犯》等"中国女性系列"，莲子的《南国风流》，向娅的《十二女性谈性爱》，柳明的《外切圆》等，她们的作品中不乏切身的女性体验，对妇女问题、性别悲剧、精神困境等也都进行了深入的洞悉和思考。但是，由于这些女作家有的倾向于"无性别意识"，依然把妇女问题作为社会问题进行探索，虽然作品蕴含了厚重的思想性，但缺少了对妇女精神与心理的深层观照和描述；有的倾向于激进、开放的"先锋意识"；有的困惑于"女性主义"的探索目标和男权文化的现代变异……因而在她们的作品中显示出或浮躁或迟疑的心态，没能通过性别视角和性别意识，赋予作品更独到的精神蕴涵和审美意义。

值得注意的是，在运用性别视角阐释文本意义时，应自觉克服将性别凌驾于一切之上的"女权"倾向，避免进入一个新的盲区。就报告文学的"真实性"与"审美性"而言，它们不可能绝对服从于某种"立场"或"主义"，当作者站在一定的立场上对自己的叙事对象赋予某种价值观时，也有可能损害报告文学的"表现真实"和"审美真实"，这应当引起报告文学作家的警惕。

---

① 胡发云：《轮空，或再一次选择》，载龙解放编《性观念的躁动——性及婚恋报告文学集》，作家出版社，1988，第167页。

第四章 儿童文学与青少年文学：审美主体的"本位"探寻

之所以把儿童文学与青少年文学放在一个专题里探讨，乃是因为在中国人文社会科学学科分类中，只有"中国儿童文学"，没有"中国青少年文学"学科；在文学创作与理论研究中，也基本没有将二者区分开来。这一现状存在诸多弊端，不利于儿童文学和青少年文学的发展，也不利于广大青少年、儿童的文学教育，因此亟待改进，确立针对不同年龄阶段特征的文学观照视角和审美批评体系。

第一节 争鸣背景、问题与现象

在相当长的时期内，中国儿童文学与"主流文学"的关系，像是形神酷肖的"子"与"父"，不仅因为儿童文学与"主流文学"共同受到政治意识形态的规约、引导，也因为二者共处于相同的历史与文化语境之中，因此成人化的思想观念、道德意识、审美倾向必然投射在儿童文学的创作之中，使之在某种程度上脱离了儿童本位。因而，新时期以来重新探讨、追寻儿童文学的"儿童性"及其审美理想，成为儿童文学界的一种呼声。

20世纪80年代中期，国际安徒生奖获得者、瑞典儿童文学作家阿斯特丽德·林格伦的《长袜子皮皮》等系列经典作品开始在中国畅销，这些离经叛道的现代童话不仅受到小读者的喜爱，也强烈地冲击着以教育为本的中国儿童文学观念与模式，自此，引发了持久的"热闹派"

与"抒情派"论争。"抒情派"认为童话创作应当更注重童话的诗意美、哲理性，画面和意象要深沉、幽远，或轻柔、鲜亮，使之富于抒情韵味和浪漫主义气息；"热闹派"强调的是结构的喜剧性，故事的怪诞滑稽、曲折欢乐，以及现代意识、科幻因素、儿童情趣等的浑然化合。[①]

从生理年龄与心理年龄来区分，幼儿（1～5岁）、儿童（6～12岁）、青少年（13～20岁）是存在较大差异的三个成长阶段。三个年龄段的审美意识、审美心理、审美趣味及其相关的文学艺术形态必然也存在多方面的区别。新时期以来，批评界对"儿童文学"缺乏明晰的年龄段界定的状况进行了改进，将儿童文学范畴明确为"幼年文学—童年文学—少年文学"三个层次的集合体，"将儿童文学具体区分为幼年文学—童年文学—少年文学3个层次，并界定其各自的审美特征和艺术使命，这是儿童文学本体意识的第二次自觉，是新时期儿童文学观念更新的质的飞跃"[②]。然而，尽管层次分得比较清晰，但把反映十四五岁、十六七岁青少年题材的文学作品统称为儿童文学，显然是很不相称的。为什么不能建构"青少年文学"的本体意识和审美批评体系呢？

"青少年"这一概念从字面理解就是青年与少年合并的年龄段，在社会文化交流与传播中，其约定俗成的含义是泛指过了儿童期尚处在青春成长阶段的人群。但是在中国文学的范畴里，"儿童文学"概念早已有之，理论建构也日臻丰满，21世纪以来也出现了"青春文学"的创作现象和相关的批评探讨，但却始终未形成青少年文学创作与研究的热潮。虽然从创作实际看，有些作品从题材、人物形象、主题、情感形态、叙事范式等超越了儿童审美心理，更适合青少年的接受层次，然而由于青少年文学的主体（本位）建构意识不明朗，作家与评论家缺乏"定位"于青少年文学的自觉，致使青少年文学的整体风貌显得薄弱、

---

① 参见浦漫汀主编《中国当代儿童文学精品 童话卷·序言》，海燕出版社，1994，第3～4页。

② 王泉根：《中国新时期儿童文学的深层拓展》，《北京师范大学学报》（人文社会科学版）2000年第4期，第51页。

模糊，青少年文学的批评关怀与理论探讨也严重缺失。此外，本体意识
的缺失，必然使青少年文学处于尴尬的境遇而压抑了生长发展的活力。
如果说，反映十三四岁少年题材的作品姑且可以归入儿童文学范畴，那
么反映十六七岁准青年题材的作品，几乎在各种儿童文学作品选中都难
见踪迹。以新时期以来出版的权威性文艺大系、各类作品选集为例，如
金近主编的《中国新文艺大系（1976—1982）·儿童文学集》，冰心、
樊发稼主编的《中国当代文学作品精选（1949—1999）·儿童文学
卷》，严文井主编的《中华人民共和国五十年文学名作文库·儿童文学
卷》等，所收入的作品还是以传统观念中的儿童文学为主体，从审美接
受年龄来说，绝大部分是 12 岁以下的读者。这种现状曾引起一些批评
家的疑虑，白烨曾指出："我们的文学创作领域，一直缺少以即将成年
和刚刚成年的青春男女读者为对象的作品创作，除了成人文学，就是针
对低龄少儿的儿童文学；这使得已走出儿童阶段的为数众多的青年学生
读者，基本没有适合他们的需要与口味的作品。"[①] 遗憾的是他的批评
未得到更多学者的呼应，也未引起创作领域的重视。在儿童文学这一大
范畴中，常出现审美主体与审美对象的"错位"现象，或者以"儿童"
为对象的故事文本脱离本位，思情蕴涵复杂凝重；或者相反，以"青少
年"为载体的叙事依然落入儿童文学范式里，低幼化的趣味、游戏化的
情节、天真的笔调显得幼稚而肤浅。

第二节　儿童文学的"本位"呼唤

如果从当代文学历史进程的整体意义上评价儿童文学的发展态势和
创作成就，毫无疑问，它已进入一个空前繁荣、迅猛发展的新时代。20
世纪 80 年代以来，儿童文学作为当代文学独特的组成部分，其创作题
材的多样化拓展，思想内蕴的深度化追求，人物性格的多维度刻画，文

---

① 白烨：《一份调查问卷引发的思考》，《南方文坛》2005 年第 6 期，第 76 页。

体样式的探索性实践……在某种程度上与当代文学产生了共时性的审美追求和价值实现。然而，如果我们回到儿童文学的本位，对儿童文学自身的艺术规律、文体品格、审美理想等进行观照和批评，又往往会产生一些疑惑。似乎当代儿童文学的批评尺度与创作追求一直在自觉与不自觉间向着成人化的审美期待靠拢，向着成人文学的审美理想拔高。其创作风貌、创作格调总体给人以深沉、凝重、肃然之感；审美想象和审美创造也在某种无形的束缚和制约下显得贫弱苍白；呆板而矫情的叙事体缺乏强烈的艺术穿透力和感染力。那么，儿童文学应当怎样更"本位"地将审美关注聚焦于童心、童真、童趣，创造性地去发现、展示更开阔、更迷人的审美空间；怎样用天籁般的声音去抒写关于生命成长和心灵成长的无穷秘密与奇妙体验，以更强的艺术感染力和张力去满足当代少儿读者的审美期待，这仍然是儿童文学创作与研究的中心话题。

一　贴近儿童审美心理

一个毫无建筑美学知识的人，也会一眼识别出幼儿园，因为所有的幼儿园都不可能建造成刻板、肃穆、单调的办公楼，而是必须充分发挥空间想象力，营造出童话般的氛围和意境，用乐趣横生的跷跷板、滑梯、海洋球、小迷宫、沙堆、水池等设施以及金鱼、兔子之类的小动物去吸引孩子的目光，激发他们探索世界的求知热情；让色彩夺目、造型可爱的活动环境，充满童真和诗意的装饰品、儿童画，以及美妙动人的音乐去开启孩子的心灵，让孩子去发现美、感受美、创造美。儿童文学作为人类的精神摇篮，也应该是这样一个五彩缤纷的幻想世界，一个新奇神秘的创造天地，一个尽情嬉戏的欢乐园地。令人遗憾的是，在当代儿童文学作品中，很难看到大胆超绝的想象、夸张强烈的色彩、肆意尽兴的趣味，尤其是小说、散文创作，更趋向"小大人"文本，克制、拘板、单调。孩子们的生活大都局限于"学校""家庭"两点一线上，他们的思想行为、精神风貌、性格气质也总能区分成那么几种类型：或"自强向上"——学习刻苦、品德优良、纪律严明、诚实自信；或"消沉扭曲"——心灵受伤、信仰危机、不求上进、庸俗世故；或"迷惘摇摆"——孤独自私、敏感困惑、反抗叛逆、追星早恋……成人化的叙事观点和审美理念的左右，以及现实精神或主流话语的覆盖，常常使儿童文学作品脱离了少儿读者的审美心理。

每个成长中的孩子都将不可避免地产生一些被误会、被曲解的烦恼，经受一些是是非非的考验，遇到这样或那样的挫折和打击，那么，怎样面对它们呢？张之路的《蟋蟀也服兴奋剂》和刘心武的《喊山》是两篇立意相似的小说，他们以冷峻的笔触揭示了校园中的现实矛盾和孩子间的人情世故。小主人公袁新强和赵普，都是家境贫困、自强自立、品学兼优的好学生，但都因为偶然的事件陷入逆境，遭受误解和伤害。袁新强是因为反对校长强令学生晚上收看黄一鸣爸爸导演的无聊电视剧，而卷进"破坏天线"的恶作剧中，虽然他并没有真正参与破坏行为，但真正干坏事的另外三个好学生却为了自保不仅不肯承担错误，而且在全校"审判"大会上，若无其事地看着校长宣布对袁新强的"记过处分"以及勒令他上台做检讨。孤独无助的袁新强站在台上，"他在寻找罗杰、疯格格和姜准的脸。他找到了。他本以为他们会低着头。没有！"就在袁新强怀着失望、悲愤、委屈的复杂心情开始"认错"之时，"一个刺耳的声音在礼堂响起：'不是他干的——'"，黄一鸣在关键的时候勇敢站出来为他洗白，"袁新强的泪水夺眶而出"[1]，小说也在这里收笔。毋庸多言，作者在短小的文本中揭示了"社会问题""道德问题""教育问题"——黄一鸣的爸爸是个艺德与水平都很差的导演，他买通师德与责任心也不强的校长，让全体师生必须每晚收看垃圾电视剧，还要求大家写评论吹捧；所谓的好学生在竞争的环境里已经变得功利、世故、自私；困难生袁新强因为校长免去了他的学杂费就怀有感恩之心，也培育了自己潜在的卑微人格，故而遇到原则性问题时表

---

① 张之路：《蟋蟀也服兴奋剂》，载中国作家协会儿童文学委员会选编《2000中国年度最佳儿童文学》，漓江出版社，2001，第14~15页。

现出犹疑、胆怯、矛盾的态度；最后以黄一鸣的良心发现给出"正面教育"影响力。叙事的多维视角中蕴含了较深的"成人化"思虑。

《喊山》的情节更单纯一些，三个好朋友放学路过一家医院，看到墙外新竖了一个告示牌——"请勿鸣笛喧哗"，家有财力的倪飞和家有权势的张艇为了逞强斗胜，就不甘示弱地扯开嗓子乱吼一气，下岗工人的儿子赵普虽然没有喊，但却窝囊地成了替罪羊，在人家偷拍的照片上，他居正中，还微张着嘴巴，于是倪飞和张艇乘机溜之大吉，赵普被老师留下来，挨了严厉批评，还得写检讨，赵普回到家和爸爸妈妈讲事情的经过，"心里委屈得不行，这回他让眼泪尽情地滴落到面颊上，可咬着嘴唇，不让喉咙里的声音冒出来"。爸爸只好这样安慰儿子："生活里常有不痛快的事……没关系，咱们明天找个地方，尽兴尽意地……长啸一顿！对对对，就是去喊山！"[①] 结果，在山谷中回响着"我——要——争——气——"的清亮童音中，故事结束了。显然，这篇小说在思想意蕴上也有深度化的追求，对于干扰孩子身心健康的社会因素、师长因素也进行了深入联系和思考。但作品中所肯定的那种"委曲求全"的牺牲精神或"退一步天地宽"的忍让精神，固然体现了传统的道德情操和做人美德，然而，在现代意识洞照下，以这样的美德潜移默化地影响儿童和青少年的人格塑造，对我们民族的未来而言，是进步还是倒退？退一步说，以成人的道德意识判断儿童或青少年成长过程中并不清晰、明确、成型的思想情感形态，从某种程度上说，也是对他们精神主体、审美心理的生硬干预。

因此，儿童文学作家如果以师长、启蒙者自居，把自己的思想意志强加于少儿读者，恐怕并不能够实现预期的文学审美意义。只有尊重他们自己对生活的感悟和判断，进入他们的审美空间，才能真正产生审美效应。

---

① 刘心武：《喊山》，载中国作家协会儿童文学委员会选编《2000 中国年度最佳儿童文学》，漓江出版社，2001，第 22 页。

二 寓思于"乐"，寄情于"真"

儿童文学、青少年文学在思想内容、艺术手法及审美追求上要贴近不同年龄阶段读者的心理和趣味，这对于强化儿童文学的本位意识，重视青少年文学创作目的与规律，从接受美学的角度促进二者的发展都是大有益处的。2005 年，首都师范大学文学院现当代文学教研室向北京市部分中学生和大学生发放了"中国现当代文学调查问卷"，通过问卷分析，研究者发现"能够引起他们的兴味，留住他们喜好的作者与作品，大都是以鲜活而真切的生活画面，率真而倜傥的人物性格，以及自由而独特的文字表达为特点，这样的作品或者直接切入他们的生活，或者直抵他们的内心，让他们看来愉悦，读来痛快，能够起到快心目、放情怀、舒抑郁、浇块垒的效用。这在很大程度上又表明，青少年读者的文学阅读，更重视'真'的表达、'乐'的成分，更排斥'隔'的写作、'教'的倾向"①。

综观世界经典性的儿童文学作品，它们不仅能够跨越时空、广为流传，而且以其无比丰富、深广的审美空间，吸引着不同年龄、不同层次的读者。像《卖火柴的小女孩》《皇帝的新装》《丑小鸭》等脍炙人口的名篇，一个两岁的幼儿可以百听不厌，一个少年、青年乃至成年人也可以着迷其中，这就从不同的层面上满足了不同年龄阶段读者的审美期待。就当代儿童文学的创作来看，所普遍缺乏的，正是那种穿透时空的审美张力和审美感染力，因此常常陷入两难的窘境，在竭力追求深度的时候，往往丧失了童真童趣，显得矫情而世故；而一味迎合童真童趣的时候，又常常失于浅近稚嫩，不能实现高层次的审美理想。

相对而言，童话创作还是有较大突破的，不再仅仅停留于"善与恶"的单纯对照和二元对立的判断层面；也不再仅仅满足于理想、道德、情操的启迪或说教，百科知识的灌输。作家们在童话创作的空间

---

① 白烨：《一份调查问卷引发的思考》，《南方文坛》2005 年第 6 期，第 75～76 页。

里，似乎更自由、更畅达一些，想象力得到更好的发挥，审美境界也得到富有层次和诗意的开拓，文体样式比较活泼自然，叙事语言带有跳跃的动感之美。像金波的《黑白童话二题》、倪树根的《惊心动魄的一幕》、张月的《城里老鼠和乡下老鼠》、范锡林的《蚊子宴》、裴慎勤的《克隆自己》、周锐的《黑底红字》等，这些作品或抒写生命意识、展现人与大自然的种种谐趣；或激发历险精神、塑造机智勇敢的品格；或讽喻虚荣心、暴露自欺欺人的人性弱点；或寻求自由与创造的欢乐，在科幻王国里尽情徜徉游戏……可以带给小读者无穷的遐想和奇特的感受。

　　玩，是孩子的天性，也是人类生命流程中不可缺少的、最迷人的、最丰富的景象。少年儿童都是在玩中经历成长的喜悦，开始对未知世界的想象和探索。王巨成《男孩的枪》就是一篇"玩"得过瘾的小说，男孩当了小组长，父亲奖给他一支电子冲锋枪，他马上拿到学校去炫耀，因为在别人艳羡的目光里，他可以变换花样玩，他可以慢条斯理玩，他可以装模作样玩。当然，他玩的天性和野心都不可能在学校实现，虽然老师没有没收他的枪，但也下了戒令，不允许他再带到学校来。男孩一个人在家摆弄枪时，枪已毫无魅力，失去了玩枪的兴致和氛围，无聊的他偶发奇想开始了"藏枪"游戏，自己藏，自己找，让爸爸藏，他找……如此玩下去，小说在"新一轮的寻找计划，在男孩头脑里轰轰烈烈地形成了"结束。于是作者把一个富有刺激的参与空间和创造空间留给了小读者，在"寻找"的想象、"寻找"的乐趣和"寻找"的激情中寄寓着无限的审美欲望。

　　儿童文学作家班马具有标新立异的新潮精神、审美眼光和价值观念，征服童心的正是他那颗不泯的童心，那份具有穿透力的温馨的童年体验，以及能勾魂摄魄的奇思异想和审美趣味。他的儿童小说《玩水》算不上一篇有"深度"、有"分量"的作品，但充满了童真童趣，把孩子们"玩水"的游戏场景写得壮丽震撼、引人入胜、叹为观止。下了三天三夜的倾盆大雨之后，调皮蛋李小乔在校园的"西伯利亚"发现可以尽兴玩水的乐园，带领一群同学开始了充满智慧和创造力的疯玩，他们把泥巴和水玩得惊天动地，玩得盖世绝伦，建造出庞大的"帝国花园"——有复杂的迷宫、水道、城堡、吊桥、密室、港口，所有机关和装置都是用水流来推动的，这样的游戏精神中传达出可贵的探索热情，既满足了儿童的审美期待，又抵达了较高的审美境界。

青少年文学的审美主体中，已经开始萌生怀疑精神和叛逆思想，因此青少年的心理特质特别敏感、特别较真、特别执拗。那么青少年文学创作首先要彻底弃绝假、大、空的道德说教和思想灌输，清除作者自身的陈旧思想、落伍观念和虚伪感情，以坦诚真挚的态度、平等交流的立场、细致理解的耐心，去贴近所表现的对象，和他们共同体验快乐与烦恼，共同感受爱憎与悲喜，共同追寻梦想与收获。以往，青少年文学侧重的是"高标准"的思政教育和比较高调的爱国情感教育，但我们常常在现实中看到这样一些现象，在学校、社会中品学兼优、懂得许多大道理的青少年，在家里却是四体不勤、娇惯任性的"未断奶""妈宝"，只会索取，不愿奉献，不仅不能理解、回报父母含辛茹苦的养育之恩，反而动辄指责、抱怨父母。为什么会有这样的怪现象呢？当然，一个孩子的道德情操教育和心理素质培养，关系到社会、家庭、学校等诸多方面的因素，我们也总是从这些因素入手，站在社会、家庭、学校的立场上探讨问题，往往忽略了孩子身心健康的内在规律，成长发育的阶段性生理特点、心理特点以及这一切与其情感表现发生的种种内在联系。近年来，也有少数作家致力于青少年的身心健康研究，探究其生理现象、心理机制和情感秘密，对于成长中不可避免的烦恼、冲动、反抗、敌对、自卑、困惑、浮躁、敏感等情绪表现给予充分的理解，进行深入的体验，呼唤亲情和爱心，写出了一些富有张力和感染力的佳作。

常新港的《长夜难眠》是一篇颇有力度的"少年成长"小说，主人公来可一直无忧无虑地生活在一个清贫、普通、和谐的家庭中，他像所有这个年龄的男孩一样，有些调皮任性，有些倔强懒散，同时对父亲有些敌对，有些看不起。后来来可的妈妈出了车祸，家里的境况发生了变故，来可却并没有为父母分担些什么，他甚至利用了爸爸的忙累而在学习上偷奸取巧，并跟着暴发户的儿子德胜鬼混，而来可的爸爸为买房子的欠债和因儿子中考成绩 1 分之差须出高价进重点中学而愁苦焦虑，不得已辞去公职，开上出租车，在一次跟劫车的流氓搏斗中险些丧命。当来可听到重伤中的爸爸含混不清地说出的第一句话是"我有一个……上中学的……儿子"①，他的心震颤了，在经历了一个不眠长夜之后来可长大了，他单薄的肩膀上担负起责任，也担负起沉甸甸的爱。

彭学军的散文《红背带》，以细腻婉转的笔调，写了一个女孩的成长，幼年的多病、童年的淘气、少年的反抗……无缘无故就喜欢顶撞母亲，与母亲频频发生"战争"。有一次与母亲吵嘴之后，她发现母亲捧着一条长长的红背带发呆，然后"将红背带像背孩子一样这样那样地在自己身上缠来绕去"，"沉浸在红背带营造出来的一种温馨、亲昵的氛围中"②。于是深深的内疚在女孩的心里泛滥开去，那些长大的日子在她眼前连绵不绝。女孩在心里完成了一次成长的飞跃。这样的作品并没有居高临下地进行道德说教、情感疏导，而是充分捕捉住少年成长中具有阶段性特征的情感倾向、情绪变化和自然天性，给予了亲切而温厚的关怀，并将此提升到艺术审美的空间。那么成长中的青少年在读到这样的作品时，才会发出会心的微笑，产生心灵上的共鸣。

大量最新的儿童心理研究资料表明，儿童的参与意识和创造思维在低幼阶段就已经萌生并迅速发展。一个发育良好的 3 岁孩童，其观察力、想象力、记忆力以及对个人情绪、情感、意志的表达力都已达到第一个发展高峰。在现实生活中，我们也时常惊讶地发现，一个两三岁的幼童已经不满足于被动地听大人讲"从前……后来……结果……"模式的故事，他喜欢从自己的需要出发，按自己的想象和意愿要求大人给

---

① 常新港：《长夜难眠》，载中国作家协会儿童文学委员会选编《2000 中国年度最佳儿童文学》，漓江出版社，2001，第 66 页。

② 彭学军：《红背带》，载中国作家协会儿童文学委员会选编《2000 中国年度最佳儿童文学》，漓江出版社，2001，第 374 页。

他讲"什么什么的故事",并且在听故事的过程中常常介入进来,打断大人的思路,把情节的发展"导向"另一个方向。有的幼儿还特别喜欢让"自己"参与到虚构的故事中,表现出较强的审美接受能力和创造性思维能力。当代儿童对于文学艺术的审美期待中,蕴含着更多的积极因素。对于儿童文学作家来说,要在创作中巧妙地调动接受者的积极因素,满足他们的参与愿望,激活他们的审美创造,又要在叙事文本上避免故弄玄虚、晦涩艰深、脱离接受者的审美可能,是高难度的要求和挑战。

值得注意的是,我们强调儿童文学的"本位"意识,重视接受者的审美可能,并不是意味着让儿童文学作家放弃高层次的探索,从作品的思想内涵到文本形式都仅仅停留于少儿读者表层化的智能水平和接受力上。这种"俯就"式的创作姿态也是极不利于儿童文学发展的,既不能开启、激发当代少年儿童的潜在智慧和创造思维,也不能满足他们日益拓深的审美期待。有些作者在进行儿童文学创作时适当地吸收了一些新的叙事美学精神,打破常规的叙事结构,灵活运用、转换叙事视角,增强了叙事的弹性;或者大胆进行文体样式的融合、交叉,在小说体中介入寓言、幻想、童话的因素,以超现实的表现激发读者的联想和想象;或者进一步写实化,利用新闻框架和新闻语体创作纪实文本,利用摄影、电视及网络等媒体样式创作立体化、动感化、影像化的叙事文本,像李开杰的《虚拟情感》、葛冰的《时尚》、周锐的《废城蜡烛》、孙幼军的《光腚大会和遗书》等,都传达出一些叙事革新的信息,在一定程度上代表了儿童文学新的审美趋势。

第三节　青少年文学的审美"错位"与主体建构期待

一　青少年文学的范畴

青少年文学从 20 世纪 90 年代开始"阵地"建设,目前有《青少年文学》《中国校园文学》《少年小说》等刊物，有各种级别的"青少年文学"评奖，出版界每年都有大量的各类青少年文学读物出版发行。《青少年文学》创刊于 1997 年，由保定市文联主办，其办刊宗旨是"面向广大青年与少年，坚守高品位、高质量的纯文学宗旨，引导青少年'扣好人生第一粒扣子'。刊发写青年、青年写，写少年、少年写的优秀文学作品，展现新时代青年与少年精神风貌"①。《中国校园文学》于 1989 年在教育部主管下创刊，2000 年归属中国作家协会主管，办刊宗旨是面向中小学生，"推崇文学、服务校园"，提倡"清新靓丽、趋文重雅的风格"②。但在文学研究视阈中，"青少年文学"这一概念依然是模糊的，它到底是指青少年自身的原创文学呢，还是指反映青少年题材的纯文学创作呢，抑或是指适合青少年阅读的文学作品？也就是说，通俗意义上的"青少年文学"至少包括上述三个范畴。

第一类从创作主体身份区分，青少年写、写青少年——是属于原创性青少年文学。这类写作曾经被称为"青春文学"或"校园文学"，有不算短的兴盛史，从 80 年代小荷才露尖尖角的韩晓征，到 90 年代花季盛放的徐佳、郁秀、彭清雯，再到新世纪青春潮涌的韩寒、郭敬明、张悦然、孙睿、春树、饶雪漫、李傻傻等，他们的作品在市场上很畅销，拥有大量的青少年追捧者，而这一现象也引起文坛的关注和探讨。在争议的各方观点中，对青春写作现象的抨击之声还是比较尖锐、突出的，认为这种写作就是商业化操作，是亚文化现象，离文学的距离还很远③。当今更受关注的"校园文学"往往是以"大学校园"里的学生生活和情感纠葛为书写对象，已经比中学生的校园书写老成沧桑了许多，而中学校园的原创文本大部分不过是将"作文"的概念置换为"文学"

---

① 《〈青少年文学〉征稿启事》，中国作家网，2019 年 4 月 13 日，http：//www.chinawriter.com.cn/n1/2019/0413/c403988-31028028.html。
② 参见《中国校园文学》杂志社官方网址，http：//zgxywdd.400qikan.com/。
③ 批评文集有黄浩、马政主编《十少年作家批判书》，中国戏剧出版社，2005；李斌编著《郭敬明韩寒等 80 后创作问题批判》，湖南大学出版社，2015；等等。

而已，许多"青少年文学"评奖活动的对象应该属于此类。那么"作文"特别是模式化的"命题作文"是否可以称为"文学"，更是令人疑惑，有待讨论。

第二类从反映青少年题材的文学创作区分，也是比较复杂的，其中有有意为之的"本位"创作——具有明确为青少年写作的宗旨和目的，有自觉的教育意图或审美导引倾向，有探索青少年审美趣味和文学艺术形态的使命感，诸如刘心武、王安忆、曹文轩、秦文君、黄蓓佳、张之路、常新港等作家的青少年题材创作；也有以青少年为载体的"非青少年"文学实验，诸如莫言、余华、苏童、林白、陈染等，都有类似"成长叙事"的青少年题材作品，但他们的写作宗旨、意图、审美倾向显然又是超越青少年受众的，他们或是以"成长"为载体、为视角，实现新的历史叙事；或是通过叛逆的青春期躁动张扬那些充满暴力、血腥、性游戏的先锋精神；或是以女性成长裂变中苏醒的性别意识解构男权文化……因此，这些作品不仅从来没有被各种儿童文学作品集、作品选收入，而且评论家们也唯恐我们纯洁的下一代受到这些创作中不良倾向的"污染"，对这类作品的反感和抨击带有较强的情绪化色彩。

第三类从适合青少年阅读的文学作品范畴区分，就更加庞杂了，不仅包含成人文学中的名著、经典，也包含能够拓展青少年审美视域的各个时期、各个民族的文学艺术遗产，各类题材与风格的创作——诸如武侠、言情、侦探、科幻、历史等，甚至还包括对准青少年消费市场的一些鱼目混珠的"网络文学""地摊文学"等。这就使青少年文学与青少年文学教育的研究课题具有其至关重要的意义。所以，青少年文学的范畴界定与分类研究是不可忽略的，对于"网络文学"的一些乱象更应该加大力度进行清理和整治。

二 审美"提升"或"俯就"

通过对青少年文学几类景观、形态的初步区分和梳理，就会发现在青少年文学审美空间里，有诸多的弹性问题与特殊现象需要我们从不同视角和层面去观照和探讨。

纵观新中国 70 余年来的青少年文学创作，从青少年审美形象到思情价值倾向，在一些具备"本位"意识的创作中，也存在审美意识的刻意"提升"与"俯就"现象。以人生成长为母题的青少年文学相对于以童心为审美点的儿童文学，已发生质的飞跃——青少年的审美理想已远远超越了童真童趣而进入更广阔的精神空间和社会领域。正因为如此，青少年文学的审美理想不可避免地受到历史语境、现实社会的制约和影响，更会受到强烈的时代精神的感召，这是青少年文学在儿童文学基础上"成长"的体现。可是正因为青少年成长与成人社会、成人思想精神的必然联系，青少年文学常常身不由己地沦为成人文学的附庸，或者说成为成人文学的"缩小版"。我们许多为青少年写作的作家，即便是不以教育为直接明确的目的，也往往不能漠视"文以载道"的使命和责任。而且长期以来作家们已经习惯从政治、道德、文化传统的理念与情感出发去关爱下一代，依靠成人的现实体验与人生意识去"审视"并"指导"青少年，使得日常生活中对孩子"像大人一样"的褒奖转化为青少年文学形象的一种审美理想和塑造标尺，而与之息息相关的传统文化性格——坚毅、刻苦、宽厚、忍耐、忘我、上进……都镌刻在了"小大人"形象上，当然这些审美特征在不同的历史语境中又有不同的时代色彩与蕴涵。

20 世纪 50～70 年代的小说、电影文学、报告文学、叙事诗等文学形式中，充满了革命觉悟高、阶级斗争观念强的"英雄（模范）青少年"，像战争题材的有《我和小荣》（刘真），《小游击队员》《闪闪的红星》（王愿坚），《刘胡兰》（梁星），《毛主席的小英雄》（柯仲平），《三边一少年》（李季）；农村题材的有《刘文学》（贺宜），《韩梅梅》《青春的光彩》（马烽），《黑凤》（王汶石）等。70 年代末 80 年代初的文学叙事中，青少年形象上也多半打上了"伤痕""反思"的烙印，这类作品有《苦果》（王安忆），《阿兔》（黄蓓佳），《深沉的倾诉》（任大霖),《微笑的女孩》(沈虎根),《烛泪》《乱世少年》(萧育轩),《啊,十四岁》(茅庆茹)等。随后一些作品突出改革开放的时代精神,那些带着远大志向奋发学习、有独立思想的"精英青少年",像《永不忘记》(李心田)、《我要我的雕刻刀》(刘健屏)、《迷你书屋》(庄之明)等作品中的主人公成为典型。也有一些作品在意蕴上进行深度开掘,反映受社会风气浸染或青春期情绪影响而成为比较复杂的"问题青少年"的故事,比如《谁是未来的中队长》(王安忆)、《早恋》(肖复兴)、《女中学生之死》(陈丹燕)、《你不可改变我》(刘西鸿)等。90年代之后在素质教育和创新性人才培养的理念下,在"底层关怀"的文学思潮中,涌现出许多人性蕴涵丰厚的作品,如《红瓦》(曹文轩),《上种红菱下种藕》(王安忆),《长夜难眠》《羽毛也幸福》(常新港),《一个女孩的真实故事》(王书春),《回家》(张锐强)等,作品中的青少年因经历磨难而懂得人生承担,有自信和个性,有探索精神。上述作品中的形象与主题,都程度不同地存在高出"本位"的"提升"倾向。这些成年人的"青少年文学"创作,自然是从成年人的视角关注青少年,思情向度中承载着教育责任的沉重或焦虑,结果有可能仅仅还是在成人世界(老师、家长)中引起一些共鸣或反响,而青少年读者在被动接受(由老师、家长推荐阅读)中,并不一定能够从中实现自己的审美期待。

与审美意识刻意的"提升"相反,对青少年成长过程中呈现的某些幼稚情感、躁动心理、游戏形态的浅表模仿和展现,缺乏深刻的思情内涵,也缺乏对青少年成长心理与精神的深入洞悉和体验,实质是低于"本位"的"俯就"。比如杨红樱,她描写8~10岁孩子的小说有一些颇为精彩,充满童心童趣。但随着她笔下儿童的成长,在描述成长危险期(12~14岁)的少年人生时,笔调和思想都明显有些跟不上,从叙事外部(基调)看,虽然保持了真实的生活气息,也很迎合当今少男少女标榜个性、追逐新潮、叛逆躁动、戏谑正统的心理倾向,但作者为了迎合这种比较普遍的心理倾向,为了演绎不同于传统的"新潮"理念，以"不调皮捣蛋的孩子不可爱"的审美理念颠覆以往"像大人一样"的审美理念，实际走向模式化的另一个极端。于是作者煞费苦心地给笔下的各类人物添加所谓"调皮捣蛋"的性格标签、行为范式和语言特征，结果作品里就充斥着一些搞笑的、花样繁多的，然而又是复制性、泡沫性的"情节故事"，虽然可以让小读者过把瘾，但不可能产生深刻久远的审美影响。她的作品还有一种新的模式化倾向，就是将校园里的"师生关系"、家庭内的"父母子女关系"进行了脱离现实的、讨好中小学生意愿的"真空处理"，看似创设了理想化的新型关系，其实回避了矛盾，也低估了青少年的思想人格成熟度。一度红红火火的"花衣裳"组合（伍美珍、饶雪漫、郁雨君），各自都曾有比较优秀的作品在读者中产生反响（其中尤以伍美珍的报告文学为佳），可是她们近期的一些创作也不同程度地存在为迁就读者趣味而刻意营造的噱头，故作"天真烂漫"或"搞怪淘气"或"新潮另类"同样会使人产生审美疲劳。可见，低于"本位"的"俯就"，因为想象力与创新力匮乏，就难以产生审美的激发力和张力。

曾在全国地方电视台不断热播的一部40集的电视连续剧《火力少年王》（张雷、黎姜麟编剧，之后又拍了第二部、第三部），是一部非常虚假低俗的作品。本来，"悠悠球"作为时尚娱乐型技能运动，在中小学生中流行无可非议，但是电视剧制片人完全出于商业目的，把这部电视剧拍成了诱导青少年攀比和炫耀"悠悠球玩具"的广告片，过度夸张地渲染"悠悠球"的火力魅力，相比之下，"人"却在"球"的炫彩中苍白失色。剧中从中学校长、体育教师到所有学生，几乎都成了"悠悠球"的拜物狂，他们为比赛而比赛，为玩"悠悠球"而生出些悲欢离合的故事，使人根本不能将这一"玩酷"运动与体育运动的本质精神联系起来，也不能深入领会其标榜的"青春励志"主题。最直接的负面效果是，这部电视剧让许多学校周边的小商店卖火了"悠悠球"的同时，也让许多孩子走火入魔般地沉迷于"悠悠球"的"更新换代"，他们为此逃课、偷家里的钱，一时间，老师家长见"球"如见虎，哀叹教育在流行文化面前的苍白无力。

三　青少年文学"主体"的生成困境及批评诉求

前文中已经从创作主体、题材和叙事对象、各类文学作品客体简单梳理了与青少年文学相关联的三个范畴。下面着重对青少年文学创作主体的差异、困境进行对比观照和评述。

青少年的自主性已基本形成但是独立思考能力和鉴别判断力相对薄弱，因此作为写作者，在"写什么、怎么写"的关键问题上，缺乏明晰的意识和目标，也缺乏较为成熟的文学理念、创作方法和审美追求，他们多是在生活与情感触动下，更可能是在阅读文学作品产生共鸣、唤醒个人体验的情形下，或者是本着内在倾诉的欲望、冲动，非常感性地进行写作。当然这种淳朴的写作状态已经、正在被急功近利的"作文大赛"拿奖，作品发表、畅销等诱惑改变，特别是出版商根据市场热点、卖点而对青少年写作的策划、引导，完全绑架了他们的写作。最令人担忧的是，媚俗的流行文化几乎已经全盘占领原本应该清纯脱俗的"校园文学"。2005 年，《中国校园文学》杂志社曾在其出版的上半月《魅丽小说》版举办"文学偶像"校园选拔赛，竟然打出"海选女生写手 打造校园作家 杂志里的'超级女声'——《魅丽小说》能写就能发"如此雷人的广告。① 如果上百度搜索一下，发现类似"以流行的韩国式搞笑文笔为主调……一定要围绕'忧伤和煽情'的字眼，让人一看就心疼不已的爱情小说……"的"稿约"竟然比比皆是。可想而知，不仅取悦、诱惑少男少女的流行刊物在不断增多，缺乏管理和把关的随意可以"发表"作品的所谓文学网站又有多少！在时尚文化、快餐文化、后现代文化杂糅混合的情形下，原创青春文学的生态遭到严重污染和破坏。然而需要批评界理性观察和判断的是，原创青春文学固然有商业化绑架下的媚俗现象、泡沫现象，但不可否认，由于创作主体的青春"在

---

① 参见《中国校园文学（描写辞典）》2005 年第 11 期。

场"和共时性的成长叙事，使其具有自我观照、自我书写的率真一面，在韩寒《三重门》、郭敬明《梦里花落知多少》、张悦然《樱桃之远》、李傻傻《红 X》、孙睿《草样年华》、苏德《雎鸠她们》等代表作中，生动而青涩的少年"表情"，喧闹而寂寞的青春气息，叛逆而迷惘、张扬而脆弱的成长心态，能够对他们的同龄人产生审美的浸透力和亲和力。这正是韩寒、郭敬明等受到青少年追捧的主要原因。他们在某种程度上反叛那些自觉从人生教育、审美熏陶的立场为青少年写作的姿态及其话语霸权，反叛社会文化制约下正统教育伦理束缚中青少年的虚假思想感情表征，这其中既包含有积极意义的先锋精神，也糅杂一些抵触社会、反教育、反道德的情绪化劣质。而且，从思想到形式，也都可以看到他们对流行文化的追逐和模仿，反映出"80 后""90 后"在其青少年时代，在物质生活与享乐日益丰盈而应试教育机制下精神压力日趋严重的境况下，其生理性与情理性生长发育"超前"与"滞后"、"优裕"与"贫弱"的错位和不和谐。

　　以青少年为题材、为对象的纯文学创作，或可能因为严肃作家与"新新人类"精神空间的"隔膜"，与流行文化、时尚元素的"脱节"，与好看好玩的"背离"，而得不到青少年读者的青睐。另一种以青少年为载体、为视角的文学叙事，其叙事旨意往往是超越青少年本位的，比如余华的《在细雨中呼喊》，苏童的《刺青时代》《城北地带》，由于叙事主体的成长背景都是"文革"时期，就使文本蕴含了更为复杂的主题指向，超越了一般性的成长叙事，这些文本中过于阴暗残酷的历史场景，过于庸俗粗鄙的人生图景，过度血腥的暴力与死亡的展现……几乎彻底消解了文学的诗性与纯美。90 年代以来的"女性主义"文学实践，在第二章已进行了概述和批评，下一节还将从女性成长叙事视角进一步探讨林白、陈染等代表性作家的创作特质，故此处不展开评析。需要强调的是，女性成长叙事普遍表现出女性抗拒"本我"被男权所规范的社会文化压抑，彰显极端的欲望和情绪，颠覆常态的成长图景，对于青少年受众有可能产生负面影响。

综上所述，可以看到青少年文学主体生成的种种困境，正因为如此，青少年原创文学批评与理论关怀尤其迫在眉睫，而青少年可能接受的其他文学作品，导读策略的相关研究也是新的课题，而且是十分重要的课题。

人生最重要的成长时期是青少年时期，最纠结矛盾、最惶惑不安、最美丽动人的心灵历程是成长心路，为此青少年文学就自然成为"成长文学"的同体，审美批评与研究的视角往往就是在青少年心理学、教育学层面确立的，相对而言，诗学的观照极为欠缺。儿童文学的诗学观照，已有"童心说""本位论""幻想精神""游戏品格"等构成的审美理想与体系，而青少年文学似乎仅有西方的"成长小说"阐释理论可借鉴。的确，近几年"成长小说"阐释理论对中国当代文学的创作与批评产生了很大的影响，但是，这一影响下的探讨热点，并未聚焦于"本体"意义上的青少年文学。这或许反映了当代文学批评家、理论家的一种功利心态，他们也许本能地认为，所谓的青少年文学难以体现文学的"深度"而限制了理论阐释的深化，由此降低了文学研究的水平与价值。但愿这是个别的、不代表本质的现象，期望青少年文学的主体建构不再是无足轻重的设想。

第四节　成长叙事的不同形态与审美维度

"成长小说"（Bildlungsronman）作为一种特指的文本和文学批评话语，起源于 18 世纪中期的德国，很快在欧美蔓延，对世界文学产生了近三个世纪的深远影响。随着历史语境和文化本质的转换变异，成长小说的品格风貌必然也相应发生嬗变，但在文学批评领域，已建立了经典的阐释理论和话语系统。20 世纪 90 年代以来，成长小说的阐释理论和批评话语，也已深入中国当代文学批评，为当代文学提供了新的审美视角和经验。然而，正如一些学者所警示的，生硬照搬西方经典理论或借用已成权威的观点，反而"有可能丧失对于文学现场的有机的鲜活的创造性参与功能"①。假如我们不把成长小说作为特定理论范畴内的"特指"，而是将普遍存在于文学叙事中的成长主题及其审美形态作为研究对象，那么我们对成长小说的批评应当拥有更开阔的审美视阈和更丰富的价值取向。

本节以青少年文学的审美理想为支点，确立观照成长叙事文本的立体空间，着重探讨成长叙事的不同叙事形态及其文学意义。

一　纪实传真的叙事形态

成长是一个过程。在这个必然的过程中，生命存在形态经历着生理的发育和心理的蜕变，也发生着欲望的躁动、情感的萌生和思想的滋长。它们固然已形成人类成长的共有经验，可以得到科学的总结和阐释，然而在不同的历史条件和社会环境中，在不同的教育机制与文化氛围中，在不同的亲情关系与家庭伦理中，在不同气质与性格的生成中，必然呈现繁复多姿的"成长景观"。固然，这些"成长景观"不可避免地受到"社会化"的覆盖和渗透——一个时代的经济水平、政治体制、意识形态、文化教育等制约并影响着每个人的成长；同时还受到"集体化"的投影和笼罩——师长、亲朋与同辈中的榜样以其示范、引导、教化等影响、制约着个体们的"集体长成"。然而，就成长体验而言，又无不蕴含极为"个人化"的感知。因此，"成长母题"的文学叙事，必然是以个体化况味为最基本的载体，但同时，它又不能割裂与社会化、集体化之间的密切联系。从这个意义上说，青少年文学的审美主体早已脱离了被动"听故事"的幼稚期，伴随成长而逐渐萌生的参与意识、忧患意识和批判精神激发了他们了解历史、社会、现实的欲望，也提高了他们认识自我与人生的要求。

因此，在青少年的审美期待中，诚信占据十分重要的地位。他们最渴望得到的是坦诚、率真、纯净的心灵沟通，最不能容忍的是欺骗、蒙

---

① 施战军：《论中国式的成长小说的生成》，《文艺研究》2006 年第 11 期，第 4 页。

蔽和虚情假意。证明自己成长的有力佐证就是伴随着怀疑精神和叛逆精神而生成的主体性。那么，纪实传真的文体形态和美学品格必然能够给予他们以真实为核心的审美震撼力和感染力。

从亲历者的成长体验中观照自我成长，感受他人鲜活生动的生命魅力和意义，体味那些相通又相异的成长秘密、情思波动，是青少年文学审美价值的重要取向。所以，在青少年时期，优秀的传记文学往往可能成为影响他们一生的精神灯塔。在巴赫金关于五类成长小说的归纳和诠释中，传记型小说占有重要分量。综观欧美文学经典，传记型（或带有传记性）的成长小说不胜枚举，广为流传的优秀之作诸如卢梭的《忏悔录》《爱弥尔》，狄更斯的《大卫·科波菲尔》，夏洛蒂·勃朗特的《简·爱》，克莱恩的《敞篷船》，毛姆的《人性的枷锁》，西尔维亚·普拉斯的《钟形罩》等。苏联作家高尔基的《童年》《在人间》《我的大学》也应该属于优秀的成长自传。20世纪以来，非虚构文学兴起，反映教育与成长主题的作品也随之涌现，比如汤姆·沃尔夫的《糖果色橘子皮流线型孩子》《电冷却酸性实验》，斋藤茂的《教育是什么》，黑柳彻子的《窗边的小姑娘》等。当然后面列举的纪实作品并不在成长小说的批评范畴中，但它们富有现代意味的对"成长现象"的观照和对"教育问题"的探讨，从某种程度上说是对成长小说进行了理性层面的拓展。

20世纪80年代以来，纪实文学在中国当代文学发展中构成一道不可忽视的景观。尽管一直存在争议，但它还是以自身的创作生机介入并影响着多元化的文学格局与趋向，它所体现的新的审美意识也已深入现代社会的审美心理与期待中。以"成长叙事"为载体的传记型、纪实型小说，主要依靠亲历性的体验和个人化的感悟，书写不同历史场景和文化语境中的成长际遇，传达变幻的思绪与情愫。有的以坦率粗放、不加修饰的笔触，勾勒出成长时代的政治风云、社会世相及文化风貌对个人身心的投影；有的以幽密细腻的心灵潮动，感应成长的每一丝波纹，富有亲和力与亲切感。

老鬼自传性的纪实小说《血与铁》，通过对一位"红卫兵"成长经历的真实记述，完整而深刻地展示出"生在新中国，长在红旗下"的一代青年的思想性格生成和他们在"十年动乱"中的心路历程，揭示遭受异化和咬啮的心灵创伤，从中反射出时代的荒唐、历史的隐痛，在一个新的高度实现了"更深刻的反省"。马清波这一代年轻人，本应在和平的蓝天下快乐成长，然而，不幸的是，他们从幼小的童年时代，就处在一个极端革命化、政治化的环境与氛围中，处在一个只讲阶级性、革命原则性而不讲人性、个性、亲情与爱心的特殊年代。所以，尽管他们从小就培养了爱祖国、爱人民的忠诚情感，懂得了阶级、革命等大道理，但却在父母与子女之间、师生之间、同学朋友之间，缺少温情、理解、关爱，人之常情被视为小资产阶级情调而遭到唾弃。主人公的父母，身为大学校长和名作家，常常从"原则"出发，以不娇惯孩子为由，而忽略孩子对爱与温暖的正常渴求，动辄灌之以大道理，或者采用简单粗暴的训斥、殴打等教育手段。从这一个案中我们可以看到普遍存在于中国家庭中的封建意识（独断专横的父者权威、望子成龙的家长意志），是怎样在不知不觉中摧残了孩子的主体精神，伤害了他们的爱心，从而派生出一种盲目的对立情绪和反叛情绪，在很大程度上丧失了独立思考，判断、分析问题的能力。在学校教育中——从小学到中学，空洞的理想教育取代了最基本的品格与道德教育，片面化、表面化的革命人生教育取代了现实人生教育。这使那一代青少年狂热地向往革命斗争，崇拜革命英雄却不能正确辨别革命斗争的真伪与对错，不能正确领悟英雄精神的本质意义。主人公狭义地塑造着、理解着心目中的英雄形象，看了《钢铁战士》，认为衣衫褴褛的战士最坚强、最美，于是自己不爱穿新衣服，不讲卫生；看了《保尔·柯察金》，就"高举右臂，挥舞着一把无形的军刀，怪吼着，一刀一刀用力地劈着看不见的敌人"；看了《董存瑞》，马上开始学摔跤；看了《红军不怕远征难》，就学红军吃草根树皮……①他的英雄梦既是崇高的，又是变态的，在经历了同学之间

---

① 老鬼：《血与铁》，中国社会科学出版社，1998，第52页。

"弱肉强食"的教训，遭受了老师惩罚式的教育后，特别是饥荒年代饥饿的生理折磨和无知与恐怖中性觉醒的煎熬，使他痛感自己的"无耻"贪吃和"流氓"意识有损"英雄品格"，于是越发变态地崇尚所谓的拳头主义和铁血精神，以此来压抑正常的人性。

自传或半自传的叙事形态更为女作家所擅长。90 年代以来崛起的女性小说，大部分也可看作女性成长的"精神自传"。如林白的《一个人的战争》，陈染的《私人生活》《与往事干杯》，黄蓓佳的《没有名字的身体》，虹影的《饥饿的女儿》，秦文君的《十六岁少女》《一个女孩的心灵史》，妞妞的《长翅膀的绵羊》，陈丹燕的《一个女孩》等，这些作品大胆恣意而又幽婉迷离地回顾女性成长中那些隐秘的生理与心理体验，繁复微妙且曲折多姿的情感流脉，在反省女性成长困境中凸显了强烈的女性意识。

女人一出生（甚至在胎教中）就被深厚强大的社会文化规则所塑造，使其成长为符合道德要求的女性角色。正如西蒙娜·德·波伏瓦一针见血指出的那样："女人不是天生的，而是变成的。"① 因此，女性成长已形成集体无意识的自觉——按照社会需要和文化规范（男性需求与男权文化）塑造女性形象和人格，女性本我被异化，女性意识被压抑。伴随着女性意识的苏醒和叛逆精神的滋长，"成长"与"变成"产生尖锐的对抗。因此，在林白、陈染极端幽闭和私人化的成长叙事中，几乎彻底抛开了社会历史场景、文化教育规范、家庭道德伦理等对自我的制约和塑造，她们在"一个人的战争"中，在自我镜像中展示"成长如蜕"的内在真实。然而，"制约与塑造"有时像利剑刺伤着、扭曲着镜中之像，更多的时候则像无所不在的阴云与空气覆盖着生命中的"战场"。陈染笔下的男教师 T 便是"制约与塑造"的隐喻，高大硕壮的 T 老师，"像动物园里的红狼，愤怒但不失冷静"，他对不谙世事的小女

---

① 〔法〕西蒙娜·德·波伏瓦：《女人是什么》，王友琴、邱希淳等译，中国文联出版公司，1988，第 24 页。

孩倪拗拗"怀有敌意"，"动辄训斥、挑毛病"，道貌岸然地行使"教育"的过程中侵犯她的"私部"。拗拗用眼睛"咬"他，用臆想的报复攻击他，但她知道永远打不过这个"傲慢的大男人"。当少女"身上的某一种欲望被唤起"，她主动"占有"T老师，以"魔鬼的快乐"和"撕裂般的疼痛"为代价颠覆了"菲勒斯中心主义"本质，"痛楚像一道闪电"在少女的身心划过，照亮了化蛹为蝶的生命历程。①

　　幽闭的成长叙事拒绝关怀自我之外的群体境况，因此顿悟的女性意识在与社会生活几乎绝缘的状态中陷入另一种迷惘。虹影、秦文君等现实感受较为深刻的女作家，则通过回忆和反省，把自己亲历的女性体验从历史的苦难场景和公众的惨淡生存图景中还原出赤裸裸的真相。虹影采用极端的"返回原始"的写作姿态和纪实叙事，将性别底片上的成长苦难一点点洗印出来，其残忍的逼真、清晰、阴冷令人不寒而栗。女主人公六六寻找自我身份的过程，不仅仅是男权文化语境里一个私生女屈辱凄凉的命运展示和心灵申诉过程，也是历史沉浮变迁中底层生命反抗、隐忍、煎熬的痛苦过程。

　　秦文君的小说细腻描述了知青运动中的成长体验，其中交织着悲壮与哀伤、迷狂与怅惘。一个十六岁的少女，过早经历了艰苦生活的磨砺，生与死的考验，在荒谬的时代大潮中措手不及地迎来了人生的"成熟"——那是以付出尚且朦胧的初恋情爱，尚且盲目的理想追寻，尚且天真的人生思悟为代价而换来的成长，他们最终会成长为"了不起"的人，然而"不会再有青春和欢乐"，这种"错失"为那一代人的成长涂上了悲剧的底色。②

　　秦文君的《一个女孩的心灵史》和杨红樱的《女生日记》分别都以自己的女儿为"传主"，真实而又细致入微地记录了新的时代环境和文化氛围中女孩成长的心路历程。因为作者集女性、母亲和作家三位一

---

① 陈染：《与往事干杯》，作家出版社，2009，第24、47、93、113、114页。
② 秦文君：《十六岁少女》，南海出版公司，2001，第252页。

体的身份，使她们在观照女儿的成长心路时，必然联系个人的女性意识和女性体验，同时又会以女儿为镜子，反观个人的成长历程，这就在女性的成长叙事中，隐含了更为丰富的张力，交相辉映的生命体验与生命魅力，使文本的审美意义超越了单纯的成长主题。

二 虚幻浪漫的诗性品格

"纪实"与"虚构"，在一些理论家看来，是水火不容的两极。所以，纪实文学遭受非议的根源，也多是"虚构"所致。正因为把"纪实"与"虚构"绝对地对立起来，那些理论家、批评家才不能容忍纪实文学中的"虚构"，也反对小说叙事中掺杂"纪实"。古今中外的文学创作已经证明，如此绝对化的限定是可笑的。许多优秀的文学作品的内容主体、人物关系等都是纪实的（这里并不是指反映生活本质的"真实"），但其情节演变与人物命运的发展又可能是最大限度（甚至是无限度）虚构化了的。《红楼梦》不就是最好的例证吗？

纪实传真的叙事形态赋予成长小说以诚信的魅力，作为一种叙事美学形态，它确立了独特的审美理想和品格，但青少年文学作为儿童文学的"兄长"，既应该获得成长后的品格气质，还应该保存着童年的色彩与情趣。无论是描摹校园生活，还是探照成长秘密，仅以纪实传真的叙事形态远远不能满足他们的审美期待。成长是一个生理过程，更是对自我无限幻想的精神过程。所以，幻想在青少年的审美期待中占有与诚信同样重要的地位。剥夺了青少年的幻想权利无疑剥夺了他们的成长权利。一个人的成长中假如没有天马行空的奇思异想，没有仙山琼阁的神游梦幻，该是多么黯然，多么沉重。

需要反思的是，我们的青少年文学曾长期以现实主义创作方法为主导，从思想本质到艺术精神都过于严肃、严谨。"文以载道"的文学传统根深蒂固。教育理念、道德意识、人生准则、情操规范等所形成的价值体系，深深渗透在我们的审美心理中。缺乏浪漫主义精神的青少年文学，多反思，少幻想；多理性，少灵性；多务实，少冒险；多忧患，少超脱……这一切应和着我们的教育体制，极大地限制了青少年的个性张扬，也束缚了他们的自由精神，使他们过早地告别童真，走向老成。这一现象早已引起作家和批评家的反省，儿童文学界不断有"回归儿童本位""张扬游戏精神""提倡幻想文学"的呼声，也有一批儿童文学作家在不断探索、突破。但是在青少年文学中，真正的浪漫主义精神和诗美理想依然是严重匮乏的。这几年，青少年的成长小说似乎从"教育"立场转向另一个极端——"游戏"立场，成长人物的塑造也集中于"另类"——所谓的坏孩子、调皮捣蛋一类。以杨红樱的"马小跳"系列为例，作品具有较大的复制性和泡沫性，虽然有趣搞笑的故事层出不穷，但却毫无奇幻多姿的想象力与创新力。作者无非是将马小跳们校园内外的日常行为不断翻新花样，固然有阅读的吸引力，却难以产生审美的激发力和张力。这类以张扬游戏精神为目的的校园小说，在借鉴《长袜子皮皮》《小飞人卡尔松》《彼得·潘》等经典名著中的顽童形象时，只外在地模仿了顽童们的游戏规则和顽皮本性，却没有深入理解林格伦、詹姆斯·巴里等作家赋予顽童的审美精神内核，即他们对于"成长精神"的独特探寻和提升，其中必然也蕴含富有创新精神的教育思想。所以我们现在的流行写作中有了很多可爱的顽童，也充满了很多有趣的游戏，但悲哀在于，马小跳们却不能拥有彼得·潘的"永无乡"、卡尔松的"屋顶"和皮皮的"大海与霍屯督岛"所象征的精神领地和创造空间，马小跳始终跳不出现实，又怎能够获得自由飞翔的翅膀？作家们不能以神奇的想象给予现实以延伸、以补偿、以虚幻，就不能为成长主题提供迷人的诗美理想。

　　正因为中国青少年文学普遍存在上述种种缺憾，才反衬出曹文轩系列成长小说的浪漫主义精神和诗性品格。

　　如果从文体学角度看，曹文轩的成长小说系列中，有多半是自传体或纪实性的。比如长篇小说《草房子》《红瓦》《细米》等，少年主人公桑桑、林冰、细米的形象因为共有一个"原型"而使读者获得了极为相似的审美印象——机灵中的淳朴，野性中的羞怯，期待的焦躁，甜蜜的感伤，善意的恶作剧，还有隐秘细微的嫉妒心理，朦胧美妙的初恋情欲，紧张敏感的友情波动……我们之所以没有在相似感中产生审美疲劳，乃是因为作者赋予这些形象最真实、最真切的个性与气质，使他们无不神情毕肖、呼之欲出，并传达出作者亲历体验中的深刻感受，给人以亲切的感动。作者几乎不加虚构地再现了乡土情结中的"油麻地"——遥远而亲近的成长摇篮，那里流淌着清澈的河水，生长着茂密的芦苇，阳光下金泽闪闪的草房子，月夜里飘拂的荷香与笛声……然而，记忆中的故乡、人事、情景既是实实在在的，触手可摸，又是缥缈虚幻的。隔着时空的天河，记忆如星辰闪烁，神秘且虚幻，天河此岸的"我"对彼岸的"少年"充满了熟悉的陌生，于是被引诱着泅渡在遐想的时空河流里，幻化出一幅幅真实亲近却又匪夷所思的图景。小姑娘纸月如纯洁轻盈的月光，淡淡地洒进桑桑的心田，又悄悄消失在风雪人间；秦大奶奶的艾地侵犯了现代文明，但浓郁的艾香却弥漫着古老文明与悲剧人生的苦涩；红门里的骄傲少年在荒凉的大芦荡里体味灾变的恐慌，从此拥有了镇定和坚强；患上不治之症的桑桑在女教师日日不绝的药香熏沐下和"咿呀……呀，咿呀……呀"的无词吟唱中，感悟到生命的庄严，奇迹般获得生的信念与希望。①亦真亦幻的"纸月""艾地""红门""芦荡"等意象，被赋予了浓郁的诗意，蕴含着人生的象征意味。

曹文轩的另外两部长篇小说《根鸟》和《青铜葵花》，则完全具备浪漫主义抒情小说的美学特征，不仅虚幻色彩更为浓厚，而且其中诗意的境界也更为开阔。《青铜葵花》是以人世间的苦难作为成长底色，但苦难中升华的却是纯美与至爱。作者将意境美、人性美和成长美糅合得更为密切，展示得更为充分。

《根鸟》这部虚幻小说很容易让人联想到林格伦的童话小说《米欧·我的米欧》和《狮心兄弟》，虽然他们选择了不同的叙事形态，在

---

① 曹文轩：《草房子》，江苏凤凰少年儿童出版社，2005。

构思上也有较大差异，但对成长问题的哲理提升和诗意抒情，具有神韵相似的一面，比如成长过程中人生信念如何从树立到动摇再到执着；险境中的磨难和考验，给予成长的激励力量；战胜怯懦、孤独、诱惑的人格完善历程等。与林格伦在构思上的最大差异在于，林格伦以奇幻的想象，塑造了非人之魔"骑士卡托"和神怪之妖"卡特拉"，以此象征善与美的对立面和人格成长之大敌；曹文轩则虚构了"骗子黄毛""人贩子长脚""矿场工头黑布"等现实性很强的坏人和恶势力作为根鸟寻梦的障碍。因此曹文轩笔下少年的"成长仪式"是在"梦游"中的探索和"现实"中的遐想里完成的，从这一区别也可看出中国作家固有的现实主义情结。

三　叛逆骚动的荒诞况味

成长是一个人生理心理的生长发育及成熟发展的过程和经历，因为这个过程和经历充满了混沌困惑/敏感多思、骚动不安/羞怯犹疑、抗争叛逆/探索追求等多重矛盾对立又纠缠联系的个性因素，所以这是一个疼痛"如蜕"的过程和经历。经历成长者在遭遇一些人和事后，个性逐步明确、发展起来，意识与情感也逐渐"顿悟"。然而，有些人自此趋向成熟——在矛盾纠缠的境遇中，明智的抉择占据主导，愚昧荒唐的经历成为过去，于是他对人生与社会的认知也逐渐理性化，从而找到自己的社会位置和人生坐标，开始留下有意义的轨迹；但另一些人却因"顿悟"而幻灭——成长意义在残酷的现实教育或悲观的哲学启示中指向虚无，非理性的精神因素使其悬置于不知所终的"路上"。在欧美成长小说源流中，这两种叙事倾向大致代表了经典文本与现代文本的审美形态。中国 20 世纪 90 年代前后出现的一些先锋小说和新写实小说，受西方现代主义和后现代主义的影响十分明显，其中的成长主题因多与"动乱"背景相联系，又呈现出"文革"叙事所特有的荒诞色彩。

以苏童、余华、王朔、叶兆言等为代表的作家，个人的成长时代恰逢"文革"后期，现实社会丧失理性和秩序，缺乏温情与诗意。经济萧条，文化荒芜，教育瘫痪。无序的社会环境正好为青春叛逆期提供了自由释放本能的机遇和场域。成长就是造反，是叛逆，是骚动，是混乱。因此他们对个人的成长回忆采用了"不动情观照"，虽然也是亲历性的体验，但却冷硬地拂去回忆中的温情和亲切，只裸现成长历程中不安分的情绪和行为，构成喧闹骚动的成长景观，弥漫着令人窒息的荷尔蒙气息和血腥味。

"先锋主义"文学从其形式上看是刻意创造前卫的风格，从其性质上讲，则在于观念上的离经叛道，对主流文化和理性逻辑持以极端的反叛姿态。苏童与余华作为较早实践"先锋主义"的作家，对主流文化对个人成长的规范、制约和渗透进行了全面颠覆，有意排斥人性中对美与善的呼唤，拒绝成长中的人文关怀和理想教育。所以，他们笔下所谓的成长"引路人"——父兄师长们，或者凶暴粗鄙、愚蠢下流，或者卑俗自私、虚伪懦弱；母亲的形象也丧失了神圣性，她们在男人的淫威下生存，在困顿卑琐的世俗生活中苟活，母性与爱心被销蚀、被玷污，最终的结局只能是死亡或疯狂。面目全非的亲情与人伦关系笼罩于不幸的童年、孤独的少年、虚妄的青年。余华的《在细雨中呼喊》正是这样一部关于"成长劫难"的冷酷证词。父亲在儿子眼里竟然是一个"彻头彻尾的无赖"，寡廉鲜耻，淫欲无度，在光天化日下将妻子扯到别人家的长凳上进行发泄，公开与寡妇通奸，还因为调戏儿媳妇被长子割下一只耳朵，最后淹死在粪坑里；兄长不仅充当着父亲的帮凶以毒打胞弟为乐，也像父亲一样爬进寡妇的窗户，让母亲蒙羞；那个"有着令人害怕的温柔"老师，以变态的心理和变幻莫测的方式惩罚着幼稚无助的小学生；继父继母非常态的关系使他寄人篱下的日子弥漫着更为可怕的迷惑与孤独。苏童在《舒家兄弟》里塑造的父亲形象，同样是无耻下流的恶棍，他教育儿子的方式除了狠毒的暴力，就是邪恶的示范，竟能用绳子将儿子绑在床上，用黑布蒙住他的眼睛，用棉花塞住他的耳朵，然后放肆而无耻地与相好在地板上寻欢作乐；兄长舒工小小年纪就已经靠打群架和欺辱女孩子出名；弟弟舒农在对父亲和哥哥的罪恶偷窥中滋生邪念和仇恨。①

因为人生最初的"导师"缺失，或者说父母兄长之辈以庸俗放荡、自私虚伪的行为方式直接影响、诱发了青春期的欲望冲动，使得成长叛逆更为邪恶、野蛮，体内奔突冲撞的骚乱欲望和反抗情绪不能得到理性平息或以文明的方式疏导，就只有通过暴力游戏或性欲发泄来满足成长"快感"、证明成长"威力"。

苏童在《刺青时代》《城北地带》等"少年血"系列小说中，描绘了一群游荡于社会的少年群像，他们怀着谵妄狂躁的欲念四处寻衅，无事生非；他们在身上刺上动物图案，成立"野猪帮""白狼帮"，在垃圾瓦砾堆上浴血奋战，在大街小巷里追逐打闹，以盲目的流血和死亡呈现少年英雄本色。这便是属于那个特殊成长时期的酷烈游戏。叛逆的代价也是成长的代价，于是他们在懵懂中突然变得"老气横秋"。

中国传统文化中的"性"意识浸染着淫秽与罪恶，几千年来压抑扭曲着人之本性。"爱"与"性"的背离、对立、错位，使爱情与性欲不能和谐、健康、完美地在人性中得到统一，却常常在禁锢中践踏、残害着人的正常身心。在文化专制的动乱年代里，在文明遭受前所未有的摧残蹂躏之时，爱情甚至也不能以神圣美好的形态存在，几乎与流氓作风、资产阶级肮脏思想等一并成了令人避之不及的垃圾。这使那些情窦初开、性意识萌动苏醒的少男少女经历了最混乱、最愚昧、最可悲的一段人生。在苏童的《舒家兄弟》《桑园留念》，余华的《在细雨中呼喊》，王朔的《动物凶猛》，王彪的《成长仪式》，叶兆言的《没有玻璃的花房》，王刚的《英格力士》等作品中，作者们从成长体验出发，真切地展示了那些正在旺盛发育的少男少女的青春骚动，他们一方面因对性冲动的无知而惶惑，被本能的羞耻感所折磨；另一方面却又因叛逆而堕落，以鲁莽甚至变态的性行为发泄过剩的欲望和精力。

---

① 苏童：《舒家兄弟》，《苏童小说集：刺青时代》，上海文艺出版社，2004。

《舒家兄弟》中的舒工以粗野的行为征服涵丽，他们像一对饥饿的野猫，在旧板箱里、在石灰场疯狂地偷尝禁果，当涵丽怀孕后，俩人又赌气似地玩了一把自杀游戏，涵丽为此付出了生命的代价；《桑园留念》里的少女丹玉被小流氓肖弟多次带到医院打胎，最后却是和毛头抱在一起死了。如果说，苏童是借"香椿树街"这条狭窄、潮湿、污浊的南方老街来聚焦底层社会的鄙俗淫秽，揭示"南方的堕落"由来已久，必然代代相传，以暴力和淫乱为最直接的启蒙教育，成长的仪式也只能在暴力和淫乱中完成，那么，作为文明阶层的知识分子，是否具备了文明传承和人性救赎的可能？不幸的是，丧失了主体性的启蒙者，其自身的蒙昧愚陋更是如坚冰一般顽固而冷酷。

《在细雨中呼喊》里的苏宇、苏杭兄弟成长在医生家庭，本来有令人羡慕的文明的成长环境和"引路人"，但他们所得到的文明熏陶几乎为零。父亲像所有庸俗男人一样禁不住寡妇的诱惑，这件丑事虽然被父母"文明"地掩饰了，可敏感脆弱的苏宇却为此蒙羞，自卑、忧虑、慌乱的情绪折磨着少年单纯的心。身为医生的父亲，对儿子们青春发育期"爱"与"性"的饥饿和骚动漠然无知，唯有他医学书籍里的人体插图成了孩子们的启蒙教材，结果苏杭为了要看看"真的"，竟然去欺辱一个年届七十的老奶奶；欲望中烧的苏宇昏头昏脑地在街上拥抱少妇，转眼间成了流氓犯被揪上台批斗，还被送去劳动教养一年，一个善良聪明又非常羞怯的男孩最终被荒谬时代的愚昧文化和冷漠亲情所毁灭。

《英格力士》以边疆少年刘爱成长中与他人的关系为镜像，折射出一个时代的悲剧缩影。刘爱狂热地迷恋着 English 和讲究仪表风度、代表着文明与高雅的英语老师，这在践踏知识、野蛮荒芜的"文革"时期像稀世芳草一般珍贵。然而刘爱的父母——这一对出身清华、留学苏联的高级建筑设计师，不以为荣，反以为耻，他们粗暴地禁止儿子与英语老师交往，以最不文明甚至不讲理的方式侮辱这位传播文明与爱的英语老师，而在那些愚昧霸道、荒淫无耻的政客面前，他们却唯唯诺诺，卑躬屈膝。刘爱在生理的成长过程中，按捺不住欲望的冲动，做了每个男孩都可能做的事，虽然"手淫"在母亲眼里（也在中国文化传统意识中）是堕落无耻的符号，但他的英语老师让他在英语词典里发现了"自慰"一词的人性化含义，为此英语老师又多了一项"流氓教唆"罪名而遭受到刘爱母亲恶狠狠的耳光。刘爱多次去澡堂窗上偷窥女老师阿吉泰洗澡，被看者尚能坦然面对孩子无邪的骚动心理，然而道貌岸然的伪君子们却再次将污水泼向英语老师，他以"流氓教唆犯"的罪名被判了10年重刑，这位文明的殉道者饱受文明的凌辱，留给成长者刻骨铭心的伤痛。①

余华、苏童的成长小说在精神实质上具有"先锋主义"倾向，但在叙事形态上却充满了"新写实"的意味，"零度写作"观渗透其中。他们既不像"父辈"作家那样去揭示民族伤痕、反思历史悲剧，也不同于"兄长"作家在怀疑与迷惘中抒发"沉沦的痛苦"，追寻"苏醒的欢欣"②，所以在他们的成长叙事中，显然不存在忧患意识和问题意识，也不刻意追求反思、批判精神。秦文君、虹影、陈染等女作家在反顾回忆成长经历时，既有亲历时的观照和体验，又有反顾时的审视，双重视角下的成长叙事便蕴含了丰富的情愫和思绪，女性成长风景中充盈着她们自身情欲的波动和主体诉说的絮语；而在苏童、余华的文本中，成长纪实只在回忆中呈现而不在回味中释义，审视的视角和反思的寓意被遮蔽。在他们的成长叙事中，承载意义的历史事件与社会矛盾隐退边缘，只剩若有若无的背景，而日常生活却被还原到历史和现实的中心，为此他们不回避任何庸俗粗鄙的人生图景，并在"纪实"的过程中把它们进行了夸张、放大化的虚构，从而形成了带有拒绝意义的文学意义。余华说："我的写作就像是不断地拿起电话，然后不断地拨出一个个没有顺序的日期，去倾听电话另一端往事的发言。"然而他也特别指出：

---

① 王刚：《英格力士》，人民文学出版社，2004。
② 舒婷：《致大海》，载《双桅船》，上海文艺出版社，1982，第3页。

"回忆的动人之处就在于可以重新选择，可以将那些毫无关联的往事重新组合起来，从而获得了全新的过去。"① 苏童也曾这样解释他对香椿树街的回忆："一条狭窄的南方老街（后来我定名为香椿树街），一群处于青春发育期的南方少年，不安定的情感因素，突然降临于黑暗街头的血腥气味，一些在潮湿的空气中发芽溃烂的年轻生命，一些徘徊在青石板路上的扭曲的灵魂。……我记录了他们的故事以及他们摇晃不定的生存状态……我知道少年血在混乱无序的年月里如何流淌，凡是流淌的事物必有它的轨迹。"② 由此断定，无论是滋润"呼喊"的"细雨"，还是黏稠的少年血迹，都饱含了"成长况味"，也饱含了"文学意味"。

然而，从青少年文学审美期待的视域来观照成长小说，余华、苏童的格调过于阴暗了，残酷乃其大伤，而大伤则无益于成长。王刚的《英格力士》写得很悲郁却又很浪漫，像天山上的积雪，那是生命中不能承受的记忆，却在秋天的阳光下温馨如诗。这部并不完美的成长小说堪称当代成长小说经典。

第五节　报告文学对青少年成长困境的披露和关怀

青少年的成长——作为密切联系政治、经济、教育、文化、道德、心理等社会问题的"敏感地带"，一向吸引着报告文学家们积极关注的目光。20世纪80年代，孟晓云的《多思的年华》，罗达成的《少男少女的隐秘世界》《十七岁，在金字塔尖》，肖复兴的《和当代中学生通信》等全景式的作品，承载着作家们沉甸甸的责任感、使命感，引起较大反响。一些儿童文学作家如李楚城、刘保法、孙云晓、庄大伟、董宏猷、邱勋、伍美珍等，他们也用报告文学这一新闻性极强的文学形式，

---

① 余华：《在细雨中呼喊》（意大利文版自序），南海出版公司，1999，第3页。
② 苏童：《自序》，《苏童文集：少年血》，江苏文艺出版社，1994，第2页。

及时追踪时代发展变化中的青春潮汛，真实展现校园风貌和青少年的精神世界。20 世纪 90 年代问世的"中国少年报告文学丛书"（8 种），荟萃了青少年报告文学的佳作，像《青春阶梯》《21 世纪的眼睛》《找回失去的太阳》《花季中的风雨》等，从不同视角和侧面，展示了当代青少年的活力与风采，真实揭示了成长过程的艰难曲折并传达出丰富的感受与体验。

进入 21 世纪以来，多元而复杂的文化现象与价值观，使在消费时代成长起来的新一代普遍存在精神追寻的迷惘，教育面临新的挑战，存在新的危机。应试教育的弊端，素质教育的误区，加重了青少年的心理压力；情感萌动与性躁动的困扰，使成长的步履常常误入迷途；农村留守孩子的生存危境与情感缺失尚未引起全社会的关怀及干预；"问题少年"的犯罪倾向与校园暴力的恶性事件也在频频发生。严酷的现实矛盾与忧患，使那些已经远离童心的天真却又尚未拥有成熟思想的青少年们，困于难以承受的成长焦虑，特别需要在直面现实的文学中寻找理解、安慰，受到精神启迪和引导。青少年报告文学以直击现实的积极姿态，关注青少年的成长困境与问题，反思、批判不利于青少年人格精神培养和发展的社会机制与教育观念，呼唤健康优质的文化生态，激发青少年的审美理想，产生了具有震撼力的社会影响。

一　溺爱与摧残夹缝中的"独一代"

20 世纪 80 年代中期开始从事青少年文学创作的女作家陈丹燕曾感慨万端地说："中国的独生子女社会到来了……在这个时候，整个社会对孩子这一代人非常困惑，不知道这一代人到底是什么样子的人，他们会怎么样，他们心里到底想的是什么，因为没有人的童年经验可以帮助成年人来正确地判断在独生子女社会中成长起来的一代新人。"① 这一代新人正因为多数是"独生子女"而使他们的生命显得格外珍贵，成

---

① 陈丹燕：《变化中的中国儿童和青少年文学》，《文学报》2006 年 2 月 16 日，第 5 版。

为每个家庭的无价之宝，因此曾被冠以"小皇帝"称号。涵逸80年代写的报告文学《中国的"小皇帝"》，以一个个采访的实例，披露中国人对孩子的过度溺爱到了无原则、无条件的地步。然而作者如果能跟踪一下"小皇帝"后来的成长，进一步观察他们上学后的"十年寒窗"，也许会得出一个截然相反的结论。这些"小皇帝"的生命和心灵是否得到了社会与家庭的真正关爱呢？望子成龙、成凤的父母们，因为所有的希望和教育成败系于唯一的孩子身上，往往在生活上极度宠爱孩子，但在学业上却严酷苛刻地要求孩子拔尖、超凡，于是父母与子女的亲情关系变为紧张冲突的对立关系。在溺爱与摧残的悖论情境中，"独一代"似乎已经没有了自由呼吸的空间。他们常常在家长、老师过高的期望和要求中身心疲惫、焦躁不安；在残酷竞争的考场上、没完没了的题海战役中厮杀搏斗，被煎熬折磨得死去活来。他们的世界变得狭小，心灵变得脆弱，为什么有那么多的花季生命转瞬凋谢？那些轻率放弃生命的孩子，那些深陷逆境苦苦挣扎的孩子，令人扼腕痛惜，更需要社会良知和道义的拯救。

青年女作家韩青辰因为"警察"的特殊身份，接触到大量不忍目睹却要悲痛面对的惨案与悲剧，她"和着血泪"写出一部"未成年人成长危机报告文学"《飞翔，哪怕翅膀断了心》，"就是希望用文字的壁炉烘干苦难中的孩子们的心头的阴霾，给他们精神上的援助、扶持，让他们尽快摆脱困境，获取力量"①。在这部作品中，她写了各类不幸遭遇中受戕害的孩子，也写了沉沦中残害亲人与他人的小罪犯的黑暗世界。离异家庭的孩子，那份缺失的爱、隐隐的忧伤，用什么能够来填补、化解呢？被爸爸当作珍珠一般百般呵护的任性少女，或许就是缘于心底深处的自卑，为了同心爱的男孩赌气就飞越栏杆从楼顶跳下去了（《为谁飞》）；文若从小被母亲精心栽培，获得无数令人羡慕的荣誉，

---

① 韩青辰：《选择坚强——写在"未成年人成长危机报告文学集"后面》，《飞翔，哪怕翅膀断了心》后记，少年儿童出版社，2006，第296页。

过大的精神压力使她得了抑郁症，在将要被保送去名牌大学的时候，被同样患有抑郁症的天才父亲亲手扼死（《遥远的小白船》）；下岗、离异、穷困潦倒的父亲把儿子当成发泄的出气筒，但儿子体谅父母，尽力把破碎的日子糊下去，这个刻苦读书期望通过高考改变命运的不幸少年，却因为讨要学费被发飙的父亲用菜刀差点砍死（《窒息》）；自卑孤独的14岁男孩只有在网络虚拟的爱情中才能找到温暖，他沉迷其中有滋有味地当起了"爸爸"，而回到"现实"的他却是个自私冷酷的不孝之子，最后竟然残忍掐死了相依为命的妈妈（《苏醒》）；那些因家庭变故被命运抛弃的孤儿、流浪儿们，他们如荒野的小草，在恶劣的处境中被践踏、欺侮，有的被逼上犯罪道路（《碎锦》《错位》）；凯子是一个经常挨揍却又屡教不改的调皮鬼，因此有了带头干坏事的恶名，一天他串通三个孩子去小河游泳，当其中一个孩子溺水时，凯子不许同伴去喊人来营救，还把溺水者的衣服藏起来，这么做只是因为怕挨打、被老师批评，最后凯子疯了（《阴影》）……这些悲剧给人们留下难以抹去的阴影，但作者在悲剧后面是对成人社会的深刻反省，她认为"我们监护人首先得清除自己意识上的阴影和误区，让我们真正懂得关爱孩子！"，我们对待孩子"任何的偏差都会给他们的性格甚至人生投下浓重的不可抹去的阴影"①。

　　因为意识到这些悲剧是写给未成年人看的，韩青辰特意在每篇作品后面附上"作者的话"，记述自己采访案例时的经过和感受，从中悟到的人生哲理。这不仅强化了报告文学的真实性和参与性，也产生了一种很有亲和力的审美感染，如春风细雨滋润着青少年的心灵。

　　随着"农民工"大量涌入城市，他们身后抛下2000余万亟待生命关怀的孩子——农村留守儿童，阮梅的长篇报告文学《世纪之痛：中国农村留守儿童调查》向我们展示了特殊的弱势群体的另一种生存状态和困境。这些被外出打工的父母抛弃的"孤儿"们，被寄养在祖辈或亲

① 韩青辰：《阴影》，载《飞翔，哪怕翅膀断了心》，少年儿童出版社，2006，第170页。

友家中，失去亲情关怀，缺少教育和监护。他们在成长的"危险时期"，不仅思想、性格、心理上出现严重问题，而且存在更为复杂的摧残身心健康的"杀手"，疾病、事故中的意外伤亡时有发生，被不法分子拐卖、强奸的案例也在剧增，还有留守儿童的犯罪倾向等，这些问题已经构成当今社会一个很大的隐患。① 报告文学作家不回避现实矛盾，直击社会问题，坚守报告文学的批判品格，给现实主义文学注入新的生命活水。

简平的报告文学集《阳光校园拒绝暴力》，也是一部关怀生命、给人强力震撼的作品。作者以沉重的笔触揭露校园暴力真相，校园恶棍们极端暴虐歹毒的手段令人发指，为人师表者野蛮的施暴行为令人痛心，而杀人不见血的"软暴力"更令人忧愤交加，难以释怀。陕西某中学初三男生周晓萌在学校被评为"最差学生"后服毒自杀了。荒谬绝顶的"民主选举差生"事件，在一位中学生写的报告文学《一个中学生的学习札记》中也有披露。且不说这种做法已经严重亵渎了民主的神圣性，就说这些所谓的"差生"仅仅因为成绩差或纪律差就要注定被打入另册、失去做人的尊严吗？周晓萌是个活泼开朗的男孩，表达能力强，作文写得好，与同学相处得很好，只是在自习课上喜欢讲些笑话逗同学乐。班主任在班里举行了两次"民主选举"，让大家选出上课最爱讲废话的学生，结果在班会宣布选举结果时，周晓萌最担心的事情终于落在他头上。这还不够，老师勒令"差生"家长周六到学校开会，"此时此刻，周晓萌觉得自己的自尊心彻底被摧毁了"②，似乎早有导演安排好了高潮与剧终，只等着他进入"角色"，家长会后，在老师同学面前他遭到父母的臭骂，带着抹不掉的羞辱他选择了不归之路。

简平认为："暴力文化的流行助长了校园暴力。'狼文化'的商业炒作铺天盖地，充斥着暴力情节的影视、动漫、游戏无孔不入。"他呼

---

① 阮梅：《世纪之痛：中国农村留守儿童调查》，人民文学出版社，2008。
② 简平：《阳光校园拒绝暴力》，中国福利会出版社，2006，第79页。

吁文化艺术的"创作者、制作者、出版者，乃至新闻传媒，实在应自觉地为青少年的成长担当一份责任，面对孩子，要有最起码的良知和责任感"①。相信这也代表了每个家长、教师的急迫心愿。

二　高考指挥棒驱策下的教育迷失

中国教育改革已经进行了几十年，人们对于现行教育体制的不满与失望，也早就到了"冰冻三尺"的程度。曾有一篇 3000 多字的报告文学引发了一次强烈的"教育地震"——1993 年被各大报刊、电台、电视台转载、播发的《夏令营中的较量》（孙云晓），在全国产生巨大反响。这篇作品记述了 1992 年 8 月在内蒙古举办的草原探险夏令营中，中国孩子与日本孩子的行为表现和差异，鲜明的对比下暴露了中国孩子的素质弱点，而这些弱点也正暴露了中国教育的弱点、民族的弱点。不知道这篇作品的影响与之后开始提倡的"素质教育"有没有直接的关系，但可以肯定的是，从此有更多的、更沉重的问号压在了人们的心头，我们的教育本质、教育目的究竟是什么？教育应该朝什么方向发展？我们的孩子为什么没有学会生存？他们靠什么实力参与未来的竞争？

"较量"风波已经过去 30 余年了，当年激越的论辩声犹在耳边回响，教育现状发生了什么根本性的改变吗？看得见的变化是，小学生的书包更沉了，中学生不戴眼镜的更少了，社会上五花八门的各种补习班、特长培训更加兴旺发达了。如果说我们在 80 年代报告文学《黑色的七月》（陈冠柏）中感受到的还只是 7 月（高考）的黑色恐怖，那么现在可以说月月都有黑云压顶的时候——两天一小测、三天一大考并不仅仅是高中学生的家常便饭，"有调查显示，小学生每学期考 11 次，初中生每学期考 26 次，中小学生几乎人人都有过'考试恐怖症'"②。舒云在 2005 年发表的《高考殇》中，以大量典型的事实材料，揭露了

---

① 简平：《阳光校园拒绝暴力》，中国福利会出版社，2006，第 148 页。
② 舒云：《高考殇》，《北京文学》2005 年第 10 期，第 15 页。

"考试"摧残下中学生与小学生们的可悲处境与灰暗的心态。一位考生写道:"因为我的成绩差,考大学无望,在学校教师讥讽,同学嘲笑,在家里父母打骂。我虽然是个人,他们却从不尊重我的人格,不愿给我一个笑脸。我每年每天每时每分每秒都生活在自卑之中。你想一想,我这样活着有什么意思?明天高考,我希望每年的今天都是我的死亡纪念日!""武汉一位 14 岁的中学生,白发满头。他每天早晨 6 点起床,晚上 11 点睡觉,没有双休日。放学后学校补课,回家写作业,上厕所、吃饭也在背英语单词。""一位五年级男生说我就要累死在'起跑线'上了。"① 调研统计表明,过重的课业负担和考试压力,已经对青少年的身心健康造成普遍性的伤害,失眠、抑郁、焦虑、暴躁、自卑,对生活丧失热情,对社会产生敌视,与同学、老师、父母关系紧张,有心理问题的青少年远远高于成年人。压力到了极限,必然酿造出生命毁灭的悲剧。仅在这篇作品中列举的自杀案例就有 31 起之多,真是触目惊心!

笔者注意到,这些年"高考"报告文学层出不穷,在《北京文学》杂志就看到八九篇,实在是中国文学一道独特的灰色风景。按照一般家长和老师的观点,尽管我们成人对应试教育满腔怒火满腹苦水,但不宜在孩子面前表露,因为他们别无选择要过这残酷的"独木桥"。那么这些抨击批判教育体制、揭露阴暗弊端的报告文学应该是面向青少年读者的还是写给成人看的呢?这是一个有争议的问题。然而,即使青少年们没有读到这些文学作品,但在现实中他们是悲剧的主角,不仅有痛切的感受和体验,还有自己独到的思考和认识。

发表于《北京文学》2005 年第 12 期的报告文学《一个中学生的学习札记》,是当年北京广梁门中学高三女生李璩璐写的,这篇近 4 万字的作品视野开阔,思维敏锐,她站在青少年精神生命层面,透过发生在自己身边的无数活生生的事例,审视、控诉操纵他们命运的考试,挫伤人的尊严和心灵的"排名制"。一位高考落榜跳楼自杀的女孩,遗愿是

---

① 舒云:《高考殇》,《北京文学》2005 年第 10 期,第 19 页。

来生做一条有自由的"小鱼"，这是多么令人震撼的悲剧。作者对所谓听话的"好孩子"和被"学习成绩"驱逐到劣势人群中的"差生"的反思，也颇有独到的认识，专制势力就是这样常常以神圣的名义剥夺孩子的平等权。对教材不满的同学们用生动形象的语言，嘲笑"束缚思想"的教科书是"学生最不爱读却又读得最多的书"，是"不得不读，可没准儿最终读了也是白读"的书。作品还深刻揭示了在"考试棍棒"打击下，学生与父母、老师的关系已经严重紧张化、甚至对立化的现状，发出所有孩子心中的无奈哀叹："我们 VS 家长，我们 VS 老师"……一位中学生的观点或许还不够成熟，或许还带有情绪化的偏激，但质朴的议论中已经包蕴着宝贵的独立思想。请看下面的精辟议论：

> ……纪律的严肃性、权威性，让我们的学生产生了盲从的认同和深深的畏惧心理，以致连正常的要求都不敢提。在这种缺乏人道的纪律中，学生的个性被压抑，人格遭扭曲，学生达到齐刷刷的要求成了一个统一的模式。这难道不是应试教育的弊端所在？我们应该警醒！
>
> ……
>
> 培养我们的创新精神是难上加难，但是想要扼杀，似乎是任何一位老师和家长都能轻而易举做到的。[1]

这是一个稚嫩纯洁却又苍凉悲戚的灵魂向神圣教育的叩问。袁鹰先生曾借龚自珍的诗句"少年哀乐过于人，歌哭无端字字真"[2]来评价青少年报告文学，这一概述的确是非常深刻的。

三　为青少年的精神成长支撑"一片蓝天"

与 20 世纪八九十年代的青少年报告文学相比，近 20 年的作品似乎

---

① 李琭璐：《一个中学生的学习札记》，《北京文学》2005 年第 12 期，第 47、51 页。
② 袁鹰：《写不尽的少年心事》，载《中国少年报告文学丛书》（序），贵州人民出版社，1995，第 7 页。

淡化了对"小名人""小神童""小英才"的热捧,而是更多地关注普通孩子的成长困境,更多地揭露问题,展示悲剧,但这并不意味着作家们忽略了对青少年的正面引导,在当今社会文化观念多元并存、杂糅交错的背景下,特别需要文学为青少年支撑"一片蓝天","用优秀作品潜移默化地影响和感动未成年人的精神世界,养成他们人之为人的价值观、道德观、人生观、审美观,打好人性向善的基础"①。

王书春的《一个女孩的真实故事》,为我们讲述了东北偏远林区一个女孩的多舛命运和传奇人生。这位名叫张春晶的女孩家境贫苦,父亲常年卧病在床,算命先生说她是父母的克星,于是在她 6 岁、11 岁时两次被送人,但她都历尽千难万险逃回家来。小学毕业没钱上中学,她自学了初中课程,在林区中考时"借考"竟考了第一名,然后她靠打工的微薄收入读完高中,考上大学,却又因为父亲病重等着钱治病而退学。次年她又以优秀的成绩考入吉林工业大学,这位不向困境低头的倔强女孩,靠做家教、打工来解决上学费用,每月还给家里寄去 150 元为父亲治病。她带动其他贫困生办校园书店,解决他们的生活困难。苦难磨炼了张春晶的意志,使她更懂得珍惜,更敢于挑战自我,她积极向上的人生态度和自信坚韧的精神品格为青少年们树立了典范。②

2008 年,13 岁的沈阳少年马鹏飞被评为"中国真情人物",这位少年为何能够感动中国?张杰写的报告文学《少年茁壮》在《中国青年》2009 年 14 期刊出后,很快被各大媒体转载、报道。当年 9 月 1 日在中央电视台的"开学第一课"节目中,我们看到了这位朴实可爱的男孩,之后他成了中小学生作文中频频赞美、崇拜的"明星"。马鹏飞出生后就被父母遗弃,与体弱多病的奶奶相依为命,4 岁时,奶奶双目失明,他柔嫩的小小肩膀开始担负生活的重担,以深情的爱和纯真的孝

①　王泉根:《支撑起儿童文学的一片蓝天》,载韩青辰《飞翔,哪怕翅膀断了心》(序),少年儿童出版社,2006,第 2 页。
②　王书春:《一个女孩的真实故事》,载高洪波主编《感动共和国儿童的纪实报告》,少年儿童出版社,2009,第 206 页。

心，帮助奶奶与疾病抗争，给老人带来希望和快乐。在磨难和艰辛中，他像一棵在风雨中挺立的小树，茁壮成长，乐观向上。

曲兰的《从分数重压下救出的少年英才——一位母亲和她儿子的故事》① 和李明的《一个高考落榜生的成才之路——〈从分数重压下救出的少年英才〉续篇》② 讲述的都是"差生"逆袭的成长奇迹，突出的是"励志"主题。曲兰的儿子从小不爱学习，成绩一向"令人头痛"，焦灼的母亲不惜一切代价，想尽一切办法企图把儿子的学习搞上去，但毫无成效。万般无奈中让他学习电脑，不曾想他在以互联网为基础的数字化教育中找到了志趣和自信，毅然从中专退学，很快自学成才，竟然可以走上大学讲台讲课，18 岁时已经闯过了微软认证考试中难度最高的两项国际性考试，一跃成为"亚洲最年轻的数据库专家"。于是，原本让母亲灰心失望的儿子也一跃成为她报告文学中的传奇人物。曲兰的这篇报告文学在《北京文学》刊出后反响热烈，创业成功的年轻人李明读后产生强烈共鸣，于是到《北京文学》编辑部毛遂自荐，很希望以自己的经历，给众多的高考落榜生一些鼓舞，激励他们勇敢走出属于自己的路。与曲兰的"母亲视角"不同，他的《一个高考落榜生的成才之路》，展现的是自己的"心路历程"，感受更真切、细腻，有更丰富的精神内涵。

成长需要壮美精神的大旗导引，也需要清泉细流点点滴滴浸润心灵的感悟。刘东的《孤旅》，带给我们温馨如诗的成长况味。高二男生李城生活在一个离异后重建的家庭，孤身生活在外地的生母在得知自己患上不治之症后，私下交给他一个装满钱的帆布包……一笔巨款让李城背负了一个沉重的秘密，使他走过一年不平静的内心"孤旅"——同父异母的妹妹在幼儿园出了意外事故，为了筹集高额的手术费用，父亲和继母每日长吁短叹，李城却"像一个窃贼那样沉默着"，虽然最终借到

---

① 曲兰：《从分数重压下救出的少年英才——一位母亲和她儿子的故事》，《北京文学》2002 年第 5 期。

② 李明：《一个高考落榜生的成才之路——〈从分数重压下救出的少年英才〉续篇》，《北京文学》2002 年第 10 期。

钱让他暗暗松了一口气，但妹妹在进手术室前哭着叫"哥哥"时，他羞愧流泪了，意识到自己错过了无可挽回的东西。暑假学校组织去旅游，继母为他收拾行装时发现了那个帆布包，突然看见这个包，他心灵震颤了，他"把帆布包忘在了身边的衣柜里，也把妈妈忘在了遥远的哈尔滨，忘在了死神脚下"。经过漫长的无眠之夜，第二天他独自踏上旅途，他要去看妈妈，把那一包钱还给妈妈。正如作者所说："几乎所有的成长都注定要经历一段或长或短的孤独旅程——也许只是因为一个人一件事一句话一个眼神甚至什么理由也没有而只是因为成长本身。"①

王巨成的报告文学集《我们的青葱岁月——中学生情感和心理成长写真》，以贴近生活和心灵的真诚姿态，感悟成长疼痛，呼唤理解沟通，反省教育误区。他以流畅优美的文笔，展示了青少年们善良、纯真、敏感、丰富的心灵世界，特别突出了他们为维护尊严、道义、良知而表现出的精神力量。对于迷途中、悬崖边的孩子，有悲悯的情怀，也有人性的冷峻审视和批判。王巨成的青少年报告文学有独特的叙事风格，常用"你"作为叙事人称，但"我"的主观叙事又是主导性的，"你"乃是"我"关注中的你，思考中的你，既体现了与叙事对象的平等关系、亲密关系，又产生了浓厚的抒情氛围，给人很强的感染力。②

---

① 刘东：《孤旅》，载高洪波主编《感动共和国儿童的纪实报告》，少年儿童出版社，2009，第191页。
② 王巨成：《我们的青葱岁月——中学生情感和心理成长写真》，少年儿童出版社，2010。

第五章 纪实（非虚构）文学：叙事伦理与文体范式辨析

纪实性（非虚构性）的文学写作或文学作品具有源于"纪实"的真实性，应该是伴随着文学的产生就存在的。比如一些古已有之的文体——历史散文、传记、游记等，即使在古代未将它们归属到文学的种类，但从本质上说它们都是纪实性的叙事文体。纪实文学作为一个特指的文学概念是现代社会的产物。在中国，这一概念的通用和流行也始于20世纪80年代中期。然而从那时起，围绕纪实文学的概念确立和创作实践就一直争论不休，纪实文学一直被视作"亚文学""非文学"而未能全面纳入文学史的研究范畴。

在改革开放的40年间，肩负时代"传真"使命的纪实文学得到迅速发展，出现繁荣景象。创作主体的文体意识日趋强化，而大量涌现的纪实性作品进一步呈现出文体交叉与兼容的活跃。凡此种种，表明以报告文学为主力的纪实文学种类，从创作观念到创作实践都处于积极嬗变的状态。那么，借鉴国外"非虚构（Nonfiction）"文学经验，确立更有包容性的非虚构大视野，对各种类型的纪实文学进行观照探讨，或可形成有益于此类文学生存与发展的良好生态。

代表中国文学主流趋向的《人民文学》杂志，2010年第2期开始新辟"非虚构"栏目，并组织发表了一系列"非虚构"作品，遂引起广泛热评。但是倡导者却说："何为'非虚构'？一定要我们说，还真说不清楚。但是，我们认为，它肯定不等于一般所说的'报告文学'

或'纪实文学'。"① 既然要强调"非虚构"与"纪实"的不同，而又无法从本质上阐明二者的文体属性之差异，这在当前不少热衷于"非虚构"写作和批评的作者中，也是具有代表性的现象。对这些称谓不同、概念界定不清、理论批评不力的"纪实性"（"非虚构性"）写作现象进行辨析，固然存在困难，但即使分歧较大，难以形成共识，也不能回避争鸣。纪实（非虚构）写作在当代世界文学发展的整体趋势中已经成为主要潮流，所产生的影响也越来越广泛，因此理论探索与研究的重要性再次凸显出来。

第一节　纪实（非虚构）文学概念之辩

20 世纪以来，新闻媒体为人们了解社会、关注现实提供了快捷而方便的途径，为让人们对重要新闻和时事动态及其相关人物有更充分、更深入的了解、认识，新闻的文学化以及文学的信息化成为记者与作家的自觉选择，于是产生了诸多新闻与文学结合的新型文体——诸如文艺通讯、人物速写、大特写、见闻随笔、新型游记等。这些文体孵化出报告文学这一新兴而独立的文学样式。伴随着报告文学影响力的扩大，又出现新新闻主义（也称非虚构小说、纪实小说）、新传记体文学（包括传记小说）、口述实录文学、纪实性影视文学、纪实性摄影文学……这些文体种类称呼不一，且因交叉糅合了多种文体因素而呈现出不确定性和自由变化的弹性空间，但就其"纪实"——也即"非虚构性"这一根本特性而言，它们与虚构性叙事文学有了明显的界限和差别，于是在叙事伦理层面建构了恪守"真实性"的原则。国外通常把一切纪实性的叙事文学统称为"非虚构文学"。

由此可见，纪实文学是产生于现代社会的一些非虚构性叙事文学种类的泛指，它是一个文类概念而非特定的一种文体模式。它包含了多种

---

① 《留言》，《人民文学》2010 年第 2 期，第 3 页。

纪实性叙事文体，但这些叙事文体既有联系又有区别，呈现出各自独特的文体质貌，在进行理论批评时不应一概而论。

一 纪实（非虚构）写作"介入"传统文学观

"纪实"与"非虚构"的文学探索，已经对中国当代文学的整体格局产生了积极影响。早在20世纪80年代末，当理想主义的"寻根"于焦躁窘迫中无疾而终，当"先锋"作家过度操纵形式而陷入迷宫，文学必然再次呼唤"写实"与"体验"。纪实的写作立场与非虚构的叙述策略或隐或显地介入一些小说家的创作，甚至在某种程度上改变着他们的文学观。比如，张洁从《爱，是不能忘记的》的理想主义抒情，到《无字》剥开所有伪饰裸现世态人情残酷本相的写实，张贤亮从《绿化树》不乏矫情的苦难叙事与思想升华，到《我的菩提树》对历史灾难中灵与肉备受践踏的屈辱痛苦的还原实录，两位在新时期都曾引起过争议的作家在后期创作中对个人经历的历史和现实都进行了颠覆性的重写。贾平凹从泡在文化圈子里刻意营造"废都"寓言，到深入西安的大街小巷，写出《高兴》这部堪称"城市拾荒群体的考察报告"，完全来自作家自身的觉悟。他过了不惑之年却常常被"到底该去写什么，我的写作的意义到底是什么"所困惑，《高兴》意味着新变。他在后记《我和高兴》中说："在这个年代的写作普遍缺乏大精神和大技巧，文学作品不可能经典，那么，就不妨把自己的作品写成一份份社会记录而留给历史。"① 他的另一部作品《我是农民——乡下五年的记忆》也正是留给历史的一份个人档案。林白的长篇小说《妇女闲聊录》以"口述实录"作为叙事策略，并且特附"另卷：在湖北各地遇见的妇女"以强化其纪实品格，彰显出林白改变写作姿态的意志。她的《后记一：世界如此辽阔》《后记二：向着江湖一跃》坦诚披露如何把"隔绝在世

---

① 贾平凹：《后记一·我和高兴》，《贾平凹作品》第8卷《高兴》，上海三联书店，2012，第296页。

界之外"的自己"从纸上解救出来",获得新的创作生命的历程。上述几位作家的创作变化当然不能用"虚构→非虚构"概而论之,但至少说明,他们重新以敬畏之心面对现实,重新审视并思考文学与现实的敏感关系。

然而,从小说家的视角看,或者说站在正统"文学观"的立场,究竟如何看待"纪实"和"非虚构"?王安忆的《虚构与非虚构》是有代表性的"发言"。

王安忆是一位注重总结创作经验并在理论上有所建树的小说家,她在复旦大学开设的小说课程及其讲稿《小说家的十三堂课》曾产生热烈反响。2007年春,她在纽约大学东亚系做过一场题为《虚构与非虚构》的讲座,此文同年在《天涯》第5期上发表,之后又在其他报刊发表,可见王安忆对自己的观点是有过慎思的,也是坚持了自己的一些看法的。

《人民政协报》2010年3月6日刊登此文时加了编者按,其中引用了王安忆的一段话:"我现在对所谓个人自传和纪实的东西越来越缺乏信任感,我竭力追求某种形式的东西,类的东西,超出经验的东西,直接地说,就是虚构和抽象的东西。"这段话已经明确了王安忆对于虚构与非虚构的基本态度。当然,一个有思想的作家完全可以这样毫不含糊地表达自己的文学信念,追求自己认定的艺术法则。作为当代高产的小说家,王安忆丰硕的作品业已成为她虚构能力和艺术实践的佐证。

王安忆不是以理论家的身份为虚构/非虚构文学下定义,而是从小说家的视角,从自己的创作感悟中去理清并品评这两个不同的概念和范畴。本期望从中看到新颖的见解,然而读后却产生一些疑惑。

关于虚构的概念,王安忆给出的定义简单而绝对,她认为,"文学创作就是虚构"①。这个论断虽然有以亚里士多德为代表的西方诗学作为强大的理论基石,但也遭遇当代文学理论家们的质疑。如果我们对中外文学产生与发展的历史全貌有客观整体的认识,就应该看到,虚构不

---

① 王安忆:《虚构与非虚构》,《人民政协报》2010年3月6日,第21版。

是文学的唯一标志和形态。

　　什么是非虚构？王安忆说："非虚构就是真实地发生的事实"，"它在自然地发生，却很难看到痕迹"①。为什么真实地、自然地发生的事实看不到痕迹？且不说眼光敏锐的作家，即使普通百姓，怎么会看不到地震、暴雪、洪水、台风等巨灾之后满目疮痍的痕迹？还有过度的经济开发造成的河流污染、农田荒废、林木滥伐等触目惊心的生态破坏痕迹。就是日常生活中发生着的、每天新闻报道出来的，也总会有许多触动人心甚至难以释怀的故事或事件，在历史的某一页留下了痕迹。王安忆用自己见到的几个事实来说明非虚构的无意义，第一件事是说上海淮海路上有一尊"打电话的少女"铜像不翼而飞，按照作者的想象，"会不会是一个艺术家，把它搬到自己的画室里去了"，但是案子告破，是一个让她"扫兴的结果"，铜像被几个农民工偷走当铜材卖了。坦率地说，王安忆这里的文学想象似乎有点儿矫情，如果是艺术家，何必搬走别人的艺术作品？而我们身处的城市，每天有多少类似的事情发生，人们早已见怪不怪，不用推理都明白是被人偷去卖了。可能作家与普通人的区别是，他们更想知道或者会想象一下那几个农民工是否遭遇了什么不幸急需用钱，是否对社会怀有什么不满以此发泄情绪。像陈应松的《马嘶岭血案》，就是根据一个真实血案写的，但他有自己独到的发现与寓意，因此这篇小说非常真实，也很有文学想象力。王安忆讲述的另外两件事都是她在小区耳闻目睹的，一只八哥常年重复一句旋律，一个老人长期重复一个康复训练项目……之后她补充阐述了自己的观点："这就是非虚构。生活中确实在发生着事情，波涛不惊，但它确实是在进行。可它进行的步骤，几乎很难看到痕迹，引起我们的注意。这就是我们现实的状态，就是非虚构。"② 不得不承认，现实中确实充满如此单调的日常状态——工地上翻砂、搬砖的农民工，流水线上给电动玩具

① 王安忆：《虚构与非虚构》，《人民政协报》2010年3月6日，第21版。
② 王安忆：《虚构与非虚构》，《小说课堂》，商务印书馆，2012，第245页。

装配零件的打工妹，稻田里插秧的阿婆，病房里给患者输液的护士，实验室里记录数据的研究员，讲台上口干舌燥的老师……都在重复一件事情，然而，在相对的时间之内重复单调的"活动"就意味着囊括了他们所有的现实人生吗？文学是对现实的补偿和延伸，因为现实冷峻严酷，所以我们需要文学的温暖抚慰；因为现实有缺失、有困境，所以我们需要进入文学的精神家园诗意栖居。但是，这并不意味着文学拒绝现实、回避现实、远离现实。从这个意义上说，非虚构文学代表了新的现实主义精神，是对某种过度虚构的反拨。

王安忆从"形式"的层面进一步阐述虚构/非虚构的差异，她强调："非虚构的东西它有一种现成性，它已经发生了，它是真实发生的，人们基本是顺从它的安排，几乎是无条件地接受它，承认它，对它的意义要求不太高。于是，它便放弃了创造形式的劳动，也无法产生后天的意义。"① 这里，作者首先混淆了"非虚构事实"与"非虚构文本"两个概念，非虚构的事实一旦变成文本，同样需要"形式创造"，如果说文学创作是通过语言建构一个世界，那么这个世界可以是由作者在他的"心灵制作场"创造的独立的虚构世界，也可以是完全真实存在的与我们息息相关的现实世界。此外，作者似乎低估了非虚构文学接受者的审美期待，如果非虚构就是现实世界的复制，为什么还需要非虚构文学？显然，优秀的非虚构文学应该能够满足读者的文学审美期待，那是不同于或者说是高于阅读新闻报道、观看视频实况转播的期待，就是期待在直面现实与人生的纪实叙事中获得强烈的真实性的触动与感染，领悟其中敏感尖锐或深刻厚重的思想与精神。

关于形式问题，张旭东在与王安忆对话时曾经说过，"在非虚构作品中，反而更能有形式感，就是说，在最没有形式感的地方反而最出形式感，而在有意识的人工经营的形式构造中，比如'纯虚构'中，反倒有一种苍白，一种满足，在经验的丰富性、复杂性、新鲜性的密度和

---

① 王安忆：《虚构与非虚构》，《小说课堂》，商务印书馆，2012，第 248 页。

强度上反而不够"①。这一看法比较感性，却也切中当下文学的一个症结，假如文学的虚构与想象失去现实的根基，甚至有意消解掉现实存在，虚构岂不成了一种形式主义的臆想游戏？

王安忆谈论的另外两个问题是"我们如何虚构"和"我们为什么要虚构"。我们先看后面的问题，这个问题非常重要，按照"文学创作就是虚构"的观念，就等于回答"我们为什么需要文学"这一根本问题。王安忆对此进行了哲理化的表述："非虚构是告诉我们生活是怎么样的，而虚构是告诉我们生活应该是怎么样的。"② 从语言逻辑看，这个结论严密合理，但是其隐性逻辑是不严密甚至可能是错误的。人类在进入 20 世纪之后，世界的剧烈变化，社会的急速发展，现实的动荡无常，不断打击甚至摧毁着人类认识世界、把握世界的自信，荒谬、迷惘、孤独、厌倦、绝望……成为西方现代主义建构文学与世界关系的主题词。在全球化的时代，经济、科技、信息、消费等扑面而来，仿佛是巨大的光轮，闪耀变幻、飞转不停，它将每个人都吸附在运转的轮上，但又随时可能抛你出轨。"生活是怎么样的""生活应该是怎么样的"这两个问题实质上与"我是谁""我到哪里去"一样，让人类困惑不休。那么，非虚构并不一定能够告诉我们生活是怎么样的，而虚构也不一定能够告诉我们生活应该是怎么样的。但毫无疑问，文学要有担当意识，要有使命感，要成为一个时代思想和文化的先驱。非虚构的文学意义不是充当教科书，仅仅告诉人们生活的真相，而应该是体现一种关注现实、关怀现实、拥抱现实的博大文学情怀。因此，非虚构文学必须具备参与现实社会、亲历生活体验的主动性和探究热情，并在参与体验中能够敏锐发现，深刻洞察，独立思考，当然还需将事实形态所包蕴的真实价值与审美意义通过个性化（风格化）的文学叙事传达出来。如果非虚构文学真正达到这样的创作境界，真正能够以良知面对现实——不

---

① 参见陈婧祾记录《理论与实践：文学如何呈现历史？——王安忆、张旭东对话（上）》，《文艺研究》2005 年第 1 期，第 62 页。

② 王安忆：《虚构与非虚构》，《小说课堂》，商务印书馆，2012，第 251 页。

虚美、不隐恶，帮助我们认识现实中的矛盾、假象、丑恶、缺憾……是否已经启发了我们"生活应该是怎么样的"？反之，假如虚构文学根本无视现实，毫不关心"生活是怎么样的"，又如何能够告诉我们"生活应该是怎么样的"？

这就得回到另一个话题"我们如何虚构"。笔者非常认同王安忆提出的虚构理念："我们想象我们的故事，我们去虚构，绝不是凭空而起的，我们必须找到虚构的秩序、虚构的逻辑。"她以大自然造物为例，说明艺术家的"创作就是模仿自然①。但关于怎样找到虚构的秩序，如何遵循虚构的逻辑作者没有展开深谈。其实笔者更想了解作者本人如何虚构，以及一些具体而生动的经验，特别想知道"不是凭空而起"的虚构，是否有非虚构的铺垫或支持。王安忆在谈及自己的创作状态和存在的问题时披露："我基本上每天都在写。我有一种匠人的意识，就像练手艺一样……我是怎样的问题？我是严重的材料匮乏。每天都在写，材料的吞吐量就很可观，资源是我的大问题。我听见有人叙述他们的生活经验，趣闻趣事，我感到很吃惊，非常羡慕。我的生活太简单了，太早进入职业化写作，写作欲望又很强。我是一个惧怕行动的人，进入社会需要一个很勇敢的性格，我只能在自己的想象里去开展这一切活动，这恐怕也是所有写作人的一个天性吧。你要问我创造力的来源，这可能是一个，由于行动受限制而产生的臆想。"② 这不禁又让人产生了疑虑，既然严重匮乏材料且惧怕进入社会，为什么要天天坐在那儿逼迫自己写？所谓的"臆想"不就是"凭空而起"的虚构吗？或许还有心理经验为资源，但这一资源是不能循环使用的。

林白反省自己的创作时说，"多年来我把自己隔绝在世界之外，内心黑暗阴冷……我只热爱纸上的生活，对许多东西视而不见"，当"把自己从纸上解救出来"，"忽然有一天我会听见别人的声音，人世的一

---

① 王安忆：《虚构与非虚构》，《小说课堂》，商务印书馆，2012，第 250 ~ 251 页。
② 张旭东、王安忆：《对话启蒙时代》，生活·读书·新知三联书店，2008，第 197 ~ 198 页。

切会从这个声音中汹涌而来，带着世俗生活的全部声色与热闹，它把我席卷而去，把我带到一个辽阔光明的世界"。① 我们知道，王安忆与林白的文学道路完全不同，王安忆从来没有把自己隔绝在世界之外，相反，她一直在积极勘探生活，上海作家陈村送她"作家劳模"的称号。那么，作为典型的写实派作家，其扎根现实的创作实际与她的自述似乎自相矛盾，为什么格外强调自己竭力追求虚构的东西呢？难道也有看不见的等级意识在制约作家的文学价值观？是不是认同非虚构就贬低了虚构才华？不过，值得欣慰的是，在王安忆与张旭东的对话中，她也曾高度评价西方非虚构作品，并且指出中国非虚构文学的差距。毕竟，小说家开始关注虚构/非虚构的关系，是激活创作新拓进的开端。

2017 年 12 月 2 日，"复旦中文百年讲坛"邀请贾平凹、王安忆、虹影、朱天心、陈思和围绕"经验与虚构"话题进行对谈。他们有一个共识，认为"这是非虚构的好时代，写小说却很难"。王安忆虽然依旧把虚构视为首要的任务，但她感慨虚构正变得越来越难，她说："传媒非常发达。真实性的东西，本身就具有说服力，有很大的震撼力。哪怕一件很小的事情发生了，因为它是真实的，你不得不相信它。但虚构却是每一个人都可以推翻、怀疑、质疑的。"王安忆的文学观念以及对"虚构/非虚构"的认识与 10 年前比较，已经发生了根本性变化，她承认"非虚构的东西卖得更好、读者更喜欢"，她自己也是觉得非虚构的东西好看。贾平凹直言"我宁愿看非虚构的东西，喜欢看非虚构的东西。……我觉得纪实性的文章看起来特别有味道。"② 作家们的切身感受和坦率直言无疑传递出一个重要信号——非虚构写作将迎来大发展的历史机遇。

著名小说家冯骥才也是最早开始"非虚构"写作并产生较大影响

---

① 林白：《后记一：世界如此辽阔》，《妇女闲聊录》，新星出版社，2005，第 226 页。
② 参见徐萧：《复旦中文百年讲坛：这是非虚构的好时代，写小说却很难》，中国作家网，2017 年 12 月 7 日，http://www.chinawriter.com.cn/n1/2017/1207/c403992 - 29692446.html。

力的纪实文学作家，20世纪90年代，他经过10年的采访调查，完成口述实录体的纪实作品《一百个人的十年》，记录了一代人的"文革"经历。他在比较虚构与非虚构的文学价值时说："虚构文学是不是就比非虚构文学（价值）高呢？不能这么说……发现也是伟大的，非虚构是凭着事实说话，它是历史的本身，也是现实的本身。非虚构有一种力量，这种力量就是现实，是现实的力量、不可辩驳的力量。"① 由此可见，作家打破固有的文学观，在现实中寻找有价值的"事实"，发现"典型"，才会不断扩大自己的文学表现空间，丰富文学叙事的社会容量。

二　纪实文学与非虚构文学的龃龉

报告文学，特别是纪实文学长期受到各种批评、质疑、争论，主要焦点集中在"真实性"和"文学性"两方面，前者往往由创作中"合理想象"所产生的"细节、人物心理"的适当虚构引发，后者则多从传统文学观出发对其不能满足文学审美期待而加以苛责。但是这些批评、质疑、争论并没有危及报告文学作为独立的文学样式在文坛日益巩固的地位，更没有阻碍纪实文学的创作活力和蓬勃发展的势头。然而，2003年批评家李敬泽抛出惊人的咒语——"有一种文体确实正在衰亡，那就是报告文学或纪实文学，真正的衰亡是寂静的，在遗忘中，它老去、枯竭。"他否定报告（纪实）文学的理由是："文学家不是向公众提供事实的记者，也不是向公众提供知识的专家，他们的'报告'不能满足我们，就像他们的'文学'不能满足我们一样。"② 针对李敬泽的偏激言辞，王晖、南平、丁晓原等报告文学研究者撰文回应，他们认为，李敬泽所诟病的"歌功颂德的赞助文学和无法查证的匿名隐私文学"③ 确实是报告文学创作中存在的"垃圾"，因此需要"警钟长鸣"，

---

① 冯骥才：《非虚构写作：现实有着不可辩驳的力量》，《写作》2018年第7期，第7页。
② 李敬泽：《报告文学的枯竭和文坛的"青春崇拜"》，《南方周末》2003年10月30日。
③ 李敬泽：《报告文学的枯竭和文坛的"青春崇拜"》，《南方周末》2003年10月30日。

"然而，如果把作品的警钟当作文体的丧钟来敲，就过了，就是在为报告文学（或纪实文学）发布一篇虚构的'讣闻'"①。王晖等批驳说："宣判报告文学'恐龙已死'的人，实际上是在以教条、狭隘的文学观和唯小说为大的'文体自大狂'或'文体盲视症'的批评理念对待报告文学，大有对历时百年的报告文学历史全盘否定之倾向，因此，很难说这是一种科学的、实事求是的批评理念。"丁晓原对问题的实质进行了学理性剖析："不少人怀疑报告文学文体存在的合理性，倒不是看不到这一文体存在的事实，而是他们太信奉自己所认定的文学'观念'，这种'观念'在他们看来已经成为了文学'常识'的一种，即'凡是文学必须虚构'，'不虚构无以文学'。根据这一大前提，他们就认为报告文学既'报告'（纪实）又'文学'（虚构），内在的悖论从根本上就取消了报告文学的存在。但我们如果有一点文学史的常识，马上就能找到很多反例证明既纪实又文学的作品存在。司马迁的《史记》就是一个典型的文本。由此可见，无论是从报告文学的创作实际，还是从普通的文学史常识来看，说报告文学'枯竭'以至'消亡'，是缺乏事实支撑的。"②

2010 年李敬泽在担任《人民文学》主编时，开始策划、提倡"非虚构"写作，除了开设"非虚构"栏目，还推出了一个"人民大地·行动者"非虚构写作计划，其宗旨是："以'吾土吾民'的情怀，以各种非虚构的体裁和方式，深度表现社会生活的各个领域和层面，表现中国人在此时代丰富多样的经验。"策划者"要求作者对真实的忠诚，要求作品具有较高的文学品质。……特别注重作者的'行动'和'在场'，鼓励对特定现象和事件的深入考察和体验"③。如果说，这一扑向

---

① 王晖、南平：《一篇虚构的"讣闻"——报告文学真的"恐龙已死"吗》，《文汇报》2004 年 1 月 18 日。

② 王晖、丁晓原：《事件·创作·批评——关于当下报告文学局势的对话》，《文艺报》2004 年 9 月 23 日，第 4 版。

③ 《"人民大地·行动者"非虚构写作计划启事》，《人民文学》2010 年第 11 期，第 10 页。

"大地""行动"的写作倡议是针对当代文学无力介入现实、漠视民生、过度沉迷于形式技巧的萎靡现状而发起的运动，那是极有革命意义的，然而令人困惑的是，他们——从倡导者、作者到一些评论者——在张扬"非虚构"新旗帜的同时一定要贬斥本是同根同质的报告（纪实）文学，一再标榜主体水平与文学价值远超后者的优越。叶匡政认为："真正的非虚构写作，和报告文学不同，必然要站在公众的立场，真实的立场上，反映这个社会真实的状态。……必然会关注那些别人忽略的、受伤害的、被人们遗忘的一面。"反过来看报告文学，他批评说："商业化的时代中，报告文学也受此冲击，不少报告文学的写作，变成了商业交易的工具，变成了生意。……报告文学从美化时代，到美化个人，成了一些写作者，甚至是文学杂志的生存之道。""随着报告文学本身在发展过程中出现的许多问题，再想重新振兴报告文学已经不大可能，也没有必要。"① 这些偏见、歧见必然再度引发报告文学批评家们针锋相对的批驳。李炳银揭穿了"非虚构写作策划"的一个潜在意图，"其实就是试图借用和开发真实的价值。但是，在这个开发和借用的过程中，部分编辑、作家又想给自己留下足够的自由表达空间，不使自己被紧紧地捆绑在事实上，避免因事实真实带来某些压力和纠缠，就在写实的边缘，为自己开了一个可能逃避的小口。这其实是作家、编辑缺乏对真实承担负责勇气的表现，是不惜牺牲真实而为了所谓的文学性的投机做法"②。这一评判虽然也带有主观推断倾向，但从 10 余年来非虚构创作良莠不齐、鱼龙混杂的状况看，李炳银的洞察是敏感而锐利的。

在《人民文学》"非虚构"栏目发表《梁庄》而一举成名的梁鸿，如今是非虚构文学代表作家、当代文学知名批评家、中国人民大学教授，其创作与理论都立足当代文学前沿，对非虚构文学应该有比较权威的阐释。2018 年她发表于《江苏社会科学》的《改革开放文学四十年：

---

① 《非虚构类写作繁荣，报告文学应该死亡?》，人民网，2014 年 8 月 20 日，http：// culture. people. com. cn/n/2014/0820/c172318 – 25502982. html。

② 李炳银：《关于"非虚构"》，《文学报》2012 年 2 月 16 日，第 7 版。

非虚构文学的兴起及辨析》，在标题上显示出对 40 年非虚构文学发展历程进行整体研究的纵深大视野，但是实际上她全盘否定了 2010 年之前的非虚构创作实绩和相关理论成果，并再次强调："非虚构文学一开始就把报告文学和纪实文学排除在外。这一排除并非来自于学理上的依据，而是对长期以来两者创作问题持不同意见。"她这样评判报告文学创作："它的最大特征是个人性的缺失，即，在作品中没有个人声音，没有作为个体的疑问、不解，它所依赖的不是个人的调查，一点点的抽丝剥茧，而是在事件还没有开始被书写之前，已经先有一个道理和总体规则在事件尽头等着你。作家写那么多，最终是为了证明这一道理和规则。读者从阅读第一行就明白这一点了。"① 这一论断令人吃惊，似乎报告文学一向是"主题先行"的概念化产物。如果报告文学写作不依赖调查，没有个人的声音，怎么会产生夏衍的《包身工》，范长江的《中国的西北角》，徐迟的《哥德巴赫猜想》，刘宾雁的《人妖之间》，苏晓康的《自由备忘录》，陈桂棣、春桃的《中国农民调查》，何建明的《落泪是金》，黄传会的《中国新生代农民工》……这里且不列出不胜枚举的世界报告文学经典。若因学科隔阂对中外报告文学的源起、发展、演变没有进行过系统了解，对新时期以来，特别是 80 年代中后期曾产生过重大影响力的报告文学作品也没有全面深入的阅读，都情有可原，但是对报告文学建立于"严谨的调查研究""细致深入的采访""介入性、亲历性的体验"的创作过程，以及作家对"客观事实"的个人发现与判断立场，对题材进行抽象赋予时的主体精神传达，都毫无依据地一笔抹杀，既是对报告文学诸多优秀作家的不尊重，也是对文学批评的不负责。

换个角度看，《梁庄》中揭示的问题——比如农村的破败凋敝，生态的破坏，留守老人、妇女的生活困境、情感缺失，特别是留守儿童溺亡、遭性侵、犯罪等各种事件，也早在新闻媒体上频频曝光过，在报告

---

① 梁鸿：《改革开放文学四十年：非虚构文学的兴起及辨析》，《江苏社会科学》2018 年第 5 期，第 48、49 页。

文学作品中被深度披露过，并不是作者返乡调查后的首次发现，那么也不排除她写作前有"问题先行"的可能，也不排除是作者将大数据中搜索到的一些普遍性现实问题、社会现象、"受伤害的"人物、悲剧故事等与"田野调查"的所闻所见捏合到一块的"适当虚构"。中国作家协会创作研究部研究员李朝全就曾经披露："许多引起轰动和广泛好评的作品都杂糅了虚构与非虚构的手法。譬如，梁鸿的《中国在梁庄》《出梁庄记》所写到的地点梁庄都是虚的，似乎可与作者的家乡相对应，写到的人物及其故事亦可从其家乡的人事寻找对应，但作者却并不严格遵循真人真事的写法，而是杂糅了多个人物的故事、命运遭际等于一个人物身上，是将多人多个故事多种命运曲折映射到一人之上……这样艺术化地刻画和描写的人物及其故事在现实生活中找不到一一对应关系，也无法得到印证或验证。"[1] 而孙惠芬发表于《人民文学》"非虚构"栏目的《生死十日谈》，从创作行为看，是作者加入某教授主持的国家自然科学基金项目"农村自杀行为的家庭影响评估与干预研究"课题组，到翁古城地区的乡村进行调研，共采访了200多个自杀者的家庭遗族后的"纪实"，但是孙惠芬却说："运用访谈这样一个线索，营造访谈的现场，都是为了造成一个非虚构的阅读场，让读者更切近一种感受。这是我的故意。而实际上这里许多故事和人物都是虚构……把看到的和听到的故事进行整合，对人物进行塑造，在建立一个现实世界时，我其实企图将读者带到另一个我的世界，我要表达的世界。我不知道我有没有做到这一点。但不管怎样，在我心里，它是一部小说。"[2] 显然，"用这种方式创作出来的所谓非虚构作品，并非标准的非虚构，实质上是一种虚构或准虚构作品"[3]。从"非虚构"提倡宗旨看其实也

---

① 李朝全：《小说与非虚构的混融及其文体创新意义》，《中国文艺评论》2018年第1期，第66页。

② 何晶：《孙惠芬：我想展现当代乡下人的自我救赎》，《文学报》2013年1月24日，第5版。

③ 李朝全：《小说与非虚构的混融及其文体创新意义》，《中国文艺评论》2018年第1期，第66~67页。

没有完全达到"对真实的忠诚"。

另外不容忽略的是，网络非虚构写作热潮中一些新的问题也浮现出来。

> 自 2015 年起，"腾讯谷雨"、"网易人间"、"正午故事"、"地平线"、"真实故事计划"、"澎湃·镜相"、"故事硬核"等非虚构写作平台纷纷成立，形成了规模可观的非虚构新媒体写作阵地。非虚构新媒体平台发起的对全民非虚构写作的召唤，确实能激活为数甚广的平民大众各自人生中本有的"真实故事"资源，但相伴而生且难以把控的一个问题是，谁来保证这些"真实故事"的"真实性"？①

为此，丁晓原不无担忧地指出："考察热闹中的非虚构文学，我们可以发现它正在走向它的倡导者所期待的反面，或者说至少已经存在这样的倾向：琐屑和偏窄，以非虚构之名行虚构之实，甚至与资本合谋赚取读者对于非虚构的消费等，成为值得关注的另一种'非虚构'了。"②

第二节 报告文学的文体品格与叙事伦理

报告文学既然已经成为独立的文学种类，就必然要具备自身鲜明独特的文体品格与叙事伦理。文体研究者们之所以提出"文体品格"这一概念，乃是因为，相对于文体显在的体裁属性，"品格"所强调的是——作为思想文化之载体的文体，其存在的价值判断依据和内在精神品质格调。因此，"文体品格"也体现出文学审美理想所期望达到的较高境界。

---

① 信世杰：《非虚构与报告文学：互为毒药还是良药?》，《文学报》2014 年 4 月 25 日，第 19 版。

② 丁晓原：《非虚构文学的逻辑与伦理》，《当代文坛》2019 年第 5 期，第 91 页。

一 介入社会现实：报告文学的立命之本

"产生报告文学的时代，就决定了报告文学的特质。"① 报告文学诞生于历史激变、社会动荡、现实严峻的时代，是那些富有正义感、社会意识和人道主义情怀的作家们，发现现实中的"丑恶"与"恐怖"，"面对着人类的悲哀，想要哭泣，想要叫喊"而自觉选择的写作方式，这是报告文学的奠基者、捷克作家基希深刻的创作体会，他道出了报告文学文体产生的根本原因。他还强调说，报告文学要"不加任何润饰地把这些事实传达出来"，"必须显示出真实性——完全是真实的东西这一点不可"。这就意味着，经得起检验的"真实"要求作者为深入的调查采访付出更为艰辛的劳动，同时要为探求真理承担更大的风险甚至付出巨大的代价，所以基希给报告文学的定义是："一种危险的文学样式。"但作为文学，也不能失去艺术特质，因而他又特别指出："必须把它作为是艺术文告——艺术地揭发罪恶的文告。"② 此外他在《地方通信员的实践》一文中，对报告文学作家提出三个必不可少的条件——"毫不歪曲报告的意志，强烈的社会的感情，以及企图和被压迫者，紧密地连结的努力。"③

基希关于报告文学特质的阐述虽然没有形成完整的理论体系，也存在时代的局限，但其生命力很强，影响力也很大，中国早期报告文学的理论建构，主要是以基希的观点为基石。胡风 1935 年撰文将"速写"与"杂文"相提并论，探究它们之所以"在新文学里面形成了一个重要的存在"的根本原因，他指出："剧激的社会变动所掀起的瞬息万变的波纹，使作家除了在较大的规模上创造综合的典型外，还不能不时时

---

① 李广田：《谈报告文学》，《文学枝叶》，益智出版社，1948，第 138 页。
② 〔捷克〕E. E. 基希：《一种危险的文学样式》（1935 年在巴黎举行的国际作家拥护文化大会上的演讲），《论报告文学》，贾植芳译，泥土社，1953，第 6~7 页。
③ 参见日本左翼文艺理论批评家川口浩的《报告文学论》，沈端先译，《北斗》第 2 卷第 1 期，湖风书局，1932，第 242 页。

用特殊的形式来表现他对于社会现象的解剖和态度，运用他的锐敏的锋芒和一切的麻木混浊相抗"，"批判地纪录各个角落里发生的社会现象，把具体的实在的样相（认识）传达给读者。……它的特征是能够把变动的日常事故更迅速地更直接地反映，批判。"① 茅盾肯定了这一看法，他重申："'报告'作家的主要任务是将刻刻在变化刻刻在发生的社会的和政治的问题立即有正确尖锐的批评和反映。"②

关于报告文学本质特性的探讨与论争已经持续了近百年，传统的"三性"论是指新闻性、文学性、批判性（政论性），报告文学脱胎于新闻文体，所以新闻性是其与生俱来的特性，故报告文学也被称为"通讯文学""速写"；文学性是早期报告文学作家与理论家从传统文学观念出发对报告文学的"艺术"手法和效果的强调，比如形象生动的描写、鲜明的语言风格等。基希、皮埃尔·梅林、胡风、茅盾、周钢鸣等在相关文章中都论及报告文学的新闻属性与文学艺术的要求。早期报告文学理论阐释比较一致地、特别突出地确立了这一文体最本质的品格——批判性。在 20 世纪 70 年代末，尹均生等学者提出"政论性"③，主要指报告文学带有政治倾向的议论或评论，形成独有的风格。新世纪之后，王晖针对传统"三性"的局限，提出了新"三性"——非虚构性、文化批判性、跨文体性，真正从文体学语域对报告文学文体作出再阐释，对其本质内涵进行了较大的拓展，赋予文体新的张力空间。④ 章罗生则概括出新"五性"——主体创作的庄严性、题材选择的开拓性、文体本质的非虚构性、文本内涵的学理性、文史兼容的复合性。⑤ 报告文学的文体属性及其阐释空间随着社会的发展变化而实现新的拓展，这

---

① 胡风：《论速写》，《胡风评论集》（上），人民文学出版社，1984，第 67、68 页。

② 茅盾：《关于"报告文学"》，《中流》第 1 卷第 11 期，上海杂志公司，1937，第 621 页。

③ 尹均生：《报告文学——无产阶级革命时代新型的独立的文学样式》，《武汉师范学院学报》（哲学社会科学版）1979 年第 3 期。

④ 王晖：《百年报告文学：文体流变与批评态势》，吉林人民出版社，2003，第 13～20 页。

⑤ 章罗生：《中国报告文学新论——从新时期到新世纪》，湖南大学出版社，2012，第 137～190 页。

是必然规律。但若阐释报告文学存在的根本理由，从理论渊源看，基希对报告文学最核心的、最本质的品格塑造，依然是不可动摇的基石。

20世纪90年代，在多元文化共生的环境中，特别是大众文化强势占领中心地位、产业文化掀起趋利风气的境况下，当代文学面对价值选择的迷惘，一些流行艺术疏离现实，过度追求娱乐化，存在庸俗、低俗、媚俗现象。虽然报告文学坚守"庄严写作"阵地，但创作中也出现一些令人担忧的不良倾向，其应有的文学功能存在被瓦解的危机。面对这一危机，评论家周政保再次强调报告文学最重要的存在价值在于"其前沿性或现实针对性，特别是那种关注社会问题及国计民生的品格，那种绝不回避生存矛盾与致力于社会进步的精神，无疑是这一文体从它诞生之日起就被确定了的创作宗旨，也是它的'表情'或'性格'"[①]。无论过去还是当下，报告文学与社会生活之间所形成的敏感、直接、密切的关系，是其他文学门类所不及的，正因为如此，任何历史时期，如果报告文学能够震撼社会、深入人心、传达民族精神，一定是充分体现了报告文学的现实参与精神。

参与精神体现了现代社会人的主体意识的觉醒和强化，报告文学作家的现实参与不仅仅是身体力行的实践活动，更是一种精神的存在方式。他们自觉地摒弃虚伪的、功利的姿态和企图，以诚实的态度、公正的立场和真切的情感置身于现实深层，观察、考察、发现，感受、体验、判断。因此，优秀的报告文学家必须站在时代前沿，必须具有深重的历史责任感，担当道义，伸张正义，揭露黑暗，批判丑恶。鲁迅先生说："真的知识阶级是不顾利害的……他们对社会永不会满意的，所感受的永远是痛苦，所看到的永远是缺点，他们预备着将来的牺牲。"[②]报告文学作家就应该是这样一种真正的知识分子代表——具有不依附于

---

① 周政保：《"非虚构"叙述形态：九十年代报告文学批评》，解放军文艺出版社，1999，第28页。

② 鲁迅：《关于知识阶级——十月二十五日在上海劳动大学讲》，《鲁迅全集》第8卷，人民文学出版社，1981，第190～191页。

任何权贵势力的独立人格，具有洞察社会的敏锐目光和剖析社会的深刻思想，他们对一切不公正、不平等的社会制度与野蛮文化永远保持高度的警觉，永远进行毫不妥协的干预与批判。中国报告文学从早期萌发阶段所洋溢的思想启蒙热情，到抗日战争时期所高涨的政治救亡义气，再到新时期所迸发的文化批判激情……无不彰显着这种现实参与精神。

当改革进入"深水区"，面对更为复杂的现实矛盾，报告文学作家以敏锐的眼光发现极为严峻的"三农"困境，触目惊心的生态环境污染与破坏，以及医疗、教育、就业、养老等诸多民生问题，他们进行历时长久的田野调查，介入矛盾、揭露真相、反思根源，为中国最庞大的弱势群体呼告，为人民的根本权利代言。黄传会之所以被称为"反贫困作家"，徐刚、李林樱、哲夫之所以得到"环保作家"的美誉，周勍之所以自诩为"扒粪作家"，都证明了一个共同的事实，他们把自己的创作完全投入到与国计民生息息相关的现实领域，而且他们对现实的深度介入和精神参与，不是一两年、三五载，而是十几年甚至是大半生。由此可见，报告文学的现实参与精神不是寄托于虚空的想象空间，而是深深扎根于"吾土吾民"的底层。

二　批判意识与理性精神：报告文学的主体品格

毫无疑问，当报告文学作家以干预现实的自觉和责任进行写作之时，他的文本必然充满了现实忧患意识和社会批判倾向。当然他写作的最终目的不是停留于忧患与批判而是在理性精神的烛照下实现文学的思想审美价值与精神关怀意义。社会批判意识与理性精神是报告文学作为独立的文学样式必有的品格，也是其价值选择与价值判断的重要依据。

中国当代文学曾在相当长的时期内将"暴露阴暗"视为"禁区"，将"批判"与"歌颂"对立起来并且上升到政治立场的高度进行规范，因此那些批判现实的文学创作反而常常成为政治批判的对象。新时期之后"禁区"消除了，"批判"的禁锢也被打破了，但是它们依然是"敏感地带"和"危险方式"。危险不仅来自被暴露、被批判的势力，也来自意识形态领域的敏感戒备，担忧暴露对安定的不利、批判对和谐的破坏。对此，报告文学评论家李炳银指出："批判的态度并不一定就是消极的态度，更不能把批判性简单地视为破坏性。在许多时候，批判正是一种进取，是一种建设，是勇敢的探求。"①

陈桂棣、春桃的《中国农民调查》，通过对农村发生的一系列令人发指的血腥案件的真相还原，揭露农村一些基层干部与黑恶势力相勾结，他们侵占土地、横征暴敛、敲诈勒索、草菅人命，而被欺压的弱势农民求告无门、上访无果，稍有反抗就被抓被打、流血丧命。作者提出了振聋发聩的问题：为什么鱼肉百姓的恶霸村官们能够横行妄为？为什么农民的抗争要付出如此惨烈的代价？王法何在？正义何在？批判锋芒直指"权大于法""人治僭越法制"现象背后的体制积弊与丑恶的封建宗法文化心理。

何建明的长篇报告文学《根本利益》本是"歌颂"之作——山西运城市纪委副书记梁雨润（后任山西省信访局副局长）是一位全心全意为人民服务的"百姓书记"，心里装着底层群众的疾苦，把人民的根本利益放在工作的第一位，他处理了多起骇人听闻、久拖不决的大案、难案，为民伸张正义、除害去弊。但是透过这些大案中受害百姓的悲剧，透过上访事件背后无数身心被摧残、尊严被践踏的弱者的泣诉，毫无疑问地可以断定，此作也是尖锐而深刻的批判文本。作品中最让人惊悚骇然的是畅春英一家的悲剧。畅春英的儿子被村支部书记的两个儿子活活捅死，畅春英和丈夫悲愤绝望，不能接受法院对两个杀人犯的轻判，就将儿子的棺材放在家里，开始上县城，跑运城，奔太原上访申冤，最后贫困潦倒，疾病缠身，畅春英的丈夫也死在路上，从此，畅春英老伴的棺材又放进家里。世人谁能想象，一个凄苦无助的老妇陪伴亲人的尸体整整 13 年是怎样的煎熬。如果畅春英没有找到梁雨润这个好

---

① 李炳银：《生活与文学凝聚的大山——对报告文学创作的阅读与理解》，《文学评论》1992 年第 2 期，第 23 页。

书记，她儿子、丈夫的棺材或许要一直放到她死，为什么其他的领导干部不能体察畅春英已经陷于绝境的哀苦反而将她的一次次上访视为"不安定因素"而百般压制？可以说，在梁雨润这样一个爱民、亲民、维护弱者的权利与尊严的好官背后，有太多的欺民、伤民、剥夺弱者的权利和尊严的恶官、贪官、庸官。这正是批判矛头指向的问题根本。

报告文学以无畏的勇气和胆略毫不留情地揭露黑暗与丑恶，批判权贵，笔锋犀利，思辨强劲。同时，报告文学也以更具现代意识的理性精神审视、检讨社会发展中公平原则的缺失和科学理念的淡漠，吁求强化保障公民合法权益的法制观念与意识，呼唤以人为本，只有建构法理社会，才能拥有和谐社会。

三　真实性：报告文学恪守不渝的叙事伦理

报告文学作为非虚构的叙事文学，向传统的虚构文学提出挑战的最大资本就在于丝毫不可动摇的真实性原则。报告文学所强调的真实性，是贯穿于"写什么"和"怎么写"的全部创作活动——从题材发现、选择到叙事形态规范，从思想旨归确立到精神内涵、审美价值取向，以及文本的影响实现，等等，都必须以真实性为最高原则。

题材真实是报告文学的生命基石，报告文学观照的现实对象是客观真实的存在，当选定的现实对象转为叙事对象时，所有涉及的人与事都应该是确定无疑的实有之人和实有之事。所以，报告文学的创作题材完全来自作者现实参与的发现，在此基础上需要作者通过进一步的田野调查、现场采访或严谨科学的文献资料研究全面把握题材，而在搜寻、集合、整理、审度、判断有关资料时要秉持客观的态度，最大限度地去伪存真，使题材具备可靠的真实性。报告文学叙事形态的规范即"非虚构"写作伦理，作家在对事件人物进行叙事描述时，绝对排斥虚构手段。需要特别指出的是，客观存在的真实在经过主观判断认知和表现时，必然受到主观水平的限制、影响，甚至存在被歪曲的可能。人们对于客观的、发展变化中的事物的认识往往存在片面性和局限性。因此为了克服片面性和局限性，报告文学创作从"题材真实"到"表现真实"需要作者付出更多的才智与劳动。

报告文学的文本思想旨归有别于虚构类文学，就小说而言，无论是持现实主义还是现代主义创作方法，作为虚构文本，一般是通过形象的典型化艺术创造、叙事结构策略以及象征、变形、魔幻等方法，含蓄、繁复、隐晦地寄托寓意，其旨归形成多维的张力、精神内涵以及具有多元空间的审美价值取向。而报告文学的思想旨归及精神内涵、审美价值受到事实的真实性的局限，因此创作主体对文本的思想抽象与寓意寄托必须恪守尊重事实的原则，还要力求抵达事实的本质，使自己的思想、认识、精神高度统一在探求真理的自觉中，唯有如此，才能够最大可能地实现其特有的、建立在真实品格之上的思想价值与审美意义。

报告文学的真实性决定了文本影响的信誉诉求，涉及叙事者对文本接受者的影响态度是否建立在"不虚美""不隐恶""不矫情""不煽动"的立场原则上，也涉及作品在社会上产生的效果是不是以哗众取宠为目的的道德准则。因报告文学创作与现实社会的敏感联系，报告文学所传达的内容应该在更大的时空范围内经得起检验。

法国作家皮埃尔·梅林强调，报告文学的真实"应该是达到现代社会科学知识的高度的，它应该由描写世界的人们用全部社会的及艺术的精确手段画了出来"①。"科学高度""精确手段"就是从根本上契合报告文学"材料真实"与"表现真实"这两个至关重要的支撑点。因此，这就要求报告文学作家既要做一个辛勤的勘探者、一个亲历体验者，还要做一个敏锐的判断者、一个严谨睿智的思想者。当作家深入现实考察、采访、调研、体验，获取了客观事实依据之后，并不是只需将事实材料忠实地写进文本就能够确立报告文学的真实性价值。"真实是一种判断"，"因为对世界的感知、认识和判断有无限的角度、侧面和方式，

---

① 〔法〕皮埃尔·梅林：《报告文学论》，徐懋庸译，《文学界》创刊号，1936，第220页。

报告文学作家介入的自由和机会也是无限多样、纷繁复杂的，从而他们作为独立的个体也就可能获得不同的真实效果"。① 那么，报告文学作家对报告对象的判断、理解、认识是否可以穿透现象接近本质，也就决定着他对真实性的把握，决定着他为读者提供什么高度的真实性价值。

　　2000 年秋天，陈桂棣和春桃开始对中国农民的生存状况进行田野调查，"决心为中国这个最大的弱势群体做些事情"②。随着调查的深入，"三农"问题的严峻与复杂使他们震惊之余也"不止一次地怀疑起自己的能力和勇气，怀疑如此重大而敏感的课题"，自己不能够胜任。但是他们坚持了下来，因为多年的创作求索和经历使他们敏锐地意识到："文学对社会的责任不是被动的，它不应该是生活苍白的记忆，而是要和读者们一道，来寻找历史对今天的提示；因为中国的明天，只能取决于我们今天的认知和努力。"③ 这一深透的感悟坚定了他们的信念。面对纷繁复杂的现实，最重要的是深度探寻、思考"三农"困境的根源，因此就绝不能以高高在上的作家身份、以旁观者的姿态做一些浅表的现象调查。他们以农民后代的身份回到父老乡亲中间，目睹并感同身受地体验了农民在重负下生活的艰难、抗争的无望；他们以正义担当者的责任感追究那些冤案、惨案的真相，谴责恶霸村官欺压百姓、残害无辜的罪行；同时以体制弊端的质疑者、批判者的鲜明立场针砭政策缺陷，揭露腐败祸患，讨伐不正之风；他们还以寻找农民出路的探索者的严谨态度与理性精神投入研究，阅读了大量的文献资料，走访了从中央到地方的一大批从事"三农"工作研究和实践的专家及政府官员。在这长达两年的调查、体验、探究的过程中，多重身份的换位感知与思考，多维视角的移动观察或聚焦观照，拓深拓广了现实认识的空间，因

---

①　周政保、韩子勇：《真实是一种判断——现代报告文学的理论对话》，《文艺评论》1989 年第 4 期，第 43 页。

②　陈桂棣：《携手为无声者发出声音（代序）》，载陈桂棣、春桃《调查背后》，武汉出版社，2010，第 6 页。

③　陈桂棣、春桃：《在现实与目标的夹缝中》，《中国农民调查·引言》，人民文学出版社，2004，第 6 页。

此他们面对大量的、错综复杂的事实材料才能够进行冷静而理性的判断、分析、抽象、综合。34 万字的《中国农民调查》，按照发现"三农"困境、呈现严峻事实——揭露惨案真相、提出尖锐问题——反思历史积弊、批判现实痼疾——探索税费改革、透视功过是非——忧患"三农"前景，呼唤改革深入的逻辑结构展开，材料的翔实丰富、思想蕴涵的深刻厚重以及语言的精确犀利彰显了这部作品强大的真实性生命力。

已故著名文学评论家何西来先生高度评价了陈桂棣、春桃"正视现实、直面人生"的写作态度和"秉笔直书"的胆略，称赞这"是一本把严酷的真实情况推向读者，推向公众的书，是一本无所隐讳地把'三农问题'的全部复杂性、迫切性、严酷性和危险性和盘托出的书"，自己"受到了巨大的冲击与震撼"。[1]

这部作品引发"社会各界读者良知上的认同和大家心灵深处的共鸣"，使作者愈加坚信："对国家命运的思考，不只是政治家的专利，也不应局限于官场，应该有来自民间的声音，应该有更多的人为中华民族担当一份责任。"[2]

第三节　纪实小说的创作探索与文体范式

纪实小说是非虚构性的叙事与虚构性的叙事相融合的产物，所以这一概念也因文体的混杂而显得颇为模糊，不是十分明确，故在称谓上出现种种名目，如报告小说、新闻小说、口述实录小说等。在国外，一般统称为非虚构小说（Non-fiction Novel），但也存在一些其他名称，如新新闻主义（New Journalism）、文献小说（Documentary）、新闻小说（News Story）、口述实录小说（Oral Record Novel）等。

---

[1]　何西来：《序》，载陈桂棣、春桃《中国农民调查》，人民文学出版社，2004，第1~7页。

[2]　陈桂棣：《携手为无声者发出声音（代序）》，载陈桂棣、春桃《调查背后》，武汉出版社，2010，第6~7页。

纪实小说的源头是美国 20 世纪 60 年代兴起的新新闻主义写作浪潮，在中国文坛涌现则始于 80 年代中期。此时期正是小说界各种创新意识和探索精神高涨的时期，也是报告文学潮头奔涌、蔚为大观的时期。对于文学的传统概念，纪实小说掀起了富有挑战意味的冲击波，并引发了持久而激烈的争鸣风波。

一　纪实小说的争鸣始末

《当代》文学杂志于 1983 年第 3 期首次以"报告小说"为旗号推出刘亚洲的《惊心动魄——女人的名字是"弱者"吗?》，显然，这是一篇介入了虚构手法的报告文学，因为它是依据一个发生在 5 分钟内的真实事件写成的，由于作者在真实事件的基础上发挥了自己的想象，并对情节进行了补添或移改，所以便以"报告小说"的名称来给自己的这篇作品定位。这里的"报告小说"即"报告文学 + 小说"的意思，按照这种意思，既然将虚构成分掺入报告文学，那么这样的作品就不宜再称报告文学——因为报告文学的真实性原则决定了它排斥任何虚构手法。最早使用"报告文学小说"的概念来界定这种纪实性小说的是尹均生教授，1981 年他在评介德国出现的纪实性新文体时指出："这种报告文学小说，以真人真事为基础，掺进了一定的虚构成分，它已经是从报告文学衍生出来的新生的文学样式了。"[①] 但"报告文学小说"这一概念的命名不够严谨，当时并未引起评论界的关注，直到"报告小说"的称号在《当代》文学杂志接连出现，如郑义的《冰河》、刘亚洲的《海水下面是泥土——李大维讲的故事》等，才开始引发文坛的反应。1985 年张辛欣、桑晔发表了"口述实录文学"《北京人》，刘心武则发表了以"纪实小说"命名的《5·19 长镜头》和《公共汽车咏叹调》，于是关于纪实小说的争鸣和理论探讨都达到了一个高潮。

---

① 尹均生：《国际报告文学发展中的一瞥》，载尹均生、杨如鹏《报告文学纵横谈》，四川人民出版社，1983，第 147 页。

最早的争议围绕纪实小说的概念能否成立，这种文体样式能否存活等焦点展开。"报告小说"的概念刚一亮出，就遭到一些文学理论家和批评家的质疑与否认。朱寨认为："报告小说消溶了报告文学的特点，实际上取消了报告文学。如果'报告小说'可以成立通行，那么报告文学就不必受事实真实的约束。"此外，"对于小说来说，虚构中加条真人真事，反而不伦不类"。① 朱寨对"报告小说"的反感是源自对报告文学真实性与小说的虚构艺术的维护，因此不能容忍一个不伦不类的新概念诞生。袁良骏则从纪实小说的性质上指斥它是"一种非真非假、非假非真、真真假假、假假真真的'四不象'"，因此断言这种古怪文体"实在不折不扣是一个不可能活下来的'文学怪胎'"。② 这些批评引起了支持一方的反驳，刘茵撰文《为报告小说鼓吹——兼与朱寨同志商榷》，充分肯定了这一新品种的探索意义和存在价值。③ 著名评论家陈骏涛深入细致地评析了刘心武的纪实小说，从而给予这一新兴文体以审美高度的观照，满怀信心地预言："这种体裁的创作有勃兴之势。"④ 从此，关于纪实小说的争鸣淡化了情绪而增强了理性。中国社会科学院张韧对纪实小说的美学形态进行了学理性的分析，阐发了个人的独到见解，他从"纪实小说作为小说家族的一个成员，既有小说又有区别于一般小说的美学特点"入手，分析了"纪实小说要求生活形态的真实，但不排斥或者说它更要求创造典型的艺术形象"这一独特而根本的审美特点，肯定了纪实小说"不虚美，不隐恶，实录直书"的美学品格。更为重要的是，他在对纪实小说因为强调审美对象的"纪实"形态而表现出怎样别于其他类别小说的文体结构与表现手法的阐释中，初步确立了纪实小说文体研究的思路和框架，为纪实小说的理论建树，打下

---

① 朱寨：《关于"报告小说"的求教》，《光明日报》1985年6月6日。

② 袁良骏：《"报告小说"——一个文学怪胎》，《光明日报》1985年8月29日。

③ 刘茵：《为报告小说鼓吹——兼与朱寨同志商榷》，《光明日报》1985年7月4日。

④ 陈骏涛：《心灵的疏导与沟通——谈刘心武的两篇纪实小说》，《小说选刊》1986年第4期。

了良好的基础。①

此外，王干、费振钟的《纪实：一种新的审美态度》，刘思谦的《小说张开了纪实的翅膀——纪实小说审美特性初探》等文也都从各自的美学观念与视角出发，广泛探讨了纪实小说的审美特征与审美理想。②

纪实小说于 20 世纪 80 年代中期引起的喧哗与骚动，到了 80 年代末便沉寂下来，一些有影响的文学刊物不再开辟醒目的专栏刊登纪实小说，一些作家虽然还在写纪实小说，但却不用或慎用这一概念。究其原因，一是纪实小说"引出了许多法律纠纷——不少人纷纷前来对号入座"③，一些作家为此陷入复杂的官司中，有的甚至为此进了监狱。反腐作家张平曾因《天网》《法撼汾西》被告上法庭，虽然作者掌握了第一手确凿材料证明了作品的真实性（据称他的采访录音带就有 17 盘之多），使他在法律面前问心无愧，获得胜诉。然而，那些对号入座的理亏而心虚的人却将他恨之入骨，使作者几乎被围堵在了"雷区"。女作家唐敏也曾因为《太姥山妖雾》构成了中国第一例作家诽谤罪而坐了 3 年监狱。面对层出不穷的纠纷案，有些评论家便从纪实小说自身反省，认为"'纪实小说'是一个自己给自己招惹麻烦的荒唐称谓"④，作家要么铁肩担道义，直接以报告文学的方式揭露现实阴暗、批判丑恶现象；要么就以完全虚构的艺术方法创作小说，莫把真人真事牵扯进去。所以，纪实小说失去了后劲的另一主要原因就是缺乏理论支持，在普遍的观点中，这一文学品种是不能成立的，是没有安身立命之地的，因而也有一些作家、评论家给纪实小说悄悄更换了"包装"，比如 90 年代文学界曾打出"新体验小说"的旗号，强调"体验"来源于"亲历性"，

① 张韧：《纪实小说的美学形态》，《天津文学》1987 年第 8 期，第 91～95 页。
② 分别发表于《小说评论》1986 年第 6 期，《当代文艺探索》1986 年第 5 期。
③ 王毅：《报告文学在世纪之交的出路》，《宁波大学学报》（人文科学版）1997 年第 3 期，第 24 页。
④ 周政保：《关于报告文学创作的六封信》，《昆仑》1996 年第 6 期，160 页。

而"亲历"的结果又必然走向"纪实"。所以"新体验小说"从性质上说还是"属于纪实文学"①，或者就可称为"新纪实小说"②。

事实上不管批评界如何褒贬，纪实小说，或者说具有纪实性的各类小说实验，不仅不曾中止，反而日趋活跃。除了《北京文学》倡导"新体验小说"外，《春风》小说半月刊也亮出"新闻小说"新旗号。此外，90年代以来涌现出更多的带有私人性和个人化写作倾向的自传小说、家史小说以及史志性和回忆录性的小说种种，都不同程度地带有纪实性甚至新闻性色彩。方兴未艾的"纪实"热再次触动了批评界的敏感神经，在20世纪末，小说理论家马振方与纪实文学研究者孙春旻在《文艺报》就纪实小说展开了长达一年的论争。③

这次论争虽然历经了三个回合，但论争的问题还是一些老话题，如纪实小说文体是否合理、是否有存在的必要等。马振方依然是站在维护纪实文学真实性原则的立场上，反对在纪实文学中掺杂虚构成分，认为"在纪实文学中掺入虚构，无论情节还是细节，都会使作品失去纯为纪实的艺术品格和最可宝贵的可信性，戕害其灵魂和生命力"。因此他强调"勿谓纪实为小说"，"勿谓小说为纪实"，在小说与纪实文学中间划了一条不可越雷池半步的分界线——"有虚构便非纪实，而是小说；无虚构便是纪实文学，不是小说，二者必居其一。"孙春旻针对马振方的论点从两个方面进行反驳，就小说文体而言，马振方自己也承认"在我国小说史上，从汉至清的文言小说，纪实之作比比皆是"，并且"这是因为其小说观念不把虚构作为一种规定性，或者说，那时的所谓'小

---

① 赵大年：《几点想法》，《北京文学》1994年第2期。
② 陈辽：《新体验小说还是新纪实小说》，《文艺报》1994年7月2日。
③ 参见马振方《小说·虚构·纪实文学——"纪实小说"质疑》《小说·虚构·纪实文学——"纪实小说"质疑之二》《小说·虚构·纪实文学——"纪实小说"质疑之三》，分别发表于《文艺报》1999年10月21日、2000年4月25日、2000年8月8日。孙春旻《纪实小说：作为文体的合理性和可能性——关于纪实小说与马振方先生商榷》《走出自囚——关于纪实小说的再发言》《纪实小说：争议与辨析》，分别发表于《文艺报》1999年11月23日、2000年7月18日、2000年12月5日。

说'就根本没有规定性……"① 那么言外之意是当小说文体意识自觉后，虚构就成了小说的根本规定性？显然这一观点是不成立的，孙文列举中外许多作家自我申明所写小说是"纪实小说"，就说明把虚构作为小说的根本规定性并未得到人们的普遍认可。即使这一规定具有权威性和普遍性，也不应该成为不可逾越的禁令，应该允许突破。从纪实文学的角度看，介入虚构成分也未必会使纪实文学失去"纪实"的资格，孙文引用钱锺书曾说过的一段话："史家追求真人实事，每须遥体人情，悬想事势，设身局中，潜心腔内，忖之度之，以揣以摩，庶几入情合理。盖与小说、院本之臆造人物、虚构境地，不尽同而可相通。"② 以此证明历史尚且不苛求绝对的真实，况且文学？孙文进一步从纪实文学的观念及其"兼收并蓄"的性质来阐明纪实小说和纪实文学内部其他种类的文体样态与文体意义，呼吁文学批评"走出自囚"，拓展、更新我们的文学观念，促进文学的繁荣和发展。

这次争鸣的意义在于对文学的虚构性及非虚构性进行了比较深入的讨论，提出了一些值得学界关注和进一步探讨的问题，比如小说文体的根本特性与突破创新问题，纪实文学创作与理论中存在的某些混乱与问题等。然而遗憾的是，这场论争未能引起更多人的关注和参与，因而未能听到"百家争鸣"的多种声音，获得更有新意和创见的启示。

二　纪实小说的创作实践及其"复合文体"范式

纪实小说在争议和诘难中已存活了 30 余年，虽然存在诸多混乱、媚俗的创作现状和趋向，但严肃致力于创作实践的作家也不断推出了优秀的作品，它们在社会上产生了一定的反响。这已经很充分地证明了纪实小说不仅能够存活，而且有鲜活的生命力。

纵观纪实小说的创作历程，在不同的历史文化语境中呈现出不同的

---

① 马振方：《小说·虚构·纪实文学——"纪实小说"质疑》，《文艺报》1999 年 10 月 21 日。
② 钱锺书：《管锥编》第一册，中华书局，1986，第 166 页。

阶段性特点，因而在题材特色、写作姿态、文体范式等方面也表现出求同存异的文体风貌。

（一）追踪时代之变，"报告"与"小说"的复合

纪实小说在20世纪80年代崭露头角之时，正是中国社会在经历了历史剧变后，进入"反思"的理性时期和"改革"的实践阶段。伴随着历史反思与社会改革时代大潮的波起涛涌，更多、更复杂的现实矛盾凸显了出来，也将问题报告文学推向全面兴盛的高峰。由于这时期的问题报告文学打破了"一人一事"的报告模式和局限，多以整体观照和全方位扫描的"宏观综合"艺术视角与思维方式对社会问题及现象进行报告，使作品容量大、挖掘深，蕴涵对社会历史与传统文化进行总体反思与全面检讨的厚重意义。然而，这类全景式的报告文学在侧重观照与展示整体的社会心理与普遍性的民族精神、民族性格的时候，却又忽略了对具体的、特别的"一人一事"的深入关怀、细致体验和生动描述。报告文学在文体品格强化与嬗变中所无法避免的缺憾，只能以一种新的文体样式来弥补，所以，报告文学衍生出的新闻式小说，也就流行开来。

正因为纪实小说是从报告文学中衍生出来的，又受到美国新新闻主义的启发和影响，所以纪实小说也必然具备很强的新闻性特质。只不过作为小说文体，其新闻性的表现方式与表现程度与报告文学有了一些区别。它既可以以现实中正在发生着的或已经发生过的新闻事件、历史事件为载体，或以人们普遍关注的社会问题或社会现象作为直接的叙事对象；也可以将这些事件、问题及现象仅仅作为聚焦点和关联点，折射并展示出丰富而复杂的"人生况味"；还可以从这些聚焦点与关联点出发展示个人的心路历程与深刻体验，传达出作者对现实社会与现实人生的特别关怀。

80年代中后期的纪实小说，更侧重于对社会新闻与现实问题的关注，带有极强的社会写真色彩和现实批判精神。刘心武的《公共汽车咏

叹调》《王府井万花筒》《5·19 长镜头》，以及他 90 年代末推出的长篇纪实小说《树与林同在》，梁晓声的《京华闻见录》《从复旦到北影》，张辛欣、桑晔的《北京人》，张辛欣的《在路上》《回老家》，蒋子龙的《燕赵悲歌》《长发男儿》《好景门》，王毅捷的《信从彼岸来》，张平的《天网》，安顿的《绝对隐私》，李功达的《枯坐街头》，储金福的《一样的天空》，赵大年的《大虾米直腰》，刘庆邦的《泥沼》，王梓夫的《审判》等都是敏锐地将人们普遍关注却又不能透彻了解或不能全面了解的某些社会现象、现实问题、历史真相作为叙事载体——诸如"交通""住房""消费""就业""腐败""出国""离婚""打工""犯罪"，等等，而这一切又往往是我们的主流媒体所漠视、所忽略甚至所封闭的。因此，这才会显示出这些纪实小说提供信息的价值，它们从不同的视角和层面，观照中国社会在历史转折的变革年代所特有的光明与阴暗、痛苦与欢欣，以及处于这样的时代氛围里的各个阶层、各种职业的普通人所特有的人生况味和精神风貌。

《5.19 长镜头》以 1985 年 5 月 19 日北京工人体育场发生的体育骚乱事件为"新闻报告"对象，这一事件在主流媒体报道中被定性为"恶性事件"并进行了颇为严厉的舆论谴责。显然，毫无感情色彩的"客观"报道与简单武断的"定性"并不能满足人们对事件真相深入了解的强烈愿望和期待。思想敏锐的报告文学作家与想象丰富的小说家都从这同一事件中发现了能够深入探微的空间。《人民文学》1985 年第 7 期同时刊出了理由的报告文学《倾斜的足球场》和刘心武的此篇纪实小说。理由的报告文学站在时代的制高点上，看到了肩负"祖国的重任、民族的期望"的运动员、教练员们的心理压力，透过"倾斜的足球场"反思比赛失误与球迷肇事背后的政治因素。刘心武的纪实小说则借助"长镜头"穿过新闻事件表层，探照闹事的球迷们的真实心态，并从中选出一个滑志明作为焦点，从中观照变革时代的种种社会问题与现实矛盾在当代青年意识深层中的投影，进而展示出更广阔的社会生活画面与社会心理图景。

张平在深入农村基层调查后，深切地感受到"现实比一切都具有说服力"，"人民需要面对现实的文学"①。纪实小说《法撼汾西》和《天网》都是以汾西县委书记刘郁瑞为民申冤、处理几桩棘手案子的真实事迹为主要内容，揭露了农村基层的种种邪恶势力与党内的不正之风，通过权与法的较量，反思政权建设与体制改革等社会敏感问题，呼唤民主、呼唤廉正，作品中洋溢着浩然正气。他以朴素的实录文笔，展现了农村百姓的真实生活状况和他们的精神面貌，具有浓郁的生活气息和时代特色。张平说："我写东西总是必须有一个真实的故事或者一个真实的人物为依据为原型，才会写得比较顺畅、比较踏实，也就是说，必须是生活中的人和事首先打动了我，才能引起我创作的欲望。"② 这段话也道出了纪实小说的真谛——既要有真人真事的可信基础，又不拘泥于原始材料，而是凭借作家的生活积累与人生经验在此基础上广泛联系、深入拓展，使其获得有张力的审美意义。

（二）还原历史记忆，"史志"与"小说"的复合

一些作家在观照现实时，有意识地把敏锐的"新闻眼光"投向历史、投向昨天，审视"历史的新闻"，将那些长期被历史封存的人与事、那些长期被主流话语盖棺定论的人与事挖掘出来，给予了充满科学理性和人文理性的双重观照与判断，通过对历史事件、历史往事的追忆及反思，以新的历史观和历史主义精神重新书写历史。当然，为了更慎重地对待历史，也为了更多地介入个人的思索与见解，他们突破了"史志""传记""小说"文体的单向度局限，以复合性的纪实手段创作了大量极有影响力的好作品。比如邓贤的《大国之魂》《日落东方》《流浪金三角》《中国知青梦》等长篇纪实小说，冯骥才的《一百个人的十年》，邢卓的《忌日》等，多从历史的亲身经历者的遭遇来反思个人命

---

① 参见刘定恒《现实·人物·激情——论张平的四部长篇作品》，《山西师大学报》（社会科学版）1996 年第 1 期，第 33 页。

② 转引自郑伯农《论张平》，《文艺理论与批评》1999 年第 5 期，第 48 页。

运与民族灾难的深层关联，或是通过个人经历与见闻传达某些真相和信息，展现特定历史场域中的社会风貌，都具有视野的纵深感和反思的深刻性。

长期以来，关于老一辈无产阶级革命家的英雄事迹和英雄主义精神，关于光荣的中国革命历史，作者一般都是以宏大叙事构筑鲜明的"红色"审美空间，然而在这个空间中无法真切地看到历史的全部，特别是一些历史事件与人物经历在盖棺定论之后，滤掉了原本的复杂性、丰富性和生动性。项小米的《英雄无语》虽然取材于"革命历史"题材，但作者的写作立场和叙事视角都是十分"个人化"的。她几次回老家，深入连城革命老区体验，获得大量真实而生动的历史资料，她在对自己"红色家族"饱经战争忧患、考验、洗礼的沧桑历史不断深入探寻、体味后，精神上受到了极大的震动，获得了更多新的发现和感悟。于是，她通过爷爷项与年——这个在中共党史上建立过赫赫战功的传奇人物真实而复杂的一生和他曲折的革命经历，塑造出一位耐人寻味的"紫色英雄"形象——他为革命出生入死，不畏流血牺牲；他威震四海令敌人闻风丧胆；他本性残忍、野蛮，在执行几次壮烈的或传奇的革命任务时，也曾株连无辜，使他们惨遭劫难；他对上级近乎愚忠，而对亲人却近乎冷酷无情……这个身上有着许多旧时代烙印、农民出身的无产阶级战士，毫无保留地为党的事业贡献了自己的一切。项小米对历史的真实还原和充满现代意味的重新审视，使得这位复杂的艺术形象具有了较大的认知张力，也使这部纪实小说具有了意味深长的审美意义。

（三）回首人生经历，"回忆录""传记"与"小说"的复合

如果说"报告"与"小说"的复合侧重于展开广阔的现实生活画面，传达出鲜明而强烈的时代声音，从而确立纪实小说的新闻特质，那么王蒙的《在伊犁——淡灰色的眼珠》系列小说，张贤亮的《烦恼就是智慧》《我的菩提树》，从维熙的《走向混沌》，老鬼的《血色黄昏》，郭小东的《中国知青部落》，成坚的《审问灵魂》，丰收的《西上

天山的女人》，虹影的《饥饿的女儿》等作品，则是通过对个人或他人饱经忧患与坎坷的人生经历的真实描述，反映出特定历史时期的现实生活与人物命运。显然，个人的遭遇必定与民族的灾难紧紧相连，与社会的重大事件、运动等密切相关，而这些大事件、大运动中有多少惊心动魄或曲折动人的真实故事远远超出了小说家的想象，这就为纪实小说开辟了丰富的创造空间。

《在伊犁——淡灰色的眼珠》于1984年出版之时，纪实小说创作尚未形成热潮。然而王蒙却在"后记"中申明："在这几篇小说的写作里我着意追求的是一种非小说的记实感，我有意避免的是那种职业的文学技巧。""都是记载我在伊犁的所见所闻所经历的人和事。"① 为什么王蒙没有沿着他已驾轻就熟的"意识流"真正走进现代主义实验场，却忽而又转向纪实性探索？或许王蒙更明白，如果没有1965～1973年在伊犁经历的特殊人生，纵然有天才的想象力，也不可能虚构出他所经历的这些怆然而又醇厚、严峻而又浪漫的人生故事；不可能塑造出穆罕默德·阿麦德、穆敏老爹、依斯麻尔这样一些集时代精神烙印与异域文化性格于一体的独特艺术形象；甚至不可能找到那么一种熔边塞歌手的诗情与阿凡提式的幽默于一炉的精湛流畅的叙事语言。王蒙的这组纪实小说，无论其思想蕴涵还是其文体风格，对当代小说发展都有不可低估的启示意义。

到了80年代末90年代初，重新书写历史的民间立场与个人视角逐渐被认可，于是出现了更多地以个人人生经历来映照历史风云及时代波澜的纪实之作。

1957年的"反右"斗争，使许多风华正茂的知识分子在顷刻间被打倒，他们顶着沉重的右派帽子接受组织审查、群众批斗，在环境恶劣的劳教农场改造思想，甚至身陷囹圄。一些经历了右派的"苦难的历程"、在1978年获得平反的作家，以纪实性叙事披露个人亲历的历史灾

---

① 王蒙：《在伊犁——淡灰色的眼珠·后记》，作家出版社，1984，第322、323页。

变，他们浸透着血泪的记忆，比"虚构与想象"更具有触动人心的真实力量。张贤亮的《烦恼就是智慧》《我的菩提树》、从维熙的《走向混沌》等文本，展现了严酷、荒谬的现实，受难知识分子悲困的生存图景、灵与肉遭受戕害的创伤，这些真实的描写都具有"带入现场"的冲击力。作者以客观冷静的笔触披露，在超体能的苦力劳动、超限度的饥饿折磨下，人性的扭曲与毁灭已经到令人匪夷所思的地步。为了生存，那些教授、科学家为如何将饭分得"绝对均匀"而绞尽脑汁，为发现可食的动植物而以身试验；为了生存，崇尚人道主义的软弱书生也被逼向"兽道"，他们变得冷酷、自私、麻木，对社会、对亲人、对自己的人生一概失去了责任心和道德感情。知识分子自我尊严与自我价值的沦丧，使他们不仅没有认识到"极左"路线对他们人身权利的剥夺、政治上的迫害和人格精神的摧残，反而以忠诚的态度、麻木的顺从接受改造，唯恐自己不能过关。结果，有多少人糊里糊涂地成了无辜的牺牲品，过了"鬼门关"却也未能过"世界关（观）"。这一悲剧层次的开掘，就从形而上的高度进行了历史的、哲学的透视与反思，赋予作品深厚的蕴涵。

老鬼在《血色黄昏》《血与铁》两部纪实小说中，以粗粝的笔墨彻底抹去"知识青年上山下乡运动""红卫兵造反运动"的光环，裸露出历史与现实的"血色"。一代人经历的野蛮而荒唐的"成长"，遭遇的悲剧命运，被扭曲的人性和思想，被践踏的信念和精神，被葬送的青春与爱情……都浸透着血泪和盘托出，给人强烈震撼。同样是知青题材的纪实小说，成坚的《审问灵魂》不同于《血色黄昏》的叙事立场，老鬼以知青代言人的姿态站出来对那个时代进行审问和控诉，成坚则是站在了"自我"的灵魂审判台上，对知青个体自身的问题——人性问题进行拷问和忏悔。她并没有表面化地渲染外在的苦难，并没有把一切错误、荒谬、悲剧都推给时代。那个是非颠倒的时代恰好构成一个考验灵魂、检测人性的"精神场"。可以说，愚昧盲从的人是带着劣根性参与"造反""批斗""打砸抢"运动的，他们加剧了"动乱"，而"动乱"又进一步膨胀了这些人的劣根性。为此作者提出："我们除了正视自己经历过的苦难和灾难，是不是也应该有勇气正视自己制造过的苦难和灾难？没有这种自省，不可能有真正意义上的自新。"① 从这个意义上说，《审问灵魂》充满了人的主体意识的觉醒，对于知青文学来说，是一次超越。

回首人生经历的纪实小说有的类似"传记"，所以就有人指责现在许多传记文学作品混同于纪实小说，严重损坏了传记文学的真实性，让人对传记文学失去了最基本的信任。然而在中外文学史上，本来就有"传记"与"小说"复合的文体范式，也有非常优秀的经典作品。带有"传记"色彩的纪实小说与传记文学在叙事视角和文本旨归方面存在一些差异，传记文学一般是客观而真实地记述传主的生平经历、主要事迹或思想，突出的是个人的社会身份、地位、贡献、影响等；纪实小说更多是以主观视角审视"自我"镜像、观照"我的"时代，因此需要感知个人与社会历史的某一共振点和契合点，突出的是"亲历"意义与主体意识，当然这两方面的特性可以互补、融合，形成纪实小说更为包容也更为开放的叙事空间和张力。黄永玉的《无愁河的浪荡汉子》、齐邦媛的《巨流河》、陈丹燕的《上海的金枝玉叶》，都在"传记"与"小说"之间开辟了广阔丰富的审美世界，具有较高的文学性价值。

瑞典《松德斯瓦尔斯日报》对虹影《饥饿的女儿》写的评语是"它把私人的与公众的结合起来，又把公众的与精神的结合起来"②，正好说明了具有传记色彩的纪实小说的一个显著特征和价值体现。《饥饿的女儿》是不加任何修饰、不带一点矫情的"纪实体"小说，作者对女性成长中充满灵与肉的痛苦的那段历史，对那个动乱、荒谬、贫困、暗淡的时代做了"准确的、具体的、令人叹息不已的描摹与感受"③。因此不仅仅是作者的"自传"，而是一个时代的证词。

---

① 成坚：《审问灵魂·后记》，中国工人出版社，2001，第 346 页。

② 《松德斯瓦尔斯日报》评语，载虹影《饥饿的女儿》，四川文艺出版社，2000，封底。

③ 刘再复：《虹影：双重饥饿的女儿》，载虹影《饥饿的女儿》（附录），四川文艺出版社，2000，第 316 页。

梁晓声的《父亲》、陈应松的《大寒立碑》、刘庆邦的《家道》等作品，都是从不同的视角展现父辈的生平与经历，在反思他们的命运过程中，倾注了作者深沉而强烈的主体情感。刘庆邦的《家道》对岳父与地主卢氏家庭在不同历史时期的社会地位变化而产生了深度思考。岳父在位时家道鼎盛而退位后家道日趋衰落，卢氏家庭却得益于改革开放政策走上了中兴发达之路，在颇具讽刺意味的人生变故的描述中，也介入了作者对现实社会的主体批判与深思。

主要参考文献

一 著作

毛泽东：《毛泽东论文艺》，人民文学出版社，1967。

邓小平：《邓小平论文艺》，人民文学出版社，2002。

韩震主编《社会主义核心价值体系研究》，人民出版社，2007。

洪子诚：《中国当代文学史》，北京大学出版社，1999。

陈思和主编《中国当代文学史教程》，复旦大学出版社，1999。

丁帆主编《中国新文学史》（下册），高等教育出版社，2013。

孟繁华、程光炜：《中国当代文学发展史》（修订版），北京大学出版社，2011。

洪子诚：《问题与方法：中国当代文学史研究讲稿》，生活·读书·新知三联书店，2002。

陈思和：《中国当代文学关键词十讲》，复旦大学出版社，2002。

朱寨主编《中国当代文学思潮史》，人民文学出版社，1987。

朱寨、张炯主编《当代文学新潮》，人民文学出版社，1997。

杨春时主编《中国现代文学思潮史》（上、下卷），南京大学出版社，2011。

杨春时：《百年文心——20世纪中国文学思想史》，黑龙江教育出版社，2000。

李扬：《中国当代文学思潮史》，上海社会科学院出版社，2005。

吴秀明：《转型时期的中国当代文学思潮》，浙江大学出版社，2001。

张器友：《近五十年中国文学思潮通论》，安徽教育出版社，2000。

孟繁华：《新世纪文学论稿之文学思潮》，人民文学出版社，2018。

樊星：《世纪末文化思潮史》，湖北教育出版社，1999。

张志忠主编《中国当代文学艺术主潮》，中国社会科学出版社，1994。

鲁枢元、刘锋杰等：《新时期40年文学理论与批评发展史》，浙江文艺出版社，2018。

张韧：《新时期文学现象》，文化艺术出版社，1998。

曹文轩：《中国八十年代文学现象研究》，北京大学出版社，1988。

曹文轩：《20世纪末中国文学现象研究》，北京大学出版社，2002。

吴义勤：《文学现场：中国新时期文学观潮》，山东文艺出版社，2001。

徐庆全：《风雨送春归——新时期文坛思想解放运动记事》，河南大学出版社，2005。

王若水：《为人道主义辩护》，生活·读书·新知三联书店，1986。

王晓明编《人文精神寻思录》，文汇出版社，1996。

汪晖：《去政治化的政治：短20世纪的终结与90年代》，生活·读书·新知三联书店，2008。

叶纪彬：《中西典型理论述评》，华东师范大学出版社，1993。

李杨：《抗争宿命之路——"社会主义现实主义"（1942—1976）研究》，时代文艺出版社，1993。

王富仁、王光东：《灵魂的挣扎——中国20世纪文学中的现代主义》，时代文艺出版社，1993。

钱中文：《现实主义和现代主义》，人民文学出版社，1987。

张清华：《中国当代先锋文学思潮论》（修订版），中国人民大学出版社，2014。

熊修雨：《中国当代寻根文学思潮论》，中国人民大学出版社，2019。

肖向东：《世纪穿行：当代中国文学思想主流与"人学"思潮之演进研究》，中国社会科学出版社，2013。

杨守森主编《二十世纪中国作家心态史》，中央编译出版社，1998。

孟繁华：《梦幻与宿命：中国当代文学的精神历程》，人民文学出版社，2018。

孟繁华：《当代文学：终结与起点——八十、九十年代的文学与文化》，人民文学出版社，2018。

唐小兵编《再解读：大众文艺与意识形态》，北京大学出版社，2007。

陈剑晖、宋剑华主编《20世纪中国文学批评史》，海南出版社，2003。

王尧、林建法主编《中国当代文学批评大系：1949~2009》第1~6卷，苏州大学出版社，2012。

张贞：《当代中国文学批评的政治文化生态研究》，中国社会科学出版社，2017。

赖大仁：《当代文学批评的价值观》，社会科学文献出版社，2013。

吴秀明：《文学形象与历史经典的当代境遇》，浙江大学出版社，2014。

刘再复：《性格组合论》，上海文艺出版社，1986。

冯牧：《文学十年风雨路》，作家出版社，1989。

白烨编著《文学论争20年》，华中师范大学出版社，1998。

白烨：《文坛新观察》，作家出版社，2017。

雷达：《当前文学症候分析》，作家出版社，2009。

杨志今、刘新风主编《新时期文坛风云录（1978~1998）》，吉林人民出版社，1999。

阎纲、许世杰编《小说·争鸣》第一辑，文化艺术出版社，1982。

蔡运桂编《文学问题争鸣集》，华南师范学院哲学社会科学研究所，1982。

蔡运桂：《文学探索与争鸣》，花城出版社，1992。

於可训、吴济时、陈美兰主编《文学风雨四十年——中国当代文学作品争鸣述评》，武汉大学出版社，1989。

张学正、丁茂远、陈公正、陆广川主编《文学争鸣档案：中国当代文学作品争鸣实录（1949~1999）》，南开大学出版社，2002。

蒋孔阳主编《社会科学争鸣大系（1949～1989）文学·艺术·语言卷》，上海人民出版社，1993。

丁东、孙珉选编《世纪之交的冲撞——王蒙现象争鸣录》，光明日报出版社，1996。

吕世民：《新时期争鸣小说评介》，陕西人民出版社，1990。

黎风：《新时期争鸣小说纵横谈》，四川大学出版社，1995。

祝晓风编著《知识冲突：九十年代文化界十五大案采访录》，辽海出版社，1999。

中国作家协会创研部选编《新时期争鸣文学丛书》（多卷），时代文艺出版社，1994～2000。

董小玉主编《中国经济转型与文艺发展研究》，重庆大学出版社，1998。

徐志英、丁帆主编《中国新时期小说主潮》，人民文学出版社，2002。

王德威：《当代小说二十家》，生活·读书·新知三联书店，2006。

王又平：《新时期文学转型中的小说创作潮流》，华中师范大学出版社，2001。

吴义勤主编《中国新时期小说研究资料》（上、中、下），山东文艺出版社，2006。

巴人：《文学论稿》（上），新文艺出版社，1954。

蔡仪：《新艺术论》，群益出版社，1951。

张炯：《张炯文存》第1～10卷，湖南大学出版社，2011。

刘再复：《文学的反思》，人民文学出版社，1986。

陈思和：《当代文学与文化批评书系·陈思和卷》，北京师范大学出版社，2010。

陈晓明：《当代文学与文化批评书系·陈晓明卷》，北京师范大学出版社，2011。

南帆：《当代文学与文化批评书系·南帆卷》，北京师范大学出版社，2010。

陈晓明：《审美的激变》，作家出版社，2009。

丁帆：《文化批判中的审美价值坐标》，北京师范大学出版社，2009。

吴炫：《中国当代文学批判》，学林出版社，2001。

李敬泽：《为文学申辩》，作家出版社，2009。

贺绍俊：《文学的尊严》，中国书籍出版社，2014。

王尧：《作为问题的八十年代》，生活·读书·新知三联书店，2013。

陈思和、杨扬编《90年代批评文选》，汉语大词典出版社，2001。

李衍柱：《马克思主义典型学说史纲》，高等教育出版社，2003。

蒋孔阳：《形象与典型》，百花文艺出版社，1980。

贺桂梅：《"新启蒙"知识档案——80年代中国文化研究》，北京大学出版社，2010。

张清华主编《中国新时期女性文学研究资料》，山东文艺出版社，2006。

鲍晓兰主编《西方女性主义研究评介》，生活·读书·新知三联书店，1995。

刘慧英：《走出男权传统的樊篱：文学中男权意识的批判》，生活·读书·新知三联书店，1995。

乔以钢：《中国当代女性文学的文化探析》，北京大学出版社，2006。

徐坤：《双调夜行船：九十年代的女性写作》，山西教育出版社，1999。

陈顺馨：《中国当代文学的叙事与性别》，北京大学出版社，1995。

王泉根：《现代中国儿童文学主潮》，重庆出版社，2018。

方卫平：《中国儿童文学四十年》，霍跃红译，中国少年儿童出版社，2018。

梅子涵、朱自强、彭懿、阿甲等：《中国儿童阅读6人谈》，新蕾出版社，2008。

王安忆：《小说课堂》，商务印书馆，2012。

张旭东、王安忆：《对话启蒙时代》，生活·读书·新知三联书店，2008。

何西来:《纪实之美》,作家出版社,2009。

王晖:《百年报告文学:文体流变与批评态势》,吉林人民出版社,2003。

章罗生:《中国报告文学新论——从新时期到新世纪》,湖南大学出版社,2012。

周政保:《"非虚构"叙述形态:九十年代报告文学批评》,解放军文艺出版社,1999。

高文升主编《纪实:文学的时代选择——新时期纪实文学研究》,河南文艺出版社,1998。

孙春旻:《文学的返朴归真——当代纪实文学概观》,中国文史出版社,2002。

张瑷:《20世纪纪实文学导论》,文化艺术出版社,2005。

伍蠡甫、胡经之主编《西方文艺理论名著选编》,北京大学出版社,1987。

段宝林编《西方古典作家谈文艺创作》,春风文艺出版社,1980。

古典文艺理论译丛编辑委员会编《古典文艺理论译丛》第10册,人民文学出版社,1965。

〔德〕马克思:《1844年经济学哲学手稿》,《马克思恩格斯全集》第42卷,人民出版社,2016。

《马克思恩格斯选集》第4卷,人民出版社,1995。

《别林斯基选集》第2卷,满涛译,上海译文出版社,1979。

《别林斯基论文学》,梁真译,新文艺出版社,1958。

〔美〕勒内·韦勒克、奥斯汀·沃伦:《文学理论》新修订版,刘象愚等译,浙江人民出版社,2017。

〔法〕茨维坦·托多洛夫:《批评的批评》,王东亮、王晨阳译,生活·读书·新知三联书店,1988。

〔美〕V. C. 奥尔德里奇:《艺术哲学》,程孟辉译,中国社会科学出版社,1986。

〔美〕海登·怀特：《后现代历史叙事学》，陈永国、张万娟译，中国社会科学出版社，2003。

〔美〕唐纳德·戴维森：《真理、意义与方法——戴维森哲学文选》，牟博选编，商务印书馆，2017。

〔苏〕钱中文主编《巴赫金全集》（1~7卷），白春仁、晓河等译，河北教育出版社，2009。

〔法〕热拉尔·热奈特：《叙事话语 新叙事话语》，王文融译，中国社会科学出版社，1990。

〔美〕戴卫·赫尔曼主编《新叙事学》，马海良译，北京大学出版社，2002。

〔荷兰〕米克·巴尔：《叙述学：叙事理论导论》，谭君强译，北京师范大学出版社，2015。

〔英〕爱·摩·福斯特：《小说面面观》，苏炳文译，花城出版社，1984。

〔法〕西蒙娜·德·波伏瓦：《女人是什么》，王友琴、邱希淳等译，中国文联出版公司，1988。

〔英〕弗吉尼亚·伍尔夫：《一间自己的屋子》，王还译，生活·读书·新知三联书店，1992。

〔捷克〕E. E. 基希：《论报告文学》，贾植芳译，泥土社，1953。

〔美〕约翰·霍洛韦尔：《非虚构小说的写作》，仲大军、周友皋译，春风文艺出版社，1988。

〔美〕雪莉·艾利斯编《开始写吧！——非虚构文学创作》，刁克利译校，中国人民大学出版社，2011。

〔德〕恩斯特·卡希尔：《人论》，甘阳译，上海译文出版社，1985。

〔美〕大卫·阿什德：《传播生态学——控制的文化范式》，邵志择译，华夏出版社，2003。

〔德〕埃德蒙德·胡塞尔：《现象学的观念》，倪梁康译，上海译文出版社，1986。

〔法〕娜塔莉·萨洛特：《怀疑的时代》，林青译，载柳鸣九编选《新小说派研究》，中国社会科学出版社，1986。

二 报刊

习近平：《在文艺工作座谈会上的讲话》，《人民日报》2014 年 10 月 15 日，第 4 版。

冯雪峰：《英雄和群众及其他》，《文艺报》1953 年第 24 期。

钱谷融：《论"文学是人学"》，《文艺月报》1957 年第 5 期。

陆定一：《百花齐放，百家争鸣——一九五六年五月二十六日在怀仁堂的讲话》，《人民日报》1956 年 6 月 13 日。

周扬：《文艺战线上的一场大辩论》，《人民日报》1958 年 2 月 28 日。

胡启立：《在中国作家协会第四次会员代表大会上的祝词》，《人民日报》1984 年 12 月 30 日。

胡亚敏：《中国马克思主义文学批评中的文学与政治新探》，《文学评论》2019 年第 3 期。

高玉：《当代文学及其"时间段"划分》，《学术月刊》2009 年第 4 期。

钱中文、吴子林：《新中国文学理论六十年》（上、下），《社会科学战线》2010 年第 3、4 期。

陆学明：《典型律——艺术领域的现代教义》（上篇、下篇），《东疆学刊》1994 年第 1 期。

旷新年：《典型概念的变迁》，《清华大学学报》（哲学社会科学版）2013 年第 1 期。

周波：《关于文学典型问题的当代思考》，《山东师范大学学报》（人文社会科学版）2014 年第 5 期。

曹顺庆：《文论失语症与文化病态》，《文艺争鸣》1996 年第 2 期。

严家炎：《谈〈创业史〉中梁三老汉的形象》，《北京大学学报》1961 年第 3 期。

严家炎：《关于梁生宝形象》，《文学评论》1963 年第 3 期。

山人：《〈坚硬的稀粥〉是一篇什么作品?》，《文艺理论与批评》1991 年第 6 期。

王蒙：《话说这碗〈粥〉》，《读书》1991 年第 12 期。

黄子平：《我读〈绿化树〉》，《文艺报》1984 年第 11 期。

许子东：《"感谢苦难"与"拒绝忏悔"——解读有关文革的当代小说》，《上海文学》1999 年第 1 期。

刘复生：《"新启蒙主义"文学态度及其文学实践》，《文艺理论与批评》2004 年第 1 期。

徐勇：《20 世纪 80 年代争鸣作品选本与批评空间的开创》，《社会科学》2017 年第 7 期。

张海涛：《20 世纪 80 年代中国的新启蒙运动及其中断的文学后果》，《社会科学家》2009 年第 5 期。

王干：《90 年代文学论纲》（上、下），《南方文坛》2001 年第 1、2 期。

张清华：《重审"90 年代文学"：一个文学史视角的考察》，《文艺争鸣》2011 年第 16 期。

张光芒：《从"启蒙辩证法"到"欲望辩证法"——20 世纪 90 年代以来中国文学与文化转型的哲学脉络》，《江海学刊》2005 年第 2 期。

刘俐俐：《90 年代中国文学：自我认同的尴尬与出路》，《甘肃社会科学》2001 年第 1 期。

杨剑龙：《论新时期至新世纪的文学观念与文学潮流》，《江汉论坛》2010 年第 6 期。

张未民：《新世纪以来的文学：思潮与文脉——试论"中国现代文学 3"》，《当代作家评论》2018 年第 4、5 期。

丁帆：《新世纪文学中价值立场的退却与乱象的形成》，《当代作家评论》2010 年第 5 期。

洪治刚：《俗世生活的张扬与理想主义的衰微——新世纪文学十年

观察》,《中国现代文学研究丛刊》2011 年第 2 期。

白烨:《新世纪文学的新风貌与新走向——走进新世纪的考场》,《文艺争鸣》2010 年第 11 期。

李扬:《结局或开始:世纪之交的文学处境——论我们时代的价值迷失》,《文艺理论研究》1995 年第 2 期。

雷达:《现实主义冲击波及其局限》,《文学报》1996 年 6 月 27 日。

张新颖:《文坛涌动现实主义冲击波》,《文汇报》1996 年 8 月 2 日。

童庆炳、陶东风:《人文关怀与历史理性的缺失——"新现实主义小说"再评价》,《文学评论》1998 年第 4 期。

王彬彬:《肤浅的现实主义》,《钟山》1997 年第 1 期。

张宁:《命名的故事:"底层",还是"新左翼"?——大陆新世纪文学新潮的内在困境》,《文史哲》2009 年第 6 期。

孟繁华:《当下中国文学的一个新方向——从石一枫的小说创作看当下文学的新变》,《文学评论》2017 年第 4 期。

李陀、李静:《漫说"纯文学"——李陀访谈录》,《上海文学》2001 年第 3 期。

张江:《强制阐释论》,《文学评论》2014 年第 6 期。

阿城:《文化制约着人类》,《文艺报》1985 年 7 月 6 日。

韩少功:《文学的"根"》,《作家》1985 年第 4 期。

余华:《虚伪的作品》,《上海文论》1989 年第 5 期。

樊星:《从"新启蒙"到"再启蒙"——纪念"五四"九十周年》,《文艺争鸣》2009 年第 2 期。

刘思谦:《关于中国女性文学》,《文学评论》1993 年第 2 期。

王光明:《女性文学:告别 1995——中国第三阶段的女性主义文学》,《天津社会科学》1996 年第 6 期。

陈染:《我的道路是一条绳索》,《作家报》1995 年 12 月 2 日。

林白:《记忆与个人化写作》,《花城》1996 年第 5 期。

王泉根：《中国新时期儿童文学的深层拓展》，《北京师范大学学报》（人文社会科学版）2000 年第 4 期。

张国龙：《中国当下青少年文学创作现状及引导策略》，《南方文坛》2013 年第 3 期。

白烨：《一份调查问卷引发的思考》，《南方文坛》2005 年第 6 期。

施战军：《论中国式的成长小说的生成》，《文艺研究》2006 年第 11 期。

陈丹燕：《变化中的中国儿童和青少年文学》，《文学报》2006 年 2 月 16 日。

王安忆：《虚构与非虚构》，《天涯》2007 年第 5 期。

冯骥才：《非虚构写作：现实有着不可辩驳的力量》，《写作》2018 年第 7 期。

李敬泽：《报告文学的枯竭和文坛的"青春崇拜"》，《南方周末》2003 年 10 月 30 日。

王晖、南平：《一篇虚构的"讣闻"——报告文学真的"恐龙已死"吗》，《文汇报》2004 年 1 月 18 日。

李炳银：《关于"非虚构"》，《文学报》2012 年 2 月 16 日。

梁鸿：《改革开放文学四十年：非虚构文学的兴起及辨析》，《江苏社会科学》2018 年第 5 期。

李朝全：《小说与非虚构的混融及其文体创新意义》，《中国文艺评论》2018 年第 1 期。

丁晓原：《非虚构文学的逻辑与伦理》，《当代文坛》2019 年第 5 期。

李炳银：《生活与文学凝聚的大山——对报告文学创作的阅读与理解》，《文学评论》1992 年第 2 期。

朱寨：《关于"报告小说"的求教》，《光明日报》1985 年 6 月 6 日。

袁良骏：《"报告小说"——一个文学怪胎》，《光明日报》1985 年

8 月 29 日。

刘茵：《为报告小说鼓吹——兼与朱寨同志商榷》，《光明日报》1985 年 7 月 4 日。

陈骏涛：《心灵的疏导与沟通——谈刘心武的两篇纪实小说》，《小说选刊》1986 年第 4 期。

张韧：《纪实小说的美学形态》，《天津文学》1987 年第 8 期。

王毅：《报告文学在世纪之交的出路》，《宁波大学学报》（人文科学版）1997 年第 3 期。

马振方：《小说·虚构·纪实文学——"纪实小说"质疑》，《文艺报》1999 年 10 月 21 日。

孙春旻：《纪实小说：作为文体的合理性和可能性——关于纪实小说与马振方先生商榷》，《文艺报》1999 年 11 月 23 日。

图书在版编目（CIP）数据

争鸣与探索中的演进：新时期 40 年文学现象研究 /
张瑷著. --北京：社会科学文献出版社，2024.5
ISBN 978 - 7 - 5228 - 1630 - 2

Ⅰ.①争… Ⅱ.①张… Ⅲ.①中国文学 - 当代文学 -
文学研究 Ⅳ.①I206.7

中国国家版本馆 CIP 数据核字（2023）第 053322 号

争鸣与探索中的演进
——新时期 40 年文学现象研究

著　　者／张　瑷

出 版 人／冀祥德
责任编辑／李建廷
责任印制／王京美

出　　版／社会科学文献出版社（010）59367215
　　　　　地址：北京市北三环中路甲 29 号院华龙大厦　邮编：100029
　　　　　网址：www. ssap. com. cn
发　　行／社会科学文献出版社（010）59367028
印　　装／三河市龙林印务有限公司

规　　格／开本：787mm×1092mm　1/16
　　　　　印张：13.75　字数：200 千字
版　　次／2024 年 5 月第 1 版　2024 年 5 月第 1 次印刷
书　　号／ISBN 978 - 7 - 5228 - 1630 - 2
定　　价／98.00 元

读者服务电话：4008918866